Rendezvous mit Ayahuasca

Grenzerfahrungen im Dschungel

Helga Baureis

Haben Sie Lust, mit mir Kontakt aufzunehmen? Ich freue mich auf Sie!

Helga.Baureis@t-online.de

www.facebook.com/AutorinHelguita

Cover: www.ebookboss.de

Inhaltsverzeichnis

Prolog 6

1 Verflucht 6

2 Gruseln in Lima 14

3 Sturm über dem Dschungel 19

4 Angst auf dem Amazonas 21

5 Marsch durch den Urwald 23

6 Yushintaita, abseits der Zivilisation 26

7 Was jeden so quält … 33

8 Nachts aufs Plumpsklo 35

9. Dr. Ojé – oh je! 38

10 Ayahuasca 44

11 Angstgefängnis 48

12 Barfuß durch den Dschungel 52

13 Überraschende Begegnung 56

14 Kater mit Nebenwirkungen 67

15 Ich nehme nichts! 72

16 Von Spinnen und schwachen Nerven 79

17 Flucht aus dem Camp 84

18. Nie mehr wieder! 89

19 Katzenjammer! 96

20 Nackte Entgiftung 100

21 Eiserne Faust 105

22 Galgenfrist 110

23 Wonkawee 111

24 Schwächeanfall im Dschungel 116

25 Flüssiger Tabak 124

26 The Gringo Shaman 129

27 Ärger im Paradies 142
28 Menschenfresser 148
29 Zerrissen und daneben 150
30 Als ich meine Dämonen das Fürchten lehrte! 152
31 Eine neue Frau? 164
32 Alleine im Dschungel 167
33 Überlebt 174
34 Neue Gesichter 178
35 Alles ganz anders … 180
36 Pfui, Spinne! 184
37 Königliche Verwandtschaft 195
38 Begegnung in Charapa Mama 199
39 Ein Jaguar ist auch nur eine Katze 204
40 Von allen Geister verlassen? 213
41 Abschied … für immer? 217
Epilog 219
So ging es bei den anderen weiter … 224
Mein Geschenk an meine Leserinnen und Leser 226
Wer will mehr wissen? 227

Prolog

Plötzlich kam ich zu mir. Alles um mich herum war schwarz. Der Schamane schlug so hart und rhythmisch auf seine Trommel ein, dass ich Angst hatte, unter mir würde sich die Hölle auftun und mich verschlingen. Träumte ich nur? Lag ich zu Hause in meinem warmen Bett? Hektisch fuhr ich mit den Händen über Kopf und Körper. Dann spürte ich den Stuhl unter mir. Nein. Ich saß. Mitten im Dschungel, gefangen in den Bildern, die nach und nach durch meinen Kopf rasten. Sah dunkle, bedrohliche Gestalten. Große, haarige Spinnen. Hörte das Stöhnen, Jammern und Schreien der anderen. Bis ich merkte, dass *ich* es war, die gerade einen lauten Schrei ausgestoßen hatte. Denn direkt vor mir grinste mich eine Fratze an und etwas streckte die Arme nach mir aus. Ich duckte mich. Gruselte mich. „Diese Musik war speziell zur Dämonenvertreibung", würde der Schamane am nächsten Morgen sagen. Doch dass ich einen nächsten Morgen erleben würde … daran glaubte ich in diesem Moment nicht. Denn ich war in meinem schlimmsten Alptraum gelandet!

1 Verflucht

An einem heißen Tag Anfang August bestieg ich früh um sieben ein Flugzeug nach Lima und hätte ich gewusst, dass ich in der Hölle lande, hätte ich mich umgedreht, wäre die Gangway zurück gestürmt und nach draußen gerannt, um mit hysterischer Stimme nach einem Taxi zu rufen.
Doch ich hatte keinen blassen Schimmer und so stieg ich zusammen mit den anderen ein, grüßte freundlich die Flugbegleiterin und drückte mich mit meinem prall gefüllten Rucksack durch den schmalen Gang zu meinem Sitzplatz durch.

Nachdem ich ein paar peruanische Passagiere vorbei gelassen hatte, zerrte ich das rote Ungetüm von meinem Rücken, verstaute es im Ablagefach über der Sitzreihe und ließ mich auf den mittleren Platz plumpsen, dem schlechtesten in der Reihe. Selbst schuld! Wer beim Einchecken nicht aufpasst ... Jetzt hatte ich keinen Blick aus dem Fenster und konnte nicht schnell mal zur Toilette huschen, ganz abgesehen vom Kampf um das Recht auf die Armlehne, den ich in der Mitte nach beiden Seiten führen musste.
Doch ich hatte Glück, denn neben mir saßen Sara und Beate, die ich schon länger kannte und die sich ebenfalls auf diese Tour mit ungewissem Ausgang eingelassen hatten. Dadurch ging ich nicht alleine auf den Trip. Dachte ich jedenfalls ...
Bisher war mein größtes Abenteuer eine Reise nach Indien gewesen. Zum Glück in ein 5-Sterne-Hotel. Denn wenn alles um mich herum fremd ist, wenn ich in eine Kultur eintauche, von der ich nur wenig weiß, wenn zu viele Eindrücke auf mich einstürmen ... dann wacht der Urzeitmensch in meinem Inneren auf und schwingt seine Keule. Wehe, wenn es so weit ist! Dann mäkle ich an allem herum, weil ich mich unsicher fühle, und suche eine Höhle, in die ich mich verkriechen kann. Am liebsten in Form eines gepflegten Hotels, um kurz Atem zu holen und mich danach gestärkt der Verheißung einer exotischen Umgebung hinzugeben.
Statt auch dieses Mal in einem hübschen Kleid und High Heels einen Hartschalenkoffer hinter mir herzuziehen, trug ich Joggingschuhe und eine geliehene Hose mit vielen Taschen, die man auf zwei Längen kürzen kann (ich hatte im Internet geschaut: So etwas scheint man Cargohose zu nennen). Zusammen mit dem auf meinen Rücken geschnallten Rucksack (vor kurzem bei einem Discounter als Sonderangebot erstanden) hatte ich mich so gekleidet, wie ich dachte, dass es eine Abenteuerin tut, wenn sie in den Dschungel zieht.

Die Flugbegleiterin schob ihren schweren Wagen zu uns heran: „Tee oder Kaffee?“
„Kann ich bitte ein Bier haben?“
Sie schüttelte irritiert den Kopf: „Nur Warmgetränke, Wasser oder Saft“.
Bier ist ein zuverlässiges Schlafmittel und ein halb gefüllter Becher hätte gereicht, mich sofort ins Land der Träume zu schicken. Ich war seit 3.30 Uhr wach und ein Nickerchen hätte mir jetzt gut in den Kram gepasst. Aber so musste ich mich mit einem Wasser ohne Kohlensäure zufriedengeben, klappte meinen Sitz nach hinten, setzte eine Augenmaske auf und versuchte, einzuschlafen.
Eine Stunde später landeten wir schon. Amsterdam hat einen schönen Flughafen, aber wenn man auf dem Weg in eine andere Welt ist, können sich viereinhalb Stunden ziemlich lange ziehen. Nachdem ich mit Beate und Sara gefühlte zehnmal durch den Flughafen geschlendert war, setzten wir uns ermattet auf eine Bank und warteten, bis endlich der Weiterflug aufgerufen wurde. Beate zog eine große Einkaufstüte mit Schokoriegeln aus ihrem Handgepäck: „Wollt ihr auch?“
Dann saß ich wieder auf dem mittleren Platz, fühlte mich von der fülligen Beate und ihrer Schokotüte bedrängt und fragte mich, wie ich das die nächsten 14 Stunden überstehen sollte.
Ich fummelte an der Bedienung des Monitors im Sitz vor mir herum, um mich mit einem kleinen Spanischkurs abzulenken. Es konnte ja nichts schaden, ein paar Worte zu kennen, die über „Buenos dias“ und „gracias“ hinausgingen. Vor vielen Jahren hatte ich mal versucht, Spanisch zu lernen. Beim Versuchen war es geblieben.
„Wir haben ja einen Deutsch sprechenden Reiseleiter dabei“, beruhigte Beate mich.
Der Spanischkurs langweilte mich schnell, denn er war etwas für absolute Anfänger. Zur Sicherheit hatte ich mir ja einen Reiseführer mit vielen Fotos gekauft. Die beiden wichtigsten Wörter hatte ich auswendig gelernt: „serpiente“ für Schlange, „araña“ für Spinne

und was eine „tarántula“ war, wusste ich auch ohne Übersetzung.
Ich stellte einen Spielfilm an, doch was daheim zuverlässig passierte, klappte in dem brummenden Flugzeug leider nicht. Ich konnte einfach nicht einschlafen. Stattdessen rasten Gedanken an das Ziel unserer Reise durch meinen Kopf.
Weil meine Füße unruhig auf dem Boden herumklopften, legte Beate eine Hand auf mein Knie und fragte: „Nervös?“
Als ich nickte, atmete sie tief ein, seufzte laut aus und sagte: „Ich auch!“
„Was in den nächsten Wochen wohl auf uns zukommen wird?“
Mir lief ein Schauer über den Rücken. Was ich über das Ziel unserer Reise wusste, waren nur Bruchstücke. Dschungel, Schamane und Zeremonien mit einer Flüssigkeit, von der ich zuvor nie etwas gehört hatte.
„Wenn wir alles überstanden haben, sind wir um ein paar Probleme leichter.“
Beate nickte bedächtig.
Doch dann fragte sie: „Und wenn nicht?“
Sara, die sich seit dem Abflug in ein Buch vertieft hatte, und Beate kannte ich aus einem Kurs, den wir seit längerem besuchten. Kursleiter Chris hatte uns die Reise schmackhaft gemacht. Vor vier Monaten kam er von seinem Trip zu Perus berühmtestem Schamanen zurück und berichtete begeistert von Dämonen, die er losgeworden war und von einer eisernen Faust, die sich in seinen Bauch gebohrt hatte, um das Böse aus seinen Eingeweiden herauszureißen.
Jeder vernünftige Mensch hätte darüber nur den Kopf geschüttelt und das tat ich auch, indem ich lautstark verkündete: „So etwas würde ich ja nie machen!“
Doch je länger Chris sprach, desto mehr formte sich der Gedanke in meinem Kopf: „*Das* will ich auch!“
Denn über Dämonen … konnte ich ein Lied singen!
Beruflich lief es schon länger gar nicht gut bei mir. Ich bin Autorin und Coach. Aber irgendwie war der Wurm

drin. Da war zum Beispiel die Sache mit den Verlagen. Der eine ging in Insolvenz, während ich noch mein Buch in den PC eintippte. Ich schrieb unbeirrt weiter, der Ratgeber gegen Liebeskummer legte einen super Start hin und die Verlags-Leute waren begeistert. Doch dem Insolvenzverwalter war das egal. Er machte den Laden dicht.
Ein anderer Verlag wurde geschlossen, weil die Inhaber in Rente gingen und keinen Käufer fanden. Das bedeutete das Aus für drei weitere Bücher.
Es war wirklich ein Kreuz: Statt endlich einen richtigen Knaller zu landen, der mich finanziell sorgenfrei gemacht hätte, stapelte sich die Restauflage der Bücher in meinem Keller.
Ich bekam zwar die Rechte an der Veröffentlichung zurück, doch was sollte ich damit anfangen? Die Aussichten auf dem Buchmarkt waren derzeit nicht gerade rosig.
Und dann die Sache mit dem Coaching. Vor Jahren war ich sehr erfolgreich gewesen. Meine Praxis brummte, an den Wochenenden gab ich Seminare. Dann ging es plötzlich abwärts. Bis heute habe ich nicht herausgefunden, was der Auslöser war. Denn Menschen zu coachen war meine Berufung, mein Hobby, mein Ein und Alles gewesen. Jahrelang war ich workaholicmäßig drauf. Vielleicht war das der Grund, dass von jetzt auf nachher die Luft raus war und ich Angst hatte, mich übergeben zu müssen, wenn noch einer fragen würde, womit ich mein Geld verdiene?
Es war Zeit für frischen Wind und ich bekam auch viele Angebote. Doch meist steckte hinter vielversprechenden Projekten nur heiße Luft und ich opferte Zeit für Dinge, die wenig Geld und viel Frust einbrachten.
Irgendwann war die Hoffnung auf den Durchbruch erschöpft und das fühlte sich ziemlich mies an. Ich rannte zu Kolleginnen und sagte: „Mach's mir weg!" Aber insgeheim dachte ich nicht daran, meine Blockaden aufzugeben, denn ich hatte gegen alles, was mir geraten wurde, ein „aber" parat und merkte

gar nicht, dass ich mir damit nur den Weg versperrte. Ich hatte oft das Gefühl, gar nicht richtig da zu sein und immer öfter hörte ich mich zu meinen Freundinnen sagen: „Auf mir liegt ein Fluch!“ Irgendwann hatte ich von diesem Zustand so dermaßen die Nase voll, dass ich alles daran setzte, ihn zu ändern. Das war ein hartes Stück Arbeit, aber es gelang mir. Innerlich war ich bereit für neue Herausforderungen, doch im Außen tat sich viel zu wenig. „Verflixt und zugenäht!“, dachte ich. „Jetzt müsste aber endlich mal etwas passieren!“ Ich hatte von meiner Erfolglosigkeit die Nase gestrichen voll! Aber ich schien noch immer etwas Schwerwiegendes falsch zu machen. Oder war es doch ein Fluch, der auf mir lag und mich ausbremste? Alleine wurde ich wohl nicht damit fertig …
Chris sagte, sein Business hätte sofort nach seiner Rückkehr einen ordentlichen Schub nach vorne bekommen. Und genau das war es, was für mich den Ausschlag gab.
„Gibt es dort große Spinnen?“ war meine größte Sorge.
„Vogelspinnen. Aber die sitzen in den Bäumen und kommen nicht herunter“, antwortete er.
„Versprochen?“
„Klar!“
Beschwingt fuhr ich von dem Treffen nach Hause und als ich mein Auto vor dem Haus parkte, hatte ich mich auch schon entschieden.
Ich ging an meine Ersparnisse, setzte meine ganze Hoffnung auf den Schamanen und nahm auch die Vorstellung einer eisernen Faust, die alles Schlechte aus meinen Eingeweiden kratzen würde, in Kauf.
„Wenn nicht?“, sagte ich zu Beate und zog dabei eine Augenbraue hoch, „*das* … kommt doch gar nicht in Frage!“
„Ich muss schon die ganze Zeit an die Geschichten denken, die Chris uns erzählt hat.“
„Ist mir egal. Solange die Dämonen auf Nimmerwiedersehen verschwinden, ist mir alles recht.

Die drei Wochen werde ich überstehen. Komme, was wolle!“
Beate schnaubte: „Deswegen zappelst du auch schon die ganze Zeit mit deinen Füßen.“
„Und du?“ grinste ich. „Einen Schokoriegel nach dem anderen?“
Sie boxte mich in die Seite „Ja, ja … schon gut!“ und stopfte sich ein weiteres Stück Schokolade in den Mund.
„Wir werden es beide schaffen!“
Von unserem Kurs hatten sich außer ihr, Küken Sara und mir noch weitere Leute angemeldet: das Paar Sophie und Frank und Single Jan. Die drei hatten eine andere Fluglinie genommen und würden kurz vor uns in Lima landen. Darüber, dass wir zu sechst reisten, war ich echt froh, denn alleine hätte ich mich nie und nimmer getraut, in den Dschungel zu fliegen.
Uns alle verband das Interesse an Quantenphysik. Wir beschäftigten uns einmal im Monat mit Methoden, die bei der Erschaffung einer neuen Realität helfen sollten. Im Laufe der elf Monate, die der Kurs jetzt lief, hatte sich bei jedem von uns einiges getan. Doch nun wollten wir mal weg von der Wissenschaft und stattdessen mit Spiritualität an unsere Themen ran. Obwohl Sara, Jan und Michael ja so taten, als wäre es die pure Abenteuerlust, die sie in den Dschungel trieb und als hätten sie eh keine Probleme. Von der alleinerziehenden Beate wusste ich, dass sie trotz ihres gut bezahlten Jobs kurz vor dem finanziellen Ruin stand. Frank sagte, er würde nur seine Freundin begleiten, Sophie und ich hatten dasselbe Thema: Es lief beruflich einfach nicht. Bei ihr noch um einiges schlechter als bei mir.
Die anderen hatten sich Bücher gekauft und im Internet nach Infos gesucht. Ich wollte davon nichts wissen: „Lasst mich bloß in Ruhe! Ich gehe lieber unvoreingenommen dort hin und lass mich überraschen.“
War das mein größter Fehler oder ein Riesenglück? Gut, dass ich nicht in die Zukunft schauen konnte …

*

„Hier spricht der Kapitän. Bitte schnallen Sie sich an. Aufgrund der aktuellen Wetterlage wird es zu ein paar Turbulenzen kommen."
Das Flugzeug ruckelte. „Falls wir abstürzen sollen, bitte erst auf dem Rückweg", betete ich still vor mich hin. Ich hatte dieses Abenteuer gebucht und jetzt wollte ich es auch erleben!
Als ich meine Freundinnen in meine Pläne einweihte, hatten zwei versucht, mich zurückzuhalten: „Bist du dir sicher, dass du das nicht in der Nähe machen kannst? Dieses Zeug gibt es doch sicher auch hier zu kaufen!" fragte die eine. Und die andere sagte: „Therapeuten gibt es an jeder Ecke. Wozu so weit wegfliegen?"
„Nein, gibt es nicht. In Deutschland ist Ayahuasca verboten. Und selbst, wenn: Hier wäre es doch nicht dasselbe. Ich will das ganze Paket mit Dschungel, Schamane und Magie!"
Ich ließ alles an mir ablaufen, was ich von meinen Freundinnen zu hören bekam und interessierte mich nur für aufmunternde Worte, denn ich war wild entschlossen, mein Leben auf den Kopf zu stellen. Wenn nötig, würde ich es durch den Fleischwolf drehen und etwas ganz Neues daraus formen. Es war höchste Eisenbahn für eine Veränderung!
Das Flugzeug wackelte, als würden wir über Bahnschwellen holpern. Ob das ein schlechtes Omen war?
„Beateeeeeee ..."
„Wird schon gut gehen!"
Kaum hatte sie es ausgesprochen, beruhigte sich der Flieger auch schon. Kurz darauf kamen die Flugbegleiterinnen, diesmal bekam ich ein Bier zu den Cannelloni und kaum hatte ich den Becher geleert, schlief ich ein.

2 Gruseln in Lima

Kotzen, kotzen, kotzen … Bernhard schien dieses Thema mehr zu lieben als jedes andere. Er war uns am Nachmittag auf dem Flughafen entgegen gekommen und ich wusste gleich, dass er unser Reiseleiter sein musste. Mit seinen hoch gekrempelten Ärmeln, dem alten Lederrucksack, den er lässig über eine Schulter geworfen hatte, der Nickelbrille und dem Hut sah er aus wie Indiana Jones' älterer, dicklicher Bruder, der gerade eine Nacht unter fragwürdigen Umständen verbracht hatte. Er hatte uns zusammen mit dem Rest unserer Gruppe und zwei weiteren Teilnehmern in eine kleine, schäbige Pension in Lima gebracht. Die Möbel sahen heruntergekommen aus und erinnerten mich an die frühen 70er, in denen ich mit meinen Eltern auf Reisen in Ostblockländern war. Das Waschbecken musste aus dem vorletzten Jahrhundert stammen mit seinem riesigen Sprung und der Aussparung für die billig riechende Seife. Den Duschvorhang würde ich nur mit einem Papiertuch anfassen, genauso wie die Tagesdecke auf dem Bett.

„Das ist der Vorgeschmack auf den Dschungel", sagte ich zu Beate und Sara, mit denen ich das Zimmer teilte.

„Es ist ja nur eine Nacht und so müde, wie wir sind …"

Aber bevor es ins Bett ging, machten wir noch einen Abstecher in ein kleines Restaurant. Jedenfalls diejenigen, die nach dem langen Flug noch munter genug waren. Und das war ich, denn ich konnte mir nicht vorstellen, in einer fremden Stadt auf einem anderen Kontinent zu sein, ohne wenigstens ein paar Straßen und ein Restaurant von innen zu sehen.

Wir saßen mit Bernhard an einem runden Tisch und hörten uns seine Schauergeschichten an.

„Ihr werdet beim Schamanen sieben Mal Medizin einnehmen. Die meisten Tränke werden dazu führen, dass ihr …", er hielt einen imaginären Topf hoch und machte: „wuääääähhh", und lachte.

Wie appetitlich! Glücklicherweise hatte ich bereits gegessen. Schon alleine das Wort „kotzen“, das er ständig in den Mund nahm ...
„Man stirbt nur innere Tode. Danach steht man wieder auf.“
Sollte das ein Trost sein?
„Es wird damit beginnen, dass ihr Ojé trinkt. Das ist eine Latexmilch, die euch zum Kotzen bringen wird.“
Wieder hielt er den imaginären Topf hoch und machte entsprechende Geräusche.
„Wozu soll das gut sein?“, fragte ich.
„Für den Magen-Darm-Trakt. Dr. Ojé entfernt Würmer und Parasiten.“
„Und wenn ich keine habe?“
Er saß direkt neben mir und deshalb drehte er sich auf seinem Stuhl in meine Richtung, damit er mir voll ins Gesicht sehen konnte, um mit Nachdruck du sagen: „Die hat jeder.“
Dann schaute er wieder in die Runde: „Diese schnelle Reinigung bereitet euch auf die Zeremonien vor. Auch nach der Einnahme von Ayahuasca werdet ihr ...“ und nochmal kam der imaginäre Topf zum Einsatz.
Ich nahm einen Schluck von meinem Fruchtcocktail, doch auch der konnte nichts daran ändern, dass mir ganz flau im Magen wurde. Ich hasste es, mich zu übergeben oder anderen dabei zuhören und zusehen zu müssen. Normalerweise passierte es mir vielleicht alle 10 Jahre mal, dass ich schnell zur Toilette rennen musste und nun sollte ich das mehrfach tun?
Uuuaaaahhhhh!
Bernhard schien ein Sadist zu sein, denn er schürte Ängste, wo er nur konnte. Bereits die Infos, die er uns vor zwei Wochen per Mail hatte zukommen lassen, hatten es in sich und hätte ich mir nicht fest vorgenommen, die Reise unter allen Bedingungen durchzuziehen ... keine Ahnung, was ich dann getan hätte.
Zuerst hatte er uns über die wahre Natur unseres Schamanen aufgeklärt. Don Agustin sei ein Hexer, schrieb er, und als solcher könne er Dinge mit uns

anstellen, gegen die wir uns nicht wehren könnten. (Würde er uns nackt auf den Tischen tanzen lassen?) Wir sollten auf keinen Fall auf die Idee kommen, uns in irgendeiner Art aufzuspielen, denn das könnte Geister auf den Plan rufen, die dafür sorgen würden, dass wir ausfällig werden, gegen andere körperlich vorgehen, in sexuelle Hysterie verfallen oder Selbstmordversuche machen würden.
Er wies uns darauf hin, dass wir 10.000 Kilometer von unserer Heimat entfernt in einem anarchistischen Staat seien. Deshalb dürften wir keine Fehler machen: kein Kokain kaufen und keine Einladung zur Kinderprostitution annehmen, denn das würde schnell tödlich enden (Wofür hielt er uns? Für Dummbeutel? Für Perverse?).
Menschen würden im Dschungel innerhalb kürzester Zeit spurlos vom Erdboden verschwinden, deshalb dürften wir uns nie alleine vom Camp entfernen und auch Gruppen müssten sich für einen Ausflug erstens abmelden und zweitens Stöcke und Taschenmesser bei sich tragen.
Doch das war noch lange nicht alles: Vor einiger Zeit hätten sich mehrere Leute nach einer Zeremonie bei Indios umgebracht und es käme vor, dass Frauen unter Ayahuasca vergewaltigt würden.
Daran schloss er die Warnung an, Ayahuasca zu trinken sei kein Spaß und kein Esotrip, sondern purer Exorzismus. Er kündigte an, dass wir während der Zeremonien möglicherweise in die Hose machen könnten, da wir Dinge erleben würden, die verstörend für uns wären.
Seine Mut machenden Informationen rundete er damit ab, dass er uns Höflichkeit anempfahl. Wir sollten morgens laut und deutlich mit „Buenos dias, Don Agustin“ grüßen und uns mit „Gracias con todas“ für das Essen bedanken, sonst würde Don Agustin uns als stinkende Gringos bezeichnen, die auf dem Plumpsklo dort landen sollten, wo sie hingehörten …
Und dann noch die anderen Risiken, die gerne mal tödlich enden konnten: Jaguare, Vipern, Wildschweine, Pumas, Taranteln, Skorpione,

Anacondas. In Iquitos – unserem Zwischenstopp – würden an allen Ecken Leute lauern, um uns zu entführen und unsere Organe zu stehlen ...
Wer hätte nach solch einer Mail nicht größte Lust gehabt, seine Reise umgehend zu stornieren? Ich jedenfalls fühlte mich von allen Seiten bedroht und der Urzeitmensch in meinem Bauch schrie laut auf!
Gleich, nachdem ich seinen Text gelesen hatte, schrieb ich an Sophie und Beate: „Was haltet ihr von Bernhards Mail?"
Beate nahm es mit Humor: „Ganz schön krass! Die paar spanischen Worte werde ich mir noch merken können, aber ansonsten müssen wir da durch. Wenn wir gemeinsam auf uns aufpassen, klappt das schon. Wahrscheinlich spielt Bernhard ein wenig Theater mit uns und lacht sich kaputt, wenn er von Hexenkessel und Exorzismus schreibt. Aber meine Organe sind in Sicherheit. So gut, wie die unter dem Fett versteckt sind, muss ich vor Dieben keine Angst haben. Hahaha."
Sophie antwortete: „Da könnte man ja meinen, man hat den Albtraum seines Lebens gebucht. Mir geht der Arsch auf Grundeis vor lauter Angst, dass ich einen Riesenfehler gemacht habe. Wenn das meine christliche Mutter wüsste! Die darf nie und nimmer erfahren, wo ich hingehe. Mal sehen, was Chris am Donnerstag dazu sagt."
Ja, Chris! Der hatte uns das Ganze eingebrockt! Aber er hatte es überlebt und mir war eh schon klar, was er antworten würde: „Die Mail nicht so wichtig nehmen! Das wird das Abenteuer eures Lebens!"
Ein Taschenmesser besorgte ich mir trotzdem und mein Körper ... der reagierte: Mein Herz klopfte im Doppeltakt, mir war ständig ein wenig übel, ich war fahrig, verhaspelte mich beim Sprechen und wusste nicht, was vorne und hinten war. Aber außer meiner Angst war da noch etwas anderes. Ich spürte, dass diese Reise so ganz anders sein würde, als alles, das ich jemals erlebt hatte. Ich hatte das Gefühl, zu einer Expedition in fremde Galaxien aufzubrechen. Es würde etwas Bedeutungsvolles passieren! Deshalb

konnte ich kaum abwarten, endlich im Flugzeug zu sitzen. In meinem Inneren war also ein ziemliches Gefühlschaos …
„Wie geht es euch?", fragte ich die beiden Mädels beim nächsten Treffen. Sie hatten ähnliche Symptome inklusive Dünnpfiff. Aber auch sie hatte die Reiselust gepackt!
Frank sagte, dass er nachts Besuch von unserem Schamanen Don Agustin bekommen habe: „Er hat gesagt, wir sollen keine Angst haben. In meinem Traum hat er ganz anders ausgesehen als auf seinem Buch. Viel älter. Und er hatte so schöne Zähne!"
Nach zweieinhalb Tagen hörten Symptome-Spuk und Angst wieder auf, die Vorfreude überstrahlte alles. Aber zur Sicherheit brachte ich meine Wohnung auf Hochglanz. Wusste ich, ob ich wirklich zurückkäme? Und als mich am Abend vor dem Abflug meine Freundinnen auf einen Abschieds-Cocktail besuchten, schrieb ich eine Verfügung für den Fall, dass mir etwas zustoßen würde.
Mein „Angstfeuer" hatte ich also schon einigermaßen abgebrannt. Doch was der Reiseleiter uns gerade auftischte, sorgte dafür, dass ich wieder mit meinen Füßen herumzappelte. Ich schaute die anderen am Tisch an. Die Männer schienen es lockerer zu nehmen, den Frauen ging es wohl ähnlich wie mir. Jedenfalls schauten sie auch ziemlich bedröppelt.
Er erzählte uns eine Geschichte nach der anderen. Von Vampiren, die im Camp leben sollten, von einem Schamanen, der gerne veräppelte und provozierte, über die Magie, die im Camp herrschte und dass wir deshalb nachts Begegnungen mit Geistern haben würden, aber vor allem über die Kotzerei. Es schien ihm viel Spaß zu machen, uns das alles unter die Nase zu reiben und während ich die Serviette, die ich die ganze Zeit in meiner Hand zusammen gequetscht hatte, in kleine Fetzen riss, fragte ich mich, ob nicht *er* derjenige war, der uns veräppelte. Vor allem als er davon sprach, dass wir Schwarze Messen abhalten würden. Als wir ihn erschrocken anschauten, lachte er

und sagte, dass die Zeremonien im Dunkeln stattfinden würden.
Bevor wir uns auf den Weg in die Pension machten, schaute er uns ganz ernst an und sagte: „Im Dschungel kann alles passieren. Alles. Raum und Zeit setzen aus. Die Magie übernimmt das Ruder. Geister und Teufel tauchen aus dem Nichts auf.“

3 Sturm über dem Dschungel

Wieder standen wir in aller Herrgottsfrühe in der Abfertigungshalle und warteten. Der Flug hatte sich um eine Stunde verschoben. Sturm über dem Dschungel! Es war unmöglich, zu starten.
Wir lachten uns unsere Unsicherheit und Angst weg oder taten zumindest so. Denn Reiseleiter Bernhard hatte gestern Abend erzählt, dass es über den Anden oft Turbulenzen oder Nebel gibt und dass schon so manches Flugzeug abgestürzt sei.
Meine Aufgeregtheit trieb mich nochmal zur Toilette. Ich reihte mich in die Schlange ein, wartete ungeduldig zwischen peruanischen Frauen, und weil sie merkten, wie aufgeregt ich war, ließen sie mich vor. Die Leute schienen ja sehr nett zu sein.
Dann hieß es: Abflug in 30 Minuten, auf zum Boarding! Kurz darauf saßen wir im Flugzeug nach Iquitos, der Stadt, in der man zur Organentnahme entführt wird, wie Bernhard es uns in seiner Mail so nett beschrieben hatte. Ich sah schon ein paar vermummte Peruaner an der Ecke laueren, in ihren Händen schwarze Säcke, die sie über die Köpfe umherirrender Europäer warfen, um ihnen bei lebendigem Leibe die Organe zu entreißen. Eins war sicher: Alleine würde ich dort nicht durch die Straßen laufen.
Kaum waren wir gestartet, ging das Ruckeln schon wieder los! Die Anschnallzeichen leuchteten auf. Was

würde wohl als Nächstes passieren? Ich strich mir die Haare aus dem Gesicht und kratzte mich an der Stirn. Ein sicheres Zeichen für meine Aufgeregtheit.
Beate und Sara mussten vom frühen Aufstehen ganz schön erschöpft sein, denn sie machten ein Nickerchen. Mir wäre das im Traum nicht eingefallen! Abgesehen davon, dass der Flug einfach zu unruhig war, wollte ich die Berge und Schluchten sehen, die Seen, das bis zum Horizont reichende Grün des Dschungels und den unglaublich breiten Amazonas mit seinen vielen Nebenarmen, denn dieses Mal saß ich am Fenster. Juhuuu!
Ich streckte mich und dachte: ICH in Peru! Im Dschungel. Noch vor kurzem wäre es für mich unvorstellbar gewesen, in ein Camp zu reisen, wo es kein Bad und keine richtige Toilette gab und wo ich mit den anderen zusammen in einer Hütte schlafen musste! Doch jetzt konnte ich es kaum abwarten, am Ziel zu sein und mich ins Abenteuer zu stürzen. Meine Angst war weg, war einer prickelnden Neugierde gewichen. Ungeduldig klopfte ich mit den Fingerspitzen auf der silbernen Schließe des Sicherheitsgurts herum und dachte: „Ich beim Schamanen. Um böse Geister und tief vergrabene Verletzungen austreiben zu lassen. Um endgültig zu beseitigen, was mich davon abhielt, beruflich wieder erfolgreich zu sein. Yeah!“
Ein paar körperliche Zipperlein hatte ich natürlich auch. Nichts Wesentliches. Aber wenn ich zum Beispiel nachts nicht mehr so oft Pipi machen müsste, wäre es schon nett.
In diesem Moment rutschte das Flugzeug in ein Luftloch ab und schon war ich mit meinen Gedanken ganz woanders: „Über den Anden ist schon so manches Flugzeug abgestürzt …“
Dieser Bernhard hatte doch nichts ausgelassen, um uns Angst einzujagen. Ich lugte durch die Spalte zwischen den Sitzen nach hinten. Da lag er, hatte den Mund offen stehen und schnarchte. Neben ihm saß Frank und zwinkerte mir munter zu. Ich lächelte ein

wenig schief zurück und dachte: „Wird schon gut gehen!"

4 Angst auf dem Amazonas

Als ich hörte, dass wir mit einem Schnellboot über den Amazonas fahren würden, um ins Dschungeldorf Tamshiyacu zu kommen, hatte ich vor meinem inneren Auge eine Art Yacht gesehen: groß, weiß, mit breiten Bänken und bequemen Kissen auf dem Deck. So wie ich es eben aus der Vergangenheit oder aus dem Fernsehen kannte. Ich schaute hinunter auf den Hafen von Iquitos und fragte mich, wann unser Schiff wohl ankommen würde und ob der Hafen dafür nicht zu klein sei.
Von meinen Überlegungen wurde ich abgelenkt, weil weitere Teilnehmer, die den Zwischenstopp in Lima ausgelassen hatten, ankamen. Mittlerweile waren wir schon 18 Leute. Ob die Gruppe noch viel größer werden würde? Auf so viele fremde Menschen hatte ich gar keine Lust.
Ein junger Mann – anscheinend der Assistent des Reiseleiters – führte uns hinunter zum Wasser und dann sah ich es: Die Leute vor mir stiegen ein … in ein altersschwaches Boot mit einer vergammelten Sonnenplane, die über einem verrosteten Gestänge ausgebreitet war. Dieses prächtige Gefährt fiel mir allerdings erst auf, als ich die ungleichen Stufen hinabgerutscht war. Weil ich Angst hatte, auf dem Hintern zu landen, hatte ich mich krampfhaft an dem schaukelnden Seil festgehalten. Es gab sonst kein Geländer und so hatte ich meinen Blick starr nach unten gerichtet und vorsichtig einen Fuß vor den anderen gesetzt. Die Leute hinter mir drängelten, deshalb ließ ich sie vor und stand dann als Letzte auf einem großen Steinblock. Ich sah das mickrige Boot und auf diesen Schreck folgte sogleich der zweite,

denn ich sollte von dem meterhohen Stein nach unten springen.
„Kann ich nicht!“ jammerte ich.
„Jetzt spring halt!“, riefen die beiden vor mir, doch ich bewegte mich keinen Zentimeter.
„Nein!“
Frank aus unserer Gruppe erbarmte sich, kletterte nochmal hoch, schnappte mich und hob mich hinunter.
„Das kann ja heiter werden mit dir im Dschungel“, murmelte er vor sich hin.
Das Boot hatte sechs Sitzreihen mit jeweils drei Plätzen. Weil es seitlich offen war und ich Angst vor Wasser habe, nahm ich den Platz in der Mitte. Mit dem Gepäck vor meinen Knien saß ich zwischen zwei Fremden und hatte ein mulmiges Gefühl im Bauch. Denn bei jedem Boot, das an uns vorbeifuhr, machte es wupp, wupp und unser Gefährt hüpfte in die Luft und schaukelte heftig. Mir wäre echt lieber gewesen, jemand hätte mich vor dem Einstieg k.o. geschlagen und erst an Land wieder zum Leben erweckt. Das Krokodil, das nahe am Boot vorbeischwamm, wäre gar nicht nötig gewesen, ich hatte auch so schon eine Gänsehaut. Denn was so alles im Amazonas herumschwamm … Bernhard hatte es uns gestern Abend aufgezählt: Riesenschlangen, Piranhas, Krokodile.
Das einzig Gute an dieser Situation war die Bekanntschaft mit Irina, blond, hübsch und in meinem Alter. Sie saß links neben mir, ließ ihre Hand ins Wasser hängen und lachte erwartungsfroh. Mit ihren funkelnden Augen und ihrer entspannten Art war sie mir sofort sympathisch.

5 Marsch durch den Urwald

Eine Ewigkeit später bog das Boot in den kleinen Hafen von Tamshiyacu ein. Das ganze Dorf schien sich dort versammelt zu haben, um uns zu begrüßen und unser Gepäck zu tragen.
„Die Leute hier sind sehr arm“, hatte Bernhard erzählt. „Sie freuen sich, wenn Sie sich ein paar Soles verdienen können.“
Außer meinem Rucksack hatte ich noch einen 22 kg schweren Hartschalenkoffer dabei, denn zur Sicherheit hatte ich mir eine dünne Matratze mitgenommen. Chris hatte uns davor gewarnt, dass die Betten sehr hart seien. Außerdem hatte ich einen Schlafsack eingepackt, um in den kühlen Nächten nicht frieren zu müssen. In Peru war derzeit Winter, wenn auch mit angenehm warmen Tagestemperaturen. Den übrigen Platz hatte ich genutzt, ein paar ausgediente Kleidungsstücke für die Frauen im Camp einzustecken. Und diesen schweren Koffer wollte jetzt eine zart gebaute, junge Frau tragen? Das kam gar nicht in Frage! Ich gab ihr meinen Rucksack und ließ den Koffer von einem Mann schleppen. Auch er würde ganz schön Mühe haben bei dem sechs Kilometer langen Marsch durch den Dschungel! Doch schneller als ich schauen konnte, lud er ihn auf eines der dreirädrigen Motocars, die dort überall herumknatterten und die Trägerin meines Rucksackes tat es ihm nach. Ich bekam Panik, dass die Peruaner mit meinem Gepäck verschwinden würden.
„Alles in Ordnung“, beruhigte mich unser Reiseleiter. „Ich kenne diese Leute. Die sind vertrauenswürdig. Wenn sie ein Motocar nehmen, verdient noch ein Dritter daran.“
Erleichtert atmete ich aus, wenn es mir auch lieber gewesen wäre, die beiden Träger würden neben mir gehen, damit ich mein Gepäck unter Kontrolle hätte. Als alle Gepäckstücke zugeteilt waren, marschierten wir los. Kinder aus dem Dorf, Träger und Neugierige gingen neben uns her, als wir über die sandige

Dorfstraße liefen, vorbei an farbig angemalten Häuschen und zum Teil armseligen Bretterhütten. Aus manchen Fenstern winkten uns lachende Kinder zu. Wir winkten zurück.
Die Straße wurde schmaler und verwandelte sich in einen staubigen, ausgetretenen Feldweg. Links und rechts des Weges standen Büsche und Bäume. Zwischendrin tauchten immer wieder Ananas-Felder auf.
Der Weg schlängelte sich einen flachen Hügel hinauf und wenn man nicht so genau hinschaute, konnte man glauben, man würde durch eine ländliche Gegend in Deutschland spazieren.
Dann plötzlich veränderte sich die Umgebung. Der Weg wurde noch schmäler und zwischen den Bäumen tauchten immer mehr Palmen auf. Jetzt gingen wir im Schatten und das war sehr angenehm, denn mir war ziemlich heiß. Aber ich traute mich nicht, meine Hose zu kürzen, weil ich Angst vor Moskitos und anderen Tieren hatte.
Außer den Gepäckträgern liefen noch immer die Kinder neben uns her und stellten Fragen: „Wie heißt du?“, „Wo kommst du her?“ Die Erwachsenen wollten wissen: „Bist du verheiratet?“, „Wie viele Kinder hast du?“, „Wie alt sind deine Kinder?“
Meine Spanischkenntnisse reichten gerade mal so aus, ihre Fragen zu kapieren und radebrechend zu beantworten. Wir lachten, weil uns die Verständigung so viel Mühe machte. Aber es war eine schöne Begrüßung in diesem fremden Land.

Wenn die Leute mal schwiegen, konnte man die Ruhe spüren, obwohl der Dschungel voller Tierlaute war. Das mussten unzählig viele Vögel sein, die um die Wette zwitscherten und zirpten. Dann war da noch ein seltsames Geräusch, das sich wie eine kleine Kreissäge anhörte.
„Pájaro, pájaro!“ sagten die Kinder, als ich stehen blieb, meine Hände hinter die Ohren legte, nach oben zeigte und den Ton mit „pssssssssssssssss“ imitierte.
Ich hatte keine Ahnung, was sie meinten, aber plötzlich war Bernhard neben mir und sagte: „Pájaro heißt Vogel!“
Nach ungefähr einer Stunde wurde der Weg wieder breiter und dann sahen wir einen Zaun mit einem Tor und darüber ein Holzschild, auf dem in großen Buchstaben stand: „Albergue Yushintaita de Agustin Rivas Vasquez“. Wir waren angekommen!

6 Yushintaita, abseits der Zivilisation

Würde ich hier erfahren, wer ich war, woher ich kam, wohin ich ging und was meine Lebensaufgabe war? Würde mir die Ayahuasca eine Antwort darauf geben, wie ich einen Bestseller landen konnte?
Mit diesen Gedanken ging ich durch das Tor und war zuerst einmal überrascht. So gepflegt und sauber hatte ich mir das Camp nicht vorgestellt. Nicht, dass ich konkrete Vorstellungen gehabt hätte, aber dennoch ... irgendwie hatte ich mit etwas Primitiveren gerechnet, so mitten im Dschungel.
Es war eine hübsche Anlage mit Hütten in verschiedenen Größen, alle aus mehr oder weniger grau gewordenem Holz mit Dächern aus Palmblättern. Die Hütten standen auf hohen Stelzen genauso wie die Stege, die die Gebäude miteinander verbanden.

Es gab zwei Flüsschen und an der Stelle, wo sie aufeinandertrafen, bildeten sie eine Art Pool mit zwei Holztreppen, die ins Wasser führten.
Kaum hatten wir die Anlage betreten und uns neugierig umgeschaut, kam Perus bedeutendster Schamane auf uns zu: ein älterer Herr in einem langen, bunten Gewand mit Brille und einem kleinen Safarihut auf den langen Locken. Er begrüßte uns und lächelte uns dabei freundlich an. Aufgrund der Dinge, die Bernhard über ihn erzählt hatte, hätte ich nie gedacht, dass er so sympathisch ist.
Don Agustin zeigte auf den Pool, den er „baño“ nannte, weil er uns auch als Badezimmer dienen würde: „Ihr müsst so oft wie möglich baden, während ihr hier seid, damit ihr eure Gifte abwascht“.
„Badezimmer? Soll das heißen, dass wir uns alle zusammen da drinnen waschen müssen?“ fragte ich Frank.
Der war gerade mit etwas ganz anderem beschäftigt: „Don Agustin sieht ja genauso aus, als er mir nachts erschienen war! Nicht so, wie auf dem Buchcover, sondern genauso, wie er jetzt vor uns steht!“
Ein paar Frauen kamen hinzu und Don Agustin forderte uns mit einer Handbewegung auf, ihnen zu folgen.
„Wie heißt du?“, fragte ich diejenige, die vor uns herlief.
„Adelia“, antwortete sie und strahlte mich an.
Paare wie Sophie und Frank durften alleine in eine kleine Hütte oder im Turm in ein Doppelzimmer einziehen. Wir anderen mussten uns die zwei Stockwerke der großen Hütte teilen.
Ich fragte: „Ist es o.k., wenn die Männer unten bleiben und die Frauen nach oben gehen?“
Glücklicherweise widersprach keiner und so schleppte ich meinen schweren Koffer mit Adelias Hilfe die Stufen zum 1. Stock hinauf und war schon wieder überrascht über den großen, lichten Raum, denn er war bis unter das Dach offen.
Es gab zwei Reihen mit schmalen Holzbetten. Über den Holzaufsätzen hingen Moskitonetze. Mit gutem

Willen konnte man das als Himmelbett bezeichnen, und wenn man das Netz vorne schloss, war es sogar heimelig und bot eine gewisse Intimsphäre, weil man erst auf den zweiten Blick sah, ob jemand drinnen lag. Ich nahm das zweite Bett auf der linken Seite, Beate das gegenüber. Rechts neben mir packte Irina ihren Rucksack aus und schimpfte, dass es so unpraktisch war, mit diesem Ding zu reisen, weil sie bis auf den Grund bohren musste, um an ihre Sachen zu kommen.
Es gab für jeden einen einfachen Holztisch und an den Balken waren ein paar Haken angebracht, an die wir unsere Kleider hängen konnten. Mit so viel Komfort hatte ich gar nicht gerechnet. Aber ich beglückwünschte mich dazu, so kapriziös gewesen zu sein, das Hartschalending mitzunehmen, obwohl die anderen mich ausgelacht hatten. Nun brauchte ich ihn nur aufzuklappen, meine Drahtkleiderbügel und alles, was hängen sollte, herauszuholen und meine Unterwäsche und andere Kleinigkeiten blieben sicher und trocken verschlossen.
Alles war also bestens bis zu dem Moment, als Mike, der Assistent des Reiseleiters, die Tür aufriss und mit lautem Knall seinen Rucksack fallen und sich auf das Bett neben mir plumpsen ließ.
„He, was machst du hier? Nur für Frauen!“
„Unten ist nix mehr frei!“
Mist! Jetzt hatten wir diesen lauten Jungen auf dem Hals!

*

Ich zog meinen Bikini an und machte mich mit Duschgel und Handtuch auf den Weg zum baño. Don Agustin hatte gesagt, dass wir erst etwas zu Essen bekämen, wenn wir sauber wären. Ein oder zwei Leute waren nackt hineingesprungen, doch das war nicht mein Ding. Ich zeige mich nicht so gerne ohne Kleidung.
Eine Ansammlung von zu viel Wasser ist ebenfalls nicht mein Ding. Deshalb setzte ich mich zuerst

einmal auf die zweite Stufe der Treppe, streckte meinen Fuß ins Wasser und merkte, dass der Untergrund total schlammig war.
Was hatte ich denn erwartet? Fliesen würde ich in einem natürlichen Flussbett keine finden.

Ich blieb sitzen und schaute mich misstrauisch um: Unter den Holzplanken an meiner rechten Seite hatte sich einiges an grünem und braunem Zeug angesammelt. Ob es dort auch Spinnen gab? Und im Wasser Schlangen? Zum Beispiel eine Boa, die sich um meine Beine wickeln würde? Damit ich auf dem schlammigen Untergrund ausrutschen und kopfüber ins Wasser fallen würde? Ertrunken und erwürgt gleich an meinem ersten Tag?
Oh, je … So viele Fragen wegen ein bisschen Wasser! Aber so bin ich nun mal und die Reden des Reiseleiters waren bei mir auf fruchtbaren Boden gefallen.

Also blieb ich sitzen, formte meine Hände zu Schalen, füllte sie mit Wasser, duschte mich auf diese Art ab, um ganz schnell wieder die beiden Stufen nach oben zu klettern, mich abzutrocknen und in Richtung Sitzecke zu verschwinden, wo die anderen schon Platz genommen hatten.
Auf dem Weg dorthin riss das Riemchen an meiner Badesandalette. „So ein Mist!“, schimpfte ich, zog sie aus und ging barfuß weiter. Das hatte Don Agustin gesehen. Als ich mich neben ihn setzte, nahm er mir den Schuh aus der Hand, rief etwas und eins der Mädchen brachte eine Tube. Er klebte das Riemchen fest, sagte, ich solle es über Nacht trocknen lassen, und auch diese nette Geste passte so gar nicht zu dem Bild, das unser Reiseleiter von dem Schamanen gezeichnet hatte.

*

Wir saßen alle zusammen um einen großen Tisch und pafften mit Don Agustin Mapacho-Zigaretten. Ich bin Nichtraucherin, doch bei diesen Zigaretten handelte es sich nicht um die herkömmlichen Glimmstängel.
„Das ist heiliger Tabak! Damit reinigen wir uns von schlechten Energien“, hatte der Schamane gesagt, und als er mir eine Zigarette anbot, griff ich sofort zu. Ich hatte mir ja vorgenommen, alles mitzumachen und nichts auszulassen. Außerdem war ich superneugierig darauf, was es mit dem Tabak auf sich hatte. Er schmeckte sehr kräftig, und nachdem ich ein paarmal an der Zigarette gezogen hatte, fühlte ich mich, als würde ich gleich abheben. Schnell drückte ich sie aus und steckte den Rest in meine Hosentasche für später.
„Nicht auf Lunge!“, befahl Don Agustin den anderen. Dann hielt er einen Vortrag darüber, dass dieser Tabak ohne Zusätze von chemischen Mitteln gewachsen sei und was mit einem passierte, wenn man herkömmlichen Tabaks benutzte.
Als Nichtraucherin fühlte ich mich nicht angesprochen und außerdem musste ich dringend etwas erledigen,

das ich bis jetzt erfolgreich vor mir hergeschoben hatte: Ich musste mal aufs Klo!
„Weißt du, wo das Klo ist?“, flüstere ich Beate zu.
„Nee, aber ich muss auch mal. Ich glaube, es ist irgendwo da hinten. Komm, wir gehen es suchen.“
Wir gingen den Weg über den Steg, vorbei an der offenen Küche und dem teilweise überdachten Essplatz, über den kleinen Fluss und immer weiter in Richtung Dschungelrand. Das waren sicher 100 Meter.
Ich fragte mit Grabesstimme: „Und hier sollen wir nachts alleine rumlaufen?“
„Wir gehen zu zweit. Weck mich ruhig auf, wenn du musst.“
„Ja, und du mich auch!“
Wir stiegen fünf Stufen hinauf und schauten auf vier Plumpsklos. Ganz hinten war noch eins, aber da war nur ein Loch im Boden. Zwischen den Holzsitzen gab es dünne, halbhohe Wände, die nach vorne hin offen waren. Erst im Abstand von gut einem Meter war eine Holzwand, die ebenfalls halbhoch war. Zwischen Klositz und Wand standen große Säcke mit Holzmulch.

Beate nahm eine Handvoll und sagte nachdenklich: „Davon muss man sicher etwas reinwerfen, wenn man ein großes Geschäft gemacht hat".
Ein Plumpsklo an sich war für mich nichts ganz Fremdes, denn bis zu meinem sechsten Lebensjahr lebten wir bei meiner Oma und damals war es noch nicht üblich, ein Badezimmer im Haus zu haben. Aber es hatte mich immer geekelt, weil auf dem Klo manchmal Spinnen herumkrochen und mich der Gedanke, in das Loch zu rutschen, geängstigt hatte.
„Dass ich so etwas nochmal erleben darf!"
Ich traute mich gar nicht, mich auf das unhygienische Brett zu setzen – gab es hier Desinfektionsmittel? - sondern blieb in der Hocke. Wie sollte ich das drei Wochen lang durchhalten? Meinen Oberschenkel- und Pomuskeln würde das sicher gut tun.
An Ästen oberhalb der Trennwände hingen Rollen mit Toilettenpapier.

„Wir können ja froh sein, dass wir keine Blätter nehmen müssen", sagte ich munter.
„Ich glaube, hier ist echter Galgenhumor gefragt", sinnierte Beate.

7 Was jeden so quält ...

Wir saßen alle am großen Tisch und futterten unser Abendessen: ungesalzener Reis, verschiedene Gemüsesorten und etwas, das aussah, wie ein längliches Kartoffelstück, ebenfalls ungewürzt.
„Das ist Maniok, in Peru Yucca genannt", sagte Bernhard.
Zu trinken gab es Wasser. Ich erfuhr später, dass es sich um abgekochtes Flusswasser handelte. Es schmeckte seltsam rauchig. Bääähhh! Außerdem standen große Plastikbehälter mit Tee auf dem Tisch. Chris hatte uns vorgeschwärmt, dass er noch nie so gut gegessen habe, wie im Dschungel. Seine Geschmacksknospen schienen ganz anders entwickelt zu sein als meine. Ich liebe gut gewürztes Essen und Wasser, das ein klein wenig sprudelt und nach nichts schmeckt, jedenfalls nicht nach Rauch.
„Ach, was soll's? Das Essen ist hier doch nebensächlich", sagte ich mir. Ich war ja aus ganz anderen Gründen hier und hatte eh wenig erwartet. Und wenn ich Gewicht verlieren würde, so drei bis vier Kilo ... wäre das suuuper!
Als ich fertig war und aufstand, bedankte ich mich artig bei den Köchinnen. So, wie Bernhard es uns anempfohlen hatte und wie es jeder höfliche Mensch doch sowieso tat.
Ich rief laut: „Gracias con todas, Señoras", und rollte das „r", so gut ich konnte. Sie antworteten mit „Gracias, Señorita!" Ein paar Frauen kamen zum Tresen, vor dem ich stand und wir tauschten unsere Namen aus. Als ich meinen sagte, antworte Marina:

„Ah, Helguita!“, lächelte mich freundlich an und drückte meine Hand.
„Wieso nennt sie mich so?“, fragte ich Bernhard.
„Das ist eine Liebkoseform deines Namens.“

*

Im Camp gab es einen großen Gemeinschaftsraum mit bequemen Plastikstühlen und langen Holzbänken, auf denen blaue Matten lagen. Am Kopfende des Raumes stand ein großer Tisch mit Tabak und Aschenbechern, Skulpturen, Pfeifen und Kerzenständern. Weil es dunkel war, brannten ein paar Kerzen und das war der Startschuss für die Moskitos. Kaum hatten wir den Raum betreten und uns hingesetzt, machten sie sich auch schon über uns her und ständig klatschte oder fluchte jemand. Nachdem wir alle einen Platz gefunden hatten, schauten wir erwartungsvoll auf Don Agustin, der es sich hinter dem Tisch bequem gemacht hatte und an seiner Pfeife zog.
Er begrüßte uns nochmals mit freundlichen Worten und hieß uns im Camp willkommen. Bernhard übersetzte alles für uns. Dann hielt er uns eine Rede darüber, wie wichtig es sei, sofort die Türen zu verschließen, wenn wir Räume betraten, dass wir nachts nicht ohne Lampe gehen dürften, dass jeder unter seinem Bett einen Topf finden würde, falls er nicht aus seiner Hütte raus wollte und andere Verhaltensregeln, die wichtig waren, wenn man mitten im Dschungel lebte.
Dann war es so weit: Es ging ans Eingemachte! Denn jeder von uns musste erzählen, warum er hier war. Und alle anderen hörten mit. Von Intimsphäre war also auch hier keine Spur.
Ich konnte mich gar nicht so richtig darauf konzentrieren, was die anderen sagten, denn ich formulierte schon einmal hin und her, was ich gleich verraten wollte. Sollte ich drum herum reden? Oder sollte ich mich vor den anderen nackt machen und mit den Tatsachen herausrücken?

Was ich am Rande mitbekam: Die meisten hatten körperliche Beschwerden, zwei Leute hatten sogar Krebs. Bei Beate ging es um die finanziellen Probleme, Sara gestand, dass sie wegen Liebesdingen hier war, Jan tat auch jetzt so, als wäre er nur aus Neugierde gekommen, Michael sprach über Astralreisen, Sophie erzählte von ihren vergeblichen Versuchen, beruflich vorwärtszukommen und Frank blieb zwar dabei, dass er nur hier sei, um seine Freundin zu unterstützen, doch er sprach auch von Problemen in seiner Firma. Diese Offenheit fand ich sehr sympathisch!
Don Agustin hörte aufmerksam zu, machte bei jedem zwei, drei Bemerkungen und nickte ansonsten verständnisvoll. Vor mir kam Irina dran. Sie sagte: „Ich will wissen, wer ich *wirklich* bin!“
Dann gab es keine Gnade mehr, denn ich war die Letzte in der Runde. Ich erzählte ein bisschen etwas zu meiner beruflichen Situation, erwähnte die körperlichen Zipperlein und endete mit dem Satz: „Ich will meinen beruflichen Erfolg wieder haben!“

8 Nachts aufs Plumpsklo

Ich wachte auf, weil ich eine Bewegung gespürt hatte. Der Boden – wie einfach alles hier im Dschungel - war aus Holz und wenn jemand einen Schritt machte, vibrierte das ganze Stockwerk.
Ich richtete mich schnell auf, schob das Moskitonetz auseinander und sah, dass jemand an meinem Bett vorbei in Richtung Tür ging.
„Gehst du aufs Klo?“, flüsterte ich.
„Ja“
„Warte! Ich geh mit!“
Schnell sprang ich aus dem Bett, schlüpfte in meine Flip Flop und schnappte die Taschenlampe, die ich griffbereit neben mein Kopfkissen gelegt hatte. Sara

stand schon an der Tür und wartete ungeduldig darauf, den Riegel vorschieben zu können, um die Moskitos draußen zu halten. Das Gebäude hatte keine Außenwände, sondern nur Holzbalken und im oberen Stockwerk bis auf eine Höhe von ungefähr einem Meter eine Art Jägerzaun drum herum. Alles andere war offen und mit einem feinmaschigen Gewebe gegen Stechmücken (und andere Tiere?) abgesichert.
Nachdem die Tür geschlossen war, schalteten wir unsere Taschenlampen an und gingen die Treppe hinunter. Ich versuchte, so leise wie möglich aufzutreten, damit wir nicht das ganze Haus aufweckten. Trotzdem knarzte die Treppe bei jedem Schritt.
Wir bogen nach links auf den Steg ab, und als ich neben Sara herlief, wollte ich mich bei ihr einhaken, aber sie machte gleich einen großen Schritt zur Seite und ich zuckte zusammen.
„Kann sie ihre spröde Art nicht mal im Dschungel ablegen?“, fragte ich mich, und als ich dachte: „doofe Nuss!“, war ich mir nicht sicher, ob ich mich mehr über sie oder mich selbst ärgerte. Warum hatte ich es überhaupt versucht? Ich wusste doch, wie zurückhaltend sie war. Aber so abweisend hatte ich sie zu Hause nie erlebt. Sollte man unter den Umständen, die wir gerade erlebten, nicht näher zusammenrücken?
Ich schüttelte den Kopf und richtete meine Aufmerksamkeit lieber auf die Geräusche der Nacht. Es war mir schon beim Einschlafen aufgefallen, wie laut der Dschungel war. Sobald die Sonne in Sekundenschnelle untertauchte, waren es vor allem die vielen Frösche, die den Lärmpegel nach oben regelten. Das hörte sich irgendwie gemütlich an. Aber an die Tiere, die uns im Klo erwarten würden, wollte ich nicht denken. Ich nahm schnell die Stufen, erledigte, was mir den Schlaf geraubt hatte und schon waren wir wieder auf dem Weg zurück.
Sara sagte auch jetzt kein Wort, sondern stapfte schnell los, und als ich mich wieder aufs Bett legte

und in die Decke einrollte, schwor ich mir: „Da gehe ich das nächste Mal doch lieber alleine!“

*

Ich wachte auf, weil ich schon wieder auf die Toilette musste. Mist! Und jetzt? Sollte ich Beate wecken? Ich schob den Vorhang auseinander, schlüpfte in meine Schuhe und schlich nahe an ihr Bett heran. Dann flüsterte ich: „Beate?“ Nichts rührte sich. „Beate?“
Ich trippelte auf den Zehenspitzen, weil ich so dringend musste, und verfluchte mich, dass ich so viel von dem Tee getrunken hatte. Schnell in den Plastiktopf machen, der unter meinem Bett stand? Und wenn jemand aufwachte, hörte und sah, was ich da tat? Nee, das war einfach zu peinlich!
Ich hatte keine andere Wahl. Ich musste mich meiner Angst stellen! Auf der Treppe nach unten sprach ich mir gut zu: „Eine starke Frau hat keine Angst vor Geistern!“
Mit festem Schritt und der Taschenlampe in der Faust betrat ich den Steg und ging zielstrebig auf das baño, wie hier nicht nur der Pool, sondern auch das Klo genannt wurde, zu.
„Ihr befindet euch an einem magischen Ort. Ihr werdet Begegnungen mit Geistern haben.“ Der Satz ging mir einfach nicht aus dem Kopf!
Ich machte größere Schritte und schimpfte vor mich hin: „Dieser Bernhard mit seiner Angstmacherei!“
Doch dann hatte ich erledigt, was unbedingt sein musste, ging mit ebenso festen Schritten den Weg zurück und die Treppe hinauf. Als ich das Moskitonetz zuzog, war ich stolz auf meine Heldinnentat: „Wer wird denn vor ein paar Geistern Angst haben!?“

9. Dr. Ojé – oh je!

Ich hatte sicher schon eine Stunde wachgelegen und gewartet, dass sich jemand rührte. Leider hatte ich vergessen, eine Uhr mitzunehmen und selbst wenn ich gewusst hätte, wie spät es war … hatte ich eh keine Ahnung, wann hier die Sonne aufging. Also lag ich mit offenen Augen da, starrte an den Betthimmel, lauschte dem Geschrei, Gezirpe und Gepiepe der unterschiedlichen Tierstimmen, wartete darauf, dass es hell wurde, und wunderte mich wieder darüber, wie laut es im Dschungel war. Das mussten unzählige Vogelarten sein, wahrscheinlich auch Affen und andere Tiere, von denen ich nicht wusste, welche. Ganz entfernt hörte ich das „wooop, wooop" der Frösche.

Endlich ging die Sonne auf und die Vogelstimmen änderten sich - es wurde plötzlich viel mehr geträllert. Ich hörte die Küchenfrauen kommen und sich an die Arbeit machen. Eine der Frauen im Schlafraum stand auf und das war für mich das Zeichen, ebenfalls das Moskitonetz beiseitezuschieben und mit der Zahnbürste bewaffnet nach unten zu gehen.

Es gab im ganzen Camp nur zwei Stellen mit fließendem Wasser: An der Toilette war auf einem einfach gezimmerten Holztisch ein Wasserhahn angebracht, unter dem eine große Blechschüssel stand, die man von Zeit zu Zeit leeren musste. Die andere Wasserstelle war eine Küchenspüle direkt unten an unserer Treppe und dort konnten wir unsere Zähne putzen.

Am Treppengeländer war ein alter Spiegel mit vielen braunen Flecken befestigt. Zum Glück hatte ich meinen Handspiegel dabei.

Um 6.30 Uhr versammelten wir uns am großen Esstisch, denn es war Zeit für die Erfahrung mit Dr. Ojé. Don Agustin stellte jedem von uns ein großes Glas voll Latexmilch vor die Nase und die freundlich lächelnde Adelia brachte uns Teller mit vier halbierten Orangen, die wir danach essen sollten.

„Gracias, Adelia."

„Salud, Helguita."
Als jeder Ojé und Orangen hatte, stand der Schamane auf, nahm sein Glas in die Hand, hielt es in die Höhe und wir taten es ihm nach. Wir drehten uns in alle Himmelsrichtungen, während Don Agustin um Unterstützung für uns bat. Danach wandten wir uns Mutter Erde und Vater Himmel zu und unser Schamane bat darum, dass wir während der Reinigung geschützt seien und dass wir alle Parasiten loslassen könnten. Ich spürte, dass etwas Bedeutungsvolles passieren würde, und fühlte mich von diesem Gemeinschaftsritual so berührt, dass meine Augen in Wasser schwammen. „Schnell die Augen trocken blinzeln", dachte ich. Wie peinlich wäre das denn, wenn die anderen meine Rührung bemerken würden?
Unser Schamane hob sein Glas nochmal in die Höhe, prostete in die Runde und befahl: „In einem Zug leertrinken!"
Das war gut, denn hätte ich zwischendrin abgesetzt, hätte ich sehr viel Mut gebraucht, das Glas nochmal an die Lippen zu führen. Es schmeckte einfach nur „bääääähhhhh!"
Nachdem das weiße Zeug in unseren Mägen war, mussten wir unsere Bäuche massieren und auf und ab hüpfen, um alles gut zu verteilen.
Der Schamane sang ein Lied, in dem oft das Wort Ojé vorkam, die beiden etwa fünfjährigen Camp-Kinder machten begeistert mit und konnten sich vor Lachen fast nicht einkriegen. Mir war nicht nach Lachen zumute, denn ich wusste, was auf mich zukommen würde.
Wir setzten uns wieder hin und warteten darauf, dass der Sturm losbrach. In ungefähr einer Stunde würde es ganz schön rundgehen: Zuerst würden wir uns übergeben müssen und danach ginge es nach hinten los. Sozusagen Entgiftung am Nordpol und Südpol. Don Agustin hatte uns gesagt, dass wir uns im Areal verteilen sollen: „Zieht eure Hosen aus und bindet euch ein Handtuch um die Hüften. Ins baño (damit meinte er diesmal die Toilette) dürft ihr nur das erste

Mal. Danach müsst ihr ins Wasser Kaka machen, denn das Ojé wird brennen, wenn es wieder herauskommt. Papier würde euch nur weh tun. Deshalb geht ihr ins Wasser."
Als wir ihn erschrocken anschauten und noch überlegten, ob er uns veralberte, meinte er: „Sobald ein Würstchen im Wasser schwimmt, kommen sofort die Fische und fressen es auf. Macht euch keine Sorgen!"
Meinte er das tatsächlich ernst? Ich schaute fragend zu Bernhard und der nickte.
Um Himmels willen! Wo war ich hier nur gelandet? Gemeinsam mit den anderen zu schlafen? O.k. Das Plumpsklo? Eine hinzunehmende Realität. Aber gemeinsames Kaka machen, wie er es so schön genannt hatte? Irgendwo waren ja auch Grenzen! So etwas konnte er mit uns Europäern doch nicht machen!?
Doch was nutzte mir mein stummer Protest? Nichts.
„Stell dich nicht so an! Wir sind hier schließlich im Dschungel und die meisten Leute wirst du eh nie mehr sehen", sagte Jan.
„Blödmann!", dachte ich und drehte ihm den Rücken zu.
Wir saßen in der Runde und warteten. Die Kerle witzelten und ich versuchte, ihre Sprüche zu überhören. Denn ich fühlte mich wegen der ganzen Situation und weil es in meinem Bauch zu brummen begann, ziemlich bedauernswert.
„Selbst schuld!", schimpfte ich mit mir. „Hat dich ja keiner gezwungen."
Irgendwann fing ich an, zu weinen. Das musste ich immer, bevor ich mich übergeben muss, weil der Druck in meinem Inneren dann einfach zu groß ist.
Die anderen fragten besorgt, ob alles in Ordnung sei. Ich nickte verzweifelt und setzte meine Sonnenbrille auf.
Jan wollte ein Foto von uns machen. Ich drehte mich weg. Das Ritual hatte begonnen, was gab es da zu fotografieren? Und in meinem Elend wollte nicht gestört und schon gar nicht abgelichtet werden.

Plötzlich stand der Erste auf, machte ein paar Schritte ins Gelände und übergab sich lauthals. Ich litt mit ihm mit, aber mir wurde selbst immer schlechter und in meinem Gedärm grummelte es jetzt ordentlich. Am liebsten wäre ich weggerannt. Doch was hätte mir das genutzt?

„Gegen Dr. Ojé seid ihr machtlos“, hatte der Schamane noch so nett gesagt, nachdem wir die Gläser geleert hatten. Jetzt war ein Prozess in Gang, der nicht mehr zu stoppen war. Jede viertel Stunde schrie Cathy, eine junge Frau aus Deutschland, die bei Don Agustin in die Lehre ging, laut:

„Aguuuuaaaaa!“

Wir mussten dreieinhalb Stunden lang alle 15 Minuten ein großes Glas lauwarmes Wasser hinunter kippen.

„Cathy wird euch überall hin verfolgen“, hatte der Schamane uns angedroht. „Denn es ist wichtig, dass ihr viel trinkt, um alle Parasiten aus eurem Körper heraus zu schwemmen.“

Um mich herum wurde munter in die Landschaft gekötselt. Die Männer mit viel Getöse, als handle es sich um den Wettkampf „Wer kann am lautesten?" und die Frauen etwas dezenter.
Dann sprang auch ich auf, hielt mich an einem Holzgeländer fest, und während mir die Tränen über die Wangen liefen, schoss es aus mir heraus. Meine Brille fiel herunter und beinahe in das weiße Zeug und die Reste vom gestrigen Abendessen.
„Mist!" fauchte ich, als ich mich bückte, um sie aufzuheben und auf eine Bank zu legen. Da musste ich schon wieder kübeln. Einfach mitten auf den Weg, dort wo ich gerade stand. Oh, je!
Ich machte ein paar Schritte weg von diesem Ort des Grauens, ließ mich nach unten sinken und kauerte mich auf den Bretterboden, wusste aber, dass es noch nicht zu Ende war.
Warum? Warum hatte ich mir das nur angetan? Und schon ging es wieder los und, kaum hatte ich mich erholt, noch einmal.
Auch die anderen litten vor sich hin. Mike lag auf den Holzplanken und musste nur den Kopf drehen, um lautstark in den Pool zu kübeln. „Was für ein Glück, dass das Wasser in die andere Richtung fließt", dachte ich. Dann stöhnte ich erschöpft auf, denn ich fühlte mich nur noch schwach und schleppte mich zum Pool. Wenn wir schon ins Wasser machen mussten, dann konnte ich das auch beim ersten Mal tun, denn es drückte an anderer Stelle und ich hatte Angst, den Weg zum baño nicht mehr zu schaffen.
Der Pool war schon von Beate, Sophie und Frank besetzt und das Wasser war kühl. Doch das war mir egal. Ich warf das Handtuch auf eine Bank, schob mein Top hoch und kauerte mich zitternd auf die Holztreppe, hielt mich krampfhaft am Geländer fest, wartete auf das, was unvermeidbar aus mir herausdrängen würde und diesmal war es mir völlig schnuppe, ob da Spinnen, Schlangen oder sonstige Tiere waren, so schlecht, wie es mir ging.
Cathy kam wieder mit dem warmen Wasser vorbei und rief: „Aguuuuaaaa!"

„Igitt! Ich kann nicht mehr."
„Ach, komm schon! Du weißt doch, dass es sein muss", sagte sie.
„Wie viele noch?"
„Acht!"
„Oh, mein Gott!"
Dann ging die Entgiftung per Südpol los, obwohl meine Scham noch dafür sorgte, dass ich alles zurückdrängte, doch irgendwann gab es kein Halten mehr. Die anderen drei saßen mir gegenüber und waren mit derselben Sache beschäftigt … „Geteiltes Leid ist halbes Leid?" fragte ich mit einem schiefen Lächeln.
„Ha! Das ist das Abenteuer unseres Lebens", sagte Frank.
Sophie schnaufte verächtlich und Beate machte ein leidendes Gesicht. Kein Wunder!
Irgendwann war zumindest die restliche Übelkeit verflogen und ich begann, wie eine Blöde zu lachen. Die Situation war so grotesk! Wir waren zwei Tage lang unterwegs gewesen und hatten jede Menge Geld ausgegeben, nur um hierher zu kommen und gemeinsam in den Dschungel zu kübeln. Jetzt saßen wir zu viert im Pool und schauten uns quasi dabei zu, wie wir unseren Darm erleichterten. Wenn das nicht komplett verrückt war!?
Die anderen stimmten in mein hysterisches Lachen ein, in das sich wieder ein paar Tränen mischten, denn die Szene war so abseits von allem, was ich je erlebt hatte und schwemmte undefinierbare Gefühle nach oben. Außerdem hatte ich ordentlich Bauchweh, weil ich nicht richtig loslassen konnte. „Scheiße!", sagte ich, und weil es so gut passte, bekamen wir einen weiteren Lachanfall.
Bei den anderen hörte es langsam auf.
„Können wir dich alleine lassen?", fragte Sophie.
Ich nickte, auch wenn es mir nicht gefiel, dass sie an mir vorbei nach oben stiegen und sich abtrocknen. Anscheinend hatte ich das meiste Gift in mir, so lange, wie das dauerte. Bevor sie weggingen, schaute Frank nochmal zu mir runter und sagte: „Guckt mal,

wie elegant sie auf der Treppe sitzt, unsere Dschungel-Queen“, und lachte. Ich streckte ihm die Zunge raus.
Weil sich alle auf der Terrasse trafen, um sich gegenseitig mit orange-roter Farbe zu bemalen und einen Schlangentanz aufzuführen, erhob ich mich von meinem Platz auf der Treppe, legte mein Handtuch um und suchte eine entferntere Stelle. Wenn alle dasselbe taten, war es gezwungenermaßen akzeptabel. Aber wenn ich die Einzige war … dann war das ganz schön peinlich!
Die anderen machten eine Art Polonaise und sangen „wau-wau-oje-oje“. Ich saß im Wasser und dachte trotzig: „Wenn da noch mehr raus kommt, nehme ich wenigstens ab!“
Kurz darauf begann das Meeting und ich konnte nicht daran teilnehmen, weil ich noch immer entgiftete. Wann würde das endlich aufhören?
„Don Agustin will uns etwas über Ayahuasca erzählen“, sagte Beate, als sie auf dem Weg zum Treffpunkt bei mir vorbei kam.
„Oh, wie blöd! Das hätte ich auch gerne gehört“, jammerte ich.
„Ich erzähl dir nachher alles“, versprach sie und schon war sie weg.

10 Ayahuasca

Am Nachmittag hatte es eine Gemüsesuppe gegeben und später Gemüse mit Reis und Spuren von Rührei. Zu trinken bekamen wir Tee und einen mit Wasser gemischten Saft unbestimmbaren Geschmacks. Nachdem unsere Mägen von der heutigen Ochsentour ganz und gar leer waren, nahmen wir dankbar alles an.
Gegen 20 Uhr ging der Generator aus, der jeden Abend für eine Stunde lief. Plötzlich war es

stockdunkel und was lag näher, als nach diesem anstrengenden Tag früh ins Bett zu gehen?
„Sag mal, was waren denn das für neue Leute, die mit am Tisch saßen?", fragte ich Beate, die sich auf meine Bettkannte gesetzt hatte.
„Gudrun, Elmar und Valerie aus Österreich. Du, die Kleine ist erst 16 und nimmt trotzdem an den Zeremonien teil. Also, ich wäre ja nie auf die Idee gekommen, meine Tochter mit hier her zu schleifen! Morgen früh kommt für die drei erstmal Ojé dran, damit sie abends bei der Zeremonie mitmachen können."
„Oh ja, erzähl mal was über Ayahuasca", bat ich sie.
„Also: Es handelt sich dabei um die Liane des Todes, weil in der Zeremonie die Negativität in unserem Inneren gehen muss. Es ist eine Art Tod, den wir dadurch sterben. Sie ist die stärkste Heilpflanze, die es gibt, hat Don Agustin gesagt. Er kocht sie viele Stunden nach seinen Geheimrezepten, die er immer wieder variiert, denn der Trank enthält auch noch andere Pflanzen. Es werden zum Beispiel Blätter des – ach je, wie hieß der Busch nochmal ...?"
Sie zupfte am Moskitonetz herum und überlegte.
„Irina, kannst du dich an den Namen erinnern?", rief sie zum Bett nebenan.
„Chacruna!"
„Ah, ja. Diese Chacruna-Blätter enthalten DMT", fuhr sie fort.
„Was ist denn das?", fragte ich. „Noch nie gehört."
Irina streckte ihren Kopf unter dem Netz hervor: „Dimetyltriptamin".
„Wie kannst du dir so ein schwieriges Wort merken?", fragte ich voller Bewunderung.
„Das habe ich mir aufgeschrieben", sagte Irina.
„Und wofür ist dieses Zeug gut?"
„DMT produziert auch unser Körper. In der Zirbeldrüse und so", erklärte Beate.
„Und was bewirkt es?"
„Es intensiviert unser visuelles Erleben. Oder einfacher gesagt, es sorgt für schöne Bildchen."

„Vielleicht ist es das, was wir nachts produzieren, um Traumbilder zu haben?“, meinte ich nachdenklich.
„Keine Ahnung.“
Irina mischte sich nochmal ein: „Die Liane bringt die Heilkraft ins Spiel und die DMT-Blätter sorgen für die Bewusstseinserweiterung.“
„Und was hat er noch gesagt?“
„Sobald man das Gebräu geschluckt hat, wird etwas in Gang gesetzt, das sich über mehrere Stunden hinzieht und sich nicht mehr rückgängig machen lässt.“
Ich musste an heute Morgen denken und stöhnte: „Oh, weh!“ Bisher hatte ich mich nie für eine Masochistin gehalten und das tat ich jetzt auch nicht. Ich hatte ein Ziel und das war das Einzige, das zählte: ganz viel erleben und noch mehr verändern. Die Begleiterscheinungen? Pah! Die waren nebensächlich.
„Man taucht in andere Welten ein und in erhöhte Bewusstseinszustände“, sagte Irina.
„Das übliche Weltbild bricht auf und man erkennt die Wirklichkeit“, ergänzte Beate.
„Wow, wie geil!“, sagte ich begeistert. Das war auch einer der Gründe, weswegen ich mich zu der Reise entschlossen hatte. Die Sache mit der Quantenphysik war ja wirklich klasse. Aber vieles von dem, was ich gelernt hatte, überstieg mein Vorstellungsvermögen. Zuerst dachte ich, mir würde die nötige Gehirnkapazität für solche Dinge fehlen. Doch dann las ich, dass Richard Feynmann mal sagte, dass niemand die Quantenmechanik versteht, und war beruhigt. Wenn selbst einer, der den Nobelpreis für das Quantenzeug bekommen hatte, so dachte ... Jetzt hoffte ich, durch die Pflanze weg von der Theorie und hin zum Wahrnehmen geführt zu werden. Die Illusion los lassen und sehen, was die Wirklichkeit ist! *Das* wünschte ich mir schon seit Jahren.
„Der Bernhard hat das Ganze mal wieder auf die Spitze getrieben!“, unterbrach Beate meine Gedanken.
„Wieso?“

„Na, er hat von Begegnungen mit Geistern, Toten und dem Teufel gesprochen“, sagte sie.
„Der wieder!“ regte ich mich auf.
„Und von unbewussten Ängsten, die hochkommen, von einer Welt der Dunkelheit und einer Höllenwelt voller Flammen und so was“.
„Oh, Mann! Habe ich Schiss!“ sagte ich.
„Mit dem stimmt doch etwas nicht“, meinte Beate. „Er hat gesagt, wir sollten auf jeden Fall damit rechnen, dass wir uns übergeben müssen.“
„Das war doch klar!“ Sein Lieblingsthema durfte ja nicht fehlen.
Beate sprach weiter: „Aber nicht jeder muss. Das Gebräu wirkt bei jedem Menschen anders. Manche sehen Bilder, andere nicht. Manche müssen sich übergeben oder zum baño rennen, andere nicht“
„Oh, ich hoffe so sehr, dass ich etwas sehen kann“, seufzte Irina.
„Und ich auch!“, antwortete ich und zog die Decke etwas höher. „Wie läuft das morgen ab?“
„Wir treffen uns um fünf und trinken Tee. Alle sind weiß gekleidet“, antwortete Beate.
„Ja, das weiß ich. Ich habe zwei weiße Hosen und vier weiße Blusen mitgenommen. Weiße Schuhe habe ich auch.“
Nachdem ich die Reise gebucht hatte, fragte ich bei meinen Freundinnen an, ob sie dschungeltaugliche Klamotten hätten, die sie nicht mehr bräuchten. Die Schuhe hatte ich mir noch schnell vor dem Abflug besorgt. Einen Hut hatte ich mir auch eingepackt. Eine Freundin hatte gemeint, ich bräuchte einen Schutz vor herunterfallende Schlangen oder Spinnen, wenn ich durch den Dschungel ging.
„Dann gehen wir in den Zeremonienraum. Das ist das langgestreckte Gebäude auf dem Weg zum Klo rechts hinter der kleinen Hütte. Don Agustin segnet das Getränk und dann geht es los. Doña Marlene wird auch dabei sein“, klärte Beate mich weiter auf.
„Wo ist die eigentlich? Ich habe von ihr noch nichts mitbekommen. Ihr?“ fragte ich. Keiner von uns hatte

Don Agustins Frau bisher gesehen. Marlene … der Name hörte sich so deutsch an.
„Sie ist in Iquitos und kommt morgen Mittag zurück", sagte Irina.
„Mensch, bin ich fertig. So ein anstrengender Tag!" seufzte ich gähnend.
„Dann lasst uns mal schlafen gehen."

11 Angstgefängnis

Ich hüpfte schnell ins Bett, schob das Moskitonetz zusammen und zog mir die dünne Wolldecke bis zum heftig klopfenden Herz hoch. Ich war gerade auf dem Klo gewesen. Alleine. Gestern war das kein Problem gewesen, aber heute … Irgendetwas Seltsames lag in der Luft. Ein Geist, ein wildes Tier, ein Dämon? Ich hatte keine Ahnung, aber ich wusste, dass etwas nicht stimmte. Ein bedrohliches, nicht fassbares und daher unwirkliches, aber dennoch präsentes „Ding" war um mich herum. Ich hatte Angst, dass etwas Schlimmes passieren würde, wenn ich nicht auf der Stelle vom baño verschwinden würde. Ich sprang auf und hin zur Treppe, mein linker Flip Flop rutschte mir vom Fuß und fiel zwischen den Treppenspalten ins Dunkle, ich kickte den rechten auch weg und rannte! Den ganzen Weg zurück rannte ich wie eine Irre und schaute dabei ängstlich über meine Schulter. Doch da war nichts. Jedenfalls nichts Sichtbares.

Ich hastete die Treppen hoch, stieß mir den nackten Fuß an und schrie kurz auf. Mit zitternden Händen fummelte ich an der Tür herum, hatte Panik und wildes Herzklopfen, dass mich jemand – kurz bevor ich den Riegel zur Seite schieben und in die Sicherheit des Schlafraumes flüchten konnte – an der Schulter packen und zurückzerren würde. Endlich ging die Tür auf. Ich sprang über die Schwelle und schob sie von innen mit einem festen Ruck wieder zu. Gerettet!
War denn niemand wach, mit dem ich reden konnte? Auf dem Weg zu meinem Bett hörte ich nur gleichmäßiges Atmen und auf mein geflüstertes: „Beate? Irina?" antwortete keiner.
Bernhard hatte gestern nach dem Abendessen mal wieder gesagt: „Ihr befindet euch an einem Ort der

Mystik. Heute ist eine Nacht, in der ihr euch in Acht nehmen solltet!“
Ich hatte gelacht und in Beates Richtung geflüstert: „So ein Spinner!“ weil ich keine Lust mehr auf seine Schauergeschichten hatte. Doch was war das gerade gewesen? Ich hatte nichts gesehen und abgesehen von den üblichen Dschungelgeräuschen auch nichts gehört. Aber da war etwas. Ich hatte es gespürt … und obwohl ich jetzt sicher mit angezogenen Beinen im Bett saß, krabbelte eine Gänsehaut über meinen ganzen Körper.
Ich zitterte vor Kälte und erinnerte mich, dass ich am Fußende der Matratze, wo auf dem Holzbrett noch ein wenig Platz war, den Schlafsack hingelegt hatte. Hastig packte ich ihn aus, rollte ihn auseinander, öffnete den Reißverschluss, schlüpfte hinein und zog ihn bis zum Hals hoch.
Ich atmete tief durch. Jetzt fühlte ich mich sicherer und mir wurde wieder warm. An Einschlafen war allerdings nicht zu denken. Die Angst hatte mich noch immer im Griff, denn heute war der Tag, an dem ich zum ersten Mal Ayahuasca trinken würde ...
Ich hatte noch nie eine derartige Substanz genommen und hatte daher null Erfahrung damit, die Kontrolle zu verlieren oder in eine andere Welt einzutauchen. Wenn man den Versuch, Haschkekse zu backen, mal außer Acht ließ. Als ich Mitte 30 war, fand ich es peinlich, nicht wenigstens mal einen Joint geraucht zu haben. Als Nichtraucherin konnte ich eh nicht inhalieren und als mir jemand – ich kann mich nicht mal mehr erinnern, wer das war - ein Bröckchen braunes Zeug schenkte, gab mir eine Bekannte den Tipp, Kekse daraus zu backen.
„Pass auf, schon wenn du den Backofen öffnest und den Geruch einatmest, kannst du high werden!“, warnte sie mich und lachte.
Vorsichtig machte ich mich gemeinsam mit meinem damaligen Freund ans Werk. Beim Öffnen der Backofentür passierte nichts, und als die Kekse auf dem Teller lagen und ich in einen hineinbiss, ebenfalls nicht. Ich aß den ganzen Keks. Nichts passierte. Dann

verdrückte ich einen Zweiten und einen Dritten – nichts. Als sich auch nach dem vierten und fünften Keks nichts tat, dachte ich, dass ich entweder immun gegen das Zeug sei oder dass man mich veralbert hätte. Meinem Freund ging es genauso. Auch er spürte nichts. Den Rest gab ich einem Nachbarn zu rauchen und der sagte: „Geiles Zeug!“ Aha!
Und jetzt lag ich auf einem harten Bett im Dschungel und sollte abends dieses Gebräu trinken! Ob es wohl wirken würde? Ich wäre mächtig enttäuscht, wenn es mir so wie mit den Keksen gehen würde.
„Ayahuasca ist keine Droge. Sie hat keinen schädigenden Einfluss und sie macht nicht abhängig. Sie ist die stärkste Heilpflanze, die wir im Dschungel haben! Die Menschen vertrauen ihren Kräften. Deshalb wird sie auch Mutter Ayahuasca genannt“, hatte Don Agustin gesagt.
Aber auch das, was Bösewicht Bernhard uns prophezeit hatte, ging mir durch den Kopf: „Ihr werdet kotzen müssen – ihr werdet in die Hosen scheißen – ihr werdet dem Schrecken in die Augen sehen.“
Seine Reden machten mich nervös, ich wollte nicht in die Hosen scheißen, aber sie sorgten auch für ein aufregendes Prickeln. So ähnlich wie früher, wenn ich mir einen Vampirfilm angeschaut hatte. Als ich Teenie war, konnte ich mich diesen Gruselfilmen einfach nicht entziehen. Obwohl ich genau wusste, dass ich danach nicht einschlafen konnte: Ich musste sie einfach sehen! Als der Film „Der Exorzist“ ins Kino kam, war ich mit meiner Clique dort gewesen und hatte die ganze Zeit gebibbert und gezittert. Danach hatte ich tagelang sogar im Hellen Angst, wenn ich alleine war.
So ähnlich fühlte ich mich auch jetzt: Obwohl ich ordentlich Schiss hatte, konnte ich mich dem Mystischen, das uns während der Zeremonie begegnen sollte, einfach nicht entziehen. Auch die Vorstellung an den Einstieg in die andere Welt, zu der ich im Wachzustand keinen Zugang hatte, reizte mich ungemein.

In der Quantenphysik spricht man ja auch davon, dass es Parallelwelten und ein Paralleluniversum gibt. Eine dieser anderen Welten zu bereisen und zu erkennen, was *wirklich* ist ... Wow! Es kribbelte an meinem ganzen Körper, wenn ich nur daran dachte! Und dass ich auf Geister treffen sollte ... Es war ja nichts wirklich Neues für mich. Schließlich war ich schon immer Schlafwandlerin und unterhielt mich fast jede Nacht mit Personen, die nicht da waren! Meine Freundinnen hielten mich für gaga. Doch für mich war es normal. Ich konnte es ja eh nicht verhindern. Das wäre so, wie wenn man jemandem sagen würde: „Heute Nacht darfst du nicht träumen!"
Wenn ich schlief, dann wachte ich irgendwann so halbwegs auf, sah Leute, redete mit ihnen, stand manchmal auf, richtete ihnen ein Bett, legte mich wieder hin und schlief weiter. Das machte ich schon seit meinen Kindertagen so. Bisher hatte mir noch keiner erklären können, was es damit auf sich hatte. Für mich war es halt etwas, das mir passierte, wenn es mich auch manchmal nervte, denn es störte meinen Schlaf. Aber Angst hatte ich vor diesen Quälgeistern keine.
Warum also sollte ich mich vor den Geistern in der Zeremonie fürchten? Ich war ja nicht allein, wie gerade eben, als ich auf der Toilette war. Ich würde neben den Leuten sitzen, die ich kannte und mochte. Was sollte mir da schon passieren?
Mit diesem Gedanken schlief ich wieder ein.

12 Barfuß durch den Dschungel

„Ihr könnt ohne Schuhe gehen", sagte Don Agustin, bevor wir uns auf den Weg zu den Medizinbäumen machten.
„Ohne Schuhe? Niemals!" dachte ich, als ich hoch in den Schlafraum ging, um mich umzuziehen. Dort

schlüpfte ich in meine Dschungelhose, zog eine dazu passende Bluse an, suchte meinen Hut und stieg in meine perlenbesetzten Flip Flops, die perfekt zu meinem Outfit passten. Als ich mir die Lippen anmalte, dachte ich: „Auch im Dschungel kann man gut aussehen."
„Damit willst du losgehen?", fragten die anderen und lachten.
„Warum ziehst du nicht deine Wanderschuhe an?"
„Weil ich keine habe. Und auf die Joggingschuhe habe ich auch keine Lust! Da fangen meine Füße doch gleich zu kochen an!"
Wir marschierten los, und als wir den ersten Bach auf zwei glatten Baumstämmen überqueren mussten, ging das mit meinen Schühchen überhaupt nicht. Also zog ich sie aus, nahm sie in die eine Hand und mit der anderen hielt ich mich an dem dünnen Ast fest, der uns als wackliges Geländer diente, und ging barfuß. Bis zu diesem Moment war ja alles sehr zivilisiert zugegangen. Der Weg zum Camp war zuerst wie ein Feldweg, danach wie ein Waldweg gewesen. Nichts wirklich Neues für mich. Deshalb hatte ich auch die Schuhe entsprechend ausgewählt. Doch jetzt hatte ich zum ersten Mal richtiges Dschungelfeeling, denn hier sah es endlich so aus, wie ich es mir vorgestellt hatte: ein sehr schmaler Weg, hohe, uralte Bäume, riesige Palmen, Schmetterlinge, die dreimal so groß waren, wie bei uns zu Hause. Wir gingen über knisternde Blätter, stolperten über Wurzeln, kletterten über umgefallene Bäume, überquerten mehrere Bäche auf Holzstämmen und hielten immer wieder Äste und Sträucher beiseite, um weiterzukommen. Zu meinem Dschungelbild fehlte nur noch die Machete, mit der wir uns den Weg freischlagen müssten. Aber da wir auf einem Trampelpfad gingen, war das nicht nötig.
Alle paar Meter blieben wir stehen, um eine besonders schöne Blume, kleine, bunte Frösche oder fremdartige Tiere, die wie Blätter aussahen, zu bewundern und zu fotografieren. Von oben stahl sich die Sonne durch die Blätter und machte ein

wunderschönes, zartgrünes Licht. Es war wirklich ein wunderschöner Morgenausflug.
Das einzig Störende waren das laute Gequatsche von Assistent Mike und die Moskitos, die sich über uns hermachten. Es waren ständig klatschende Geräusche und Flüche über die kleinen Biester zu hören. Erstaunlicherweise ließen sie mich so ziemlich in Ruhe. Sonst bin ich immer diejenige, die als Blut-Tankstelle herhalten muss.
Cathy führte unsere Gruppe an. Sie lebte schon seit einigen Wochen hier und kannte sich gut aus. Zuerst kamen wir zu dem männlichen Medizinbaum. Er war einfach nur riesig, riesig, riesig! Wir setzen uns auf die Bänke ringsum, pafften Mapachos, um wenigsten zu versuchen, die Schnaken fernzuhalten, und hörten mit ehrfurchtsvollem Staunen, dass dieser Baum schon Tausende von Jahren alt sein sollte. Es war, als befänden wir uns an einem heiligen Ort, ähnlich wie in einer Kirche. Auf einmal waren alle still, selbst Mike hielt seine Klappe.

„Ihr könnt den Baum umarmen und ihn um etwas bitten“, sagt Cathy.
Ich suchte mir eine Stelle auf der Seite, die mich am meisten anzog und es war, als gäbe es unter der Rinde noch eine andere Welt, in die der Baum mich einladen würde. Dort berührte ich den Riesen und richtete ich die stille Bitte an ihn, dass er mir am Abend helfen möge, den Fluch zu vertreiben, der meinen beruflichen Erfolg verhinderte.
Es fühlte sich ein wenig befremdlich an, das zu tun. Aber wenn ich schon hier war!? Und die anderen taten es ja auch. Schaden konnte es auf keinen Fall.
Nachdem sich jeder unserer großen Gruppe – mittlerweile war sie schon auf über 20 Leute angewachsen - dem Baum zugewendet hatte, gingen wir noch ein Stück tiefer in den Dschungel hinein.
Auf einmal war Sophie neben mir und fragte: „Hast du das heute Nacht auch gespürt?“
Ich verstand zuerst nicht, was sie meinte, dann fiel es mir wieder ein: „JA! Aber wie! Ich hatte Todesängste.“
Sophie und Frank war es in ihrem Zimmer im Turm, der ein wenig außerhalb der Anlage auf einer Anhöhe direkt am Dschungel lag, ähnlich ergangen.
Auch sie hatten gespürt, dass etwas Seltsames im Gange war, und konnten es genauso wenig benennen wie ich.
„Also bin ich doch nicht gaga im Kopf“, sagte ich beruhigt. „Hatte mir schon Sorgen gemacht, dass ich spinne!“
„Bei diesen Vorzeichen kann das ja heiter werden heute Abend“, sagte sie mit einem schiefen Lächeln.

*

Wir kamen beim weiblichen Medizinbaum an, auch er ein Ungetüm aus sehr alten Zeiten. Wieder setzten wir uns auf die Bänke und Cathy stimmte ein Lied an: „earth my body, water my blood, air my breath and fire my spirit“. Der Text war ja sehr einfach, denn er bestand nur aus dem einen Satz, und so sangen wir mit.

Dann wurde auch dieser Baum von uns umarmt und ich richtete denselben Wunsch an ihn: „Bitte hilf mir bei der Befreiung von meinem Fluch.“
Wir machten uns auf den Weg zurück ins Camp, damit wir uns vor dem großen Event heute Abend ein wenig ausruhen konnten. Auf dem Weg dorthin nervte Mike wieder mit seiner lauten Stimme und ich fauchte ihn an: „Kannst du *bitte* mal still sein? Ich will nicht ständig dein lautes Geplapper hören!“
Die anderen brummten zustimmend und für einen Moment war Ruhe. Aber Mike hielt es nicht lange durch, und als er wieder anfing, dummes Zeug zu erzählen und laut herumzulachen, seufzte ich genervt auf und drückte mich an den anderen vorbei an die Spitze unserer Gruppe.
Beate kam hinter mir her: „Lass dir die Stimmung nicht versauen. Der ist doch noch ein Kind!“
„Ja, ein Lautes, das mir die Freude an diesem Ausflug nimmt! Der macht mich richtig aggressiv!“
„Mir tut er leid. Ich habe mitgekriegt, dass Bernhard ihn mitgenommen hat, weil er mit seinen Eltern befreundet ist. Die wollten ihn mal für eine Weile los werden. Er darf an den Zeremonien teilnehmen und muss als Gegenleistung Bernhard zur Hand gehen oder auch mal Kleinigkeiten für uns übersetzen.“
„Seinen Eltern wird er auch den lieben langen Tag auf die Nerven gegangen sein“, sagte ich. Meine eigenen Probleme reichten mir völlig aus. Ich hatte keine Lust, mich mit denen eines verzogenen Kindes auseinanderzusetzen.
„Lass uns das Lied singen, dann hören wir ihn nicht: earth my body …“

13 Überraschende Begegnung

Wir trafen uns um 17 Uhr am großen Tisch, um gemeinsam Tee zu trinken. Mittags hatte es nur eine

Gemüsesuppe gegeben und danach nichts mehr. Diese Diät musste vor jeder Zeremonie eingehalten werden. Beim Essen hatten wir Don Agustins Frau, Doña Marlene, kennengelernt. Plötzlich stand sie am Tisch, strahlte über das ganze Gesicht und hieß uns willkommen. Gestern hatte ich aufgrund ihres Namens noch überlegt, ob sie vielleicht Europäerin sei. Doch nun stand eine braun gebrannte peruanische Frau vor uns, die sehr quirlig und immer zu Scherzen aufgelegt zu sein schien, denn man hörte sie ständig lachen.
Alle trugen weiße Kleidung, und als wir an den Tischen saßen und ich meinen Blick schweifen ließ, dachte ich: „Wie eine Sekte! Gruselig!“
„Helguita, könntest du dich während der Zeremonie neben mich setzen?“, fragte Sophie.
„Ja, klar. Mach ich gerne.“
Ich drehte mich zu Beate: „Setzt du dich auf meine andere Seite?“ Sie nickte.
Dann begann Don Augustin, zu sprechen. Er erzählte uns, dass es gute Schamanen gibt, deren Aufgabe es ist, Menschen zu heilen. Die anderen, die Menschen verhexen, nennt man Brujos. Diese schicken Flüche in Form eines Gegenstandes oder eines Tieres, das die krankmachende Botschaft überbringt.
„Hat Bernhard nicht geschrieben, dass Don Agustin beides ist? Heiler *und* Brujo!?“ flüstere ich Beate zu.
„Ich glaube, wir sollten es uns lieber nicht mit ihm verscherzen“, meinte sie.
Frank machte: „Pssscchht!“ und ich richtete meine Ohren wieder Richtung Don Agustin. Er erzählte, dass ein wirklicher Schamane über viele Jahre hinweg bei seinem Meister lernt. Er muss oft über Wochen, Monate oder sogar Jahre strenge Diäten einhalten: kein Fleisch, kein Fett, kein Salz, kein Zucker, keine Gewürze, keinen Alkohol, keinen Sex. In dieser Zeit nimmt er verschiedene Pflanzenextrakte ein, wie die gekochte Rinde verschiedener Bäume, um sich mit dem Geist der Pflanzenwesen zu verbinden.
Ein Schamane, der heilt, nennt sich Curandero, einer der Ayahuasca verwendet, Ayahuasquero. Für ihn ist diese Liane die mächtigste Lehrerin, die es gibt, denn

sie zeigt immer das, was man gerade wissen muss. Schamanen benutzen oft umschreibende Namen, um ihren Geist nicht zu verletzen: Liane, Liane der Seele, Rebe der Geister, Zeigefinger Gottes, Trank der wahren Wirklichkeit, Liane des Todes.
„Don Agustin, was bedeutet der Name?“
„‘Aya‘ ist Seele oder Geist und ‚huasca‘ bedeutet Liane.“
Dann gab er uns letzte Instruktionen: „Es ist noch keiner unter Ayahuasca gestorben“.
Bernhard übersetzte weiter, obwohl Don Agustin gar nichts mehr sagte: „Es können euch Geister begegnen und ihr könntet in die Hose machen. Es kann passieren, dass ihr den Balken neben euch küsst, weil ihr glaubt, er sei eine geliebte Person.“
In der Art sprach er weiter und ich zappelte mit den Füßen herum, denn ich hatte Angst davor, mich wieder übergeben zu müssen und der Situation nicht gewachsen zu sein. Was wäre, wenn meine Nachbarinnen auf meine Füße kübelten oder ich die Kontrolle verliere würde? Plötzlich fühlte ich mich in dieser Situation gefangen, fühlte mich ihr unausweichlich ausgeliefert. Was wäre, wenn ich den Verstand verlieren würde? Wenn etwas auf mich zukäme, das viel größer war, als ich es mir jemals hätte vorstellen können? Oder wenn Don Agustin mich verhexen würde?
Hitze stieg in Wellen von meinen Füßen zum Kopf. Ich glaubte, nie eine größere Panik gespürt zu haben.
„Helguita, ich habe so eine riesige Angst“, flüsterte Sophie neben mir.
Mein Mund war so trocken, dass ich kaum die Lippen öffnen konnte, als ich antwortete: „Und ich erst!“
Sophie hatte ja wenigstens ihren Freund dabei, an dem sie sich festhalten konnte. Oder auch nicht. Denn während der Zeremonie wäre jeder auf sich alleine gestellt. Don Agustin hatte uns ermahnt, die anderen in ihrem Prozess nicht zu stören: „Jeder bleibt für sich!“
Dann gingen wir gemeinsam in den Tempel. „Zu unserer Hinrichtung?“, fragte ich mich.

Nachdem ich mich gesetzt hatte, redete ich mir ein: „Das ist die Nacht der Nächte. Morgen früh wirst du eine andere sein".
Und dann sprach ich es doch noch einmal laut aus: „Oh, Mann! Habe ICH eine Angst!"
Sophie drückte mir die Hand: „Ich mache mir schon jetzt gleich in die Hose!"
Um mich abzulenken, ließ ich meinen Blick durch den Raum schweifen: Er war ungefähr 50 m2 groß. An den Wänden entlang standen einfach gezimmerte Bänke. Jemand hatte die blauen Auflagen aus dem Besprechungsraum und gemusterte Schaumstoffkissen für uns aufgelegt. Unter jedem Platz stand ein Töpfchen, in das wir uns übergeben konnten.
Ich saß mit meinen Freundinnen gegenüber der Tür, was vielleicht unklug war, denn um rauszukommen, müssten wir erst den ganzen Raum durchqueren. Aber der Platz fühlte sich besser an als der direkt neben der Tür.
Dennoch erschien mir der ganze Raum unfreundlich, hässlich, bedrückend. „Wer weiß, was mir hier Schlimmes passieren wird", dachte ich.
Uns gegenüber setzten sich Marina, Adelia und Elba – drei der Frauen, die für uns kochten und wuschen. Don Agustin hatte gesagt, dass wir unter Ayahuasca Probleme haben würden, alleine zu gehen. Wenn wir aufs Klo müssten, dann sollten wir „baño" rufen und hinter vorgehaltener Hand die Taschenlampe anmachen, damit eine der Frauen kam, um uns zu begleiten und zu stützen.
Neben ihnen saßen die beiden Camp-Kinder. Würden sie etwa auch das Zeug trinken? Ich schaute zu Bernhard, zeigte auf die Kleinen und er nickte.
An einer der beiden Längsseiten stand ein großer Holztisch, auf dem Kerzen, Rasseln, Statuen, Flaschen mit Flüssigkeiten in verschiedenen Farben, Fotos von Angehörigen und andere Dinge lagen, die ich nicht so richtig erkennen oder einordnen konnte. Dort hatten wir auch unsere Wunschlisten abgelegt. Don Agustin hatte uns nachmittags aufgefordert, eine

Liste mit den Dingen zu machen, die wir durch die Liane erreichen wollten. Ich hatte eineinhalb Seiten vollgeschrieben.
Hinter dem Tisch standen zwei erhöhte Sitze – sie sahen aus wie ein Doppelthron – und davor standen Don Agustin und Doña Marlene: beide natürlich ebenfalls in Weiß gekleidet und mit Kappen ohne Rand auf dem Kopf, ähnlich wie der, die Dr. McDreamy in Grey's Anatomy trug.
Über diesen Vergleich musste ich lachen, und als ich es Beate zuflüsterte, meinte sie trocken: „Solange du über so etwas Witzchen machen kannst, kann es dir ja nicht wirklich schlecht gehen."
Don Agustin segnete die Medizin und betete zu Gott, um ihn um Beistand für diese Nacht zu bitten. Er war nicht nur Schamane, sondern auch gläubiger Katholik. Danach wandte er sich an verstorbene Meister, an Natur- und Elementargeister. Bernhard hatte uns das vorher erklärt.
Draußen war es mittlerweile dunkel geworden und die Geräusche des Dschungels wurden immer lauter. Grillenzirpen, das laute wooop, wooop mehrerer Frösche und die Laute von Tieren, von denen ich keine Ahnung hatte, welche es waren. Diese Töne gaben der ganzen Situation noch etwas Unwirklicheres. Wo war ich hier bloß gelandet? Was würde jetzt gleich geschehen? Ich zitterte vor Angst, griff nach Sophies Hand und schaute sie an.
Frank beugte sich herüber und sagte mit fester Stimme: „Alles wird gut!"
Ich nickte, obwohl ich ihm nicht glaubte.
Don Agustin blies Mapacho-Rauch in die Gläser, die er für uns bereitgestellt hatte.
„Ach, so groß sind die ja gar nicht", sagte ich erleichtert zu Sophie.
„Gott sei Dank!"
Dann sagte unser Schamane, dass zuerst einmal die Paare in einer Zweierreihe vortreten sollten. Sophie und Frank standen auf und auch die anderen, die zu zweit hier waren, stellten sich mit ihnen vor den Tisch.

Dieses Bild wirkte nicht gerade vertrauenerweckend auf mich: Sie standen dort wie Verurteilte, die ihren letzten Trank zu sich nehmen mussten - wie die Mitglieder einer Sekte, die sich sogleich gemeinschaftlich umbringen würde! Mein Magen drehte sich.
Bernhard übersetzte nochmal kurz, dass wir Mutter Ayahuasca mit Ehrfurcht gegenübertreten und auf Kommentare wie „bäh“ oder „igitt“ verzichten sollten. Die Ersten tranken und verzogen dabei schmerzvoll und angeekelt ihre Gesichter. Oh, je!
Dann mussten die Frauen vortreten. Um es schnell hinter mich zu bringen, sprang ich sofort auf. Don Agustin schenkte uns ein, und als wir alle unser Glas in der Hand hielten, sagte er: „Salud!“
Ich setzte das Glas an und trank es in einem Zug leer. Ich schwöre, ich hatte noch *niemals* in meinem Leben etwas getrunken, das seltsamer und ekelhafter geschmeckt hatte. Irgendwie sauer-vergoren und gleichzeitig bitter. Ich verzog das Gesicht, schüttelte mich und setze mich wieder auf meinen Platz.
Nachdem jeder seine Ration bekommen hatte, saßen wir da und warteten auf etwas, von dem wir keine Ahnung hatten, was es sein könnte. Don Agustin löschte die Kerzen und es waren nur noch die Laute von draußen zu hören. So saßen und saßen wir und ich hatte eine riesige Angst, dass das Zeug bei mir nicht wirken würde, denn ich spürte … NICHTS!
Keine Ahnung, wie lange wir warteten. Es erschien mir wie eine Ewigkeit.
Don Agustin zündete zwei Kerzen an und fragte: „Wer will ein zweites Glas?“
Ich sprang sofort auf, trank das schlimm schmeckende Zeug aus und ging erst einmal aufs Plumpsklo. Lieber jetzt erledigen, was raus wollte, als dass später ein Unglück passierte!
Als ich mich aufstellte und meine Hose hochzog, merkte ich, dass etwas anders war. Ich musste kichern und fühlte mich als sei ich betrunken. Ujujuj!
Als ich die Treppe hinunter ging, musste ich mich am Geländer festhalten und auch auf dem Weg zum

Zeremonienraum wackelte ich ganz schön durch die Gegend, fühlte mich aber leicht wie der Wind ...
Ich setzte mich wieder auf meinen Platz und wartete. Dann begann ich zu kichern und sagte zu Beate: „Ich ziehe jetzt meine Hose aus!“ Die Hose war zwar aus Stretchmaterial, aber sie drückte mir trotzdem unangenehm auf den Bauch.
Beate fasste auf mein Knie, sah mir fest in die Augen und sagte: „Nein! Lass die Hose an.“
„Ich ziehe jetzt meine Hose aus!“
Kaum hatte ich es gesagt, tat ich es auch schon. Als wäre es nicht genug, ohne Hose dazusitzen, legte ich mir diese über den Kopf, ließ die Beine über mein Gesicht hängen, schob sie auseinander und rief laut: „Kuckuck!“
Die anderen lachten! Klar, ich bot ihnen ja ein nettes Schauspiel.
Eine Stimme in mir sagte: „Hör auf! Morgen wirst du dich für dein Verhalten schämen!“ Und das sagte ich laut, damit die anderen auch etwas davon hatten.
Eine zweite Stimme zwang mich, ebenfalls laut zu sagen: „Nein, ich will nicht artig sein!“
In dieser Art hielt ich eine Zeitlang Zwiesprache mit mir selbst. Doch die übermütige Seite gewann, denn es war mir völlig egal, ob ich mich am nächsten Tag schämen würde. Ich fing an, zu singen, musste laut lachen und rief: „Wenn ich gewusst hätte, dass das hier mit Singen und Lachen beginnt, hätte ich keine Angst gehabt. Da hat sich die Investition von dreieinhalbtausend Euro doch schon gelohnt!“
Die anderen lachten, ich lachte mit und wollte mich gar nicht mehr beruhigen. Dann wunderte ich mich: „So etwas bekomme ich hier serviert? Ist doch ganz leicht mit der Ayahuasca! Ich hatte mit schlimmen Dingen gerechnet und jetzt lache ich mich kaputt!?“
Don Agustin löschte die beiden Kerzen, schlug auf eine Trommel, fing an zu singen und ich sang mit. Ich sang ein ganz anderes Lied als er, aber das war mir egal, denn es machte mir einfach nur Spaß, mit zu trällern.

Eine Frau begann, laut zu weinen und ich machte mich darüber lustig, denn ich war auf einem ganz anderen Trip, machte Witze und sprach Dialekt, bis jemand „psssccchhht!“ machte.
Also war ich leise. Und dann wurde mir schlecht. Ich saß da, ließ den Kopf hängen und schaute nach unten. Plötzlich tat sich unter mir der Boden auf und ich sah auf Schiffsplanken. Wow! Das Zeug wirkte! Ich staunte, dass ich auf einem alten Schiff war, und wusste sofort: „Ich bin ein Pirat!“
Ich rülpste laut und statt mich zu schämen, machte ich „uuupsala!“
Ich sah das Schiff, war auf dem Schiff, es schwankte hin und her und mir wurde übel. Wieder rülpste ich laut und sagte „uuupsala!“
Dann drang Wasser in das Schiff ein, stieg immer höher und im Wasser schwammen große Spinnen. Ich ekelte und fürchtete mich fast zu Tode! Dabei war mir speiübel und ich musste ein ums andere Mal rülpsen. Jedem dieser Rülpser ließ ich ein „uuupsala!“ folgen.
Obwohl ich diese Dinge sah und mich so rüpelhaft verhielt, konnte ich trotzdem klar denken: „Aha, jetzt bekomme ich genau *das* serviert, was ich nicht leiden kann!“ Denn es hatte mich in den Tagen zuvor angeekelt, dass im Camp so viel gerülpst, geschmatzt, gerotzt wurde und über die häufig verwendeten Worte „kotzen oder pissen“ regte ich mich jedes Mal innerlich auf. Mal ganz abgesehen davon, dass ich ja nicht nur Angst vor Wasser, sondern auch vor Spinnen hatte!
Die anderen waren ziemlich laut und ich arbeitete die Geräusche in mein Szenario mit ein. Eine Frau schrie fürchterlich laut und wollte gar nicht aufhören.
„Die wird gerade vergewaltigt“, dachte ich.
Jemand weinte herzzerreißend: „Da wird einer gefoltert.“
Mehrere Leute übergaben sich brachial, machten dabei seltsame gurgelnde Laute, wie ich sie noch nie in meinem Leben gehört hatte. Andere stöhnten vor sich hin, manchmal lachte einer laut auf. All das

passte in meinen Film. Ich war schließlich auf einem Piratenschiff und dort waren solche Geräusche Normalität.
Dann kam die Angst, denn ich sah mich im Aussichtskorb auf dem höchsten Mast sitzen: „Was wird passieren? Werde ich ins Meer stürzen und ertrinken?“ Kam vielleicht davon meine Wasserphobie?
Aber es passiert nichts, außer, dass ich mich plötzlich übergeben musste. Ich hielt den Topf in den Händen und ekelte mich fast zu Tode. „Jetzt bekomme ich genau das serviert, was ich hasse“, dachte ich wieder. Ekel, schlechte Gerüche, ordinäres Verhalten. Es war widerlich, das Mittagessen in den Topf zu kübeln. Ich musste mich nochmal und nochmal übergeben und hatte Angst, der Topf würde überlaufen. Bei den ersten beiden Malen hatte ich ihn in den Händen gehalten, die anderen beiden Male kam das Übergeben so überraschend und ich fühlte mich zu schwach, den Topf hochzuhalten, daher stand er noch auf dem Boden. Ich traf hinein, ich traf daneben, ich spuckte mir auf das Knie und es war mir egal. In was hatte ich mich bloß verwandelt?
Don Agustin schlug auf der Trommel eine schnelle Melodie an und sang dazu ein Lied in einer Sprache, die ich noch nie gehört hatte. Der Refrain klang wie aus einem Kinderlied: „Daran-diring-ding-ding …“ und „Mari-di-di-di-di-di“.
Plötzlich war ich auf einer Galeere und die Musik verwandelte sich in deutsche Seemannslieder. Ich hörte jemanden Mundharmonika spielen. „Das kann doch gar nicht sein!“, dachte ich. „Das bilde ich mir doch nur ein. Woher sollte Don Agustin solche Lieder kennen?“
Seine Gegenwart war so präsent, dass ich das Gefühl hatte, er würde direkt vor mir stehen und nur für mich alleine spielen. Die Lieder passend zu dem Film, in dem ich gefangen war.
Ich sah große, haarige Spinnen im Wasser und es stank so widerwärtig, dass ich es kaum ertragen konnte. Meine Lippen waren dick geworden und in

meinen Händen hatte ich ein seltsames Gefühl. Was war das? Eine Überdosis? Was würde mit mir passieren? Ich hatte Angst, denn ich konnte ja niemanden fragen. Meine Sitznachbarn nicht, Don Agustin nicht und nicht mal Bernhard war ansprechbar. Jeder war in seinem Film.
Mein Mund war staubtrocken, ich öffnete die Flasche, die ich mit rauchigem Flusswasser gefüllt hatte und auch dieser Geruch passte. Ich hatte Schwierigkeiten, die Flasche gerade an den Mund zu führen. Endlich gelang es mir, ich trank einen Schluck und in diesem Moment kam das Schiff ins Schwanken, ich schwankte mit, rülpste laut und machte „uuupsala!" Dann wurde mir alles zu viel. Ich wollte raus, wollte nach Hause oder wenigstens an die Luft. Es war so stickig und so laut. Ob es das Mädchen aus Österreich war, das so andauernd schrie und einfach nicht aufhören konnte? Egal. Alle waren verrückt. Alle! Bloß ich nicht. Ich war eingesperrt in einem Irrenhaus! Und ich durfte nicht gehen. Ich konnte auch gar nicht. Mir war so übel. Dieser Mapacho-Rauch überall um mich herum. Pfui Teufel! Und diese Musik! Sie trieb mich förmlich in den Abgrund. Ich hielt mir die Ohren zu, aber Don Agustin spielte umso lauter, je fester ich die Hände auf die Ohren drückte.
„Geh weg, du! Hau ab, ich will nicht mehr", sagte ich zu ihm, als ich mir einbildete, er würde ewig lange vor mir stehen, nur um mich mit seinem Gesang zu quälen. Dann schlug er auf eine Klangschale. Dieser Ton ging mir durch Mark und Bein, sorgte dafür, dass es mir noch schlechter wurde. Uuuuaaaahhhh, war mir elend! Wann hörte das endlich auf?
Unvermittelt sah ich einen bunten Jahrmarkt vor mir. Alles war extrem farbig. Das Rot viel leuchtender, das Blau viel kräftiger, das Grün viel intensiver. Solche starken Farben gab es real doch gar nicht!
Die Zeremonie zog sich ewig hin, wie sollte ich das nur durchstehen? Auch Doña Marlene und Cathy sangen und dann kam eine von beiden vorbei und pustete mich mit Mapacho ab: zuerst über die linke und dann über die rechte Schulter. Sie griff nach

meinem T-Shirt und zog es weg, damit sie den Rauch auf meinen Rücken blasen konnte. Als Nächstes hob sie das Shirt von meinem Dekolleté ab, dann kam mein Kopf dran und zum Schluss musste ich die Hände locker aneinanderlegen und auch dort blies sie Rauch dazwischen. Dabei machte sie laut „pschi-juuuh". Ich nahm es dankbar an, hoffte, dass es mir helfen würde, mich besser zu fühlen.
Obwohl es so laut um mich herum war, nickte ich immer wieder kurz ein. Wenn eine Taschenlampe anging und ich die Augen öffnete, sah ich, wo ich wirklich war. Schloss ich die Augen, war ich auf dem Schiff oder dem Jahrmarkt. Zwischendurch kamen sprunghaft andere Bilder, führten nirgends hin, verschwanden und ich hatte sie sofort vergessen. Dann endlich wurde ich im Schneckentempo wieder klar, das seltsame Gefühl in den Lippen und Händen löste sich auf. Ich fror und zog meine Hose an. Mir war eiskalt. Aber ich musste immer noch rülpsen: „uuupsala!"
„Hoffentlich hören die jetzt endlich auf!", dachte ich. Ich wollte ins Bett. Doch sie sangen noch ein Lied, noch eins und noch eins. Ich fror und schimpfte leise vor mich hin: „Genug jetzt!" Dieses Geschrei, dieses Gestöhne, diese Gesänge! Dazu die Klangschale und so ein seltsames Bling-Bling-Bling in verschiedenen Tonlagen. Dann wieder raschelte es rhythmisch. Das musste der Stab mit den getrockneten Blättern sein. War das die Hölle? War ich im Vorhof gelandet und es ging geradewegs auf mein Verderben zu?
Ich hielt es einfach nicht mehr aus! Ich musste raus! Meine Taschenlampe lag neben mir, ich hielt die Hand davor, rief „baño" und eine der Frauen kam auf mich zu, um mich zu begleiten. Mit zitternden Knien machte ich mich auf den Weg, sah, dass es Adelia, die mich stütze und mich verständnisvoll anlächelte: „Ah, Helguita!" Sie hielt mich fest und ließ erst los, als ich direkt vor dem Holzthron stand. Zum ersten Mal ging ich nicht in die Hocke, sondern setze ich mich richtig drauf auf dieses unappetitliche Holzding, denn

mir war alles egal. „Was soll's?", dachte ich. „Geekelt habe ich mich heute ja schon genug."
Als wir zurückkamen, brannten die Kerzen und die anderen tanzten. Ich hatte keine Lust, fühlte mich auch viel zu schwach in den Beinen, also setzte ich mich hin und wartete ab, bis Don Agustin die Zeremonie für beendet erklärte.
Als es so weit war, sagten die anderen, sie würden runter an den Pool gehen. Jetzt in dieses eiskalte Wasser? In der Dunkelheit? Keine zehn Pferde würden mich dort hinbringen. So schnell ich mit meinen zitternden Beinen konnte, zog ich mich am Geländer die vielen Stufen nach oben, warf meine Kleider achtlos auf den Kofferdeckel, schlüpfte in mein Schlafshirt, ließ mich auf meinen Schlafsack plumpsen und schaffte es mit letzter Kraft, den Reißverschluss hochzuziehen.
Das war ein großer Fehler, denn ich wusste nicht, wie wichtig es war, Wasser über den Kopf laufen zu lassen. Das erfuhr ich erst am nächsten Tag, als es mir so schlecht ging, dass ich am liebsten etwas Schlimmes getan hätte.

14 Kater mit Nebenwirkungen

Ich lag auf dem Bett und wollte nicht aufstehen. Nie mehr! Ich schämte mich ja so! Wie peinlich war das, wie ich mich gestern aufgeführt hatte. Ich würde niemandem in die Augen sehen können.
Die Scham rollte über mich hinweg wie eine riesige Welle. Am liebsten würde ich mich für die restliche Zeit, die ich hier verbringen musste, im Bett verkriechen oder – noch besser – sofort abreisen!
Die anderen gingen zum Frühstück, doch ich blieb starr liegen, damit sie dachten, ich würde schlafen.
Unten wurde laut gesprochen und gelacht. Oben lag ich im Bett und heulte. Ich fühlte mich wie vor vielen

Jahren, als Kind oder auch später, als junge Frau, wenn ich mit dem Kopf zur Wand im Bett lag, mein damaliger Partner neben mir und ich unfähig war, zu sprechen oder aufzustehen. Wie gelähmt hatte ich mich damals gefühlt und war liegen geblieben, obwohl ich dringend zur Toilette gemusst hätte.
So ging es mir auch jetzt. Ich drehte mich von der Seite auf den Rücken, starrte an den Betthimmel. Wie sollte ich es jemals schaffen, wieder aufzustehen, zu den anderen zu gehen, ihre Blicke zu ertragen, ihr Gelächter über mich, über mein kindisches, lautes und boshaftes Verhalten auszuhalten?
Wie sollte ich aufstehen, um zur Toilette zu kommen? Vorbei an den anderen, ohne dass sie mich sahen? Ich musste warten, bis das Frühstück beendet war. Als ich nur noch die Frauen mit dem Geschirr hantieren hörte, schlich ich mich hinaus, den Kopf gesenkt, bloß keinen Blickkontakt! Schnell die Planken entlang dem Summen der Toilettenfliegen entgegen und auf wackligen Zehenspitzen wieder zurück. Stundenlang lag ich da, schämte mich, weinte und las in einem Roman, um wieder Zugriff auf die normale Welt zu bekommen.
Auch zum Mittagessen ging ich nicht runter. Irina fragte leise: „Schläfst du? Willst du nichts essen?“ und ich schüttelte nur den Kopf. Während die anderen unten lachten, redeten und aßen, lag ich im Bett und überlegte, ob ich alleine in den Dschungel gehen sollte. Dort sollte man ja in kürzester Zeit spurlos verschwinden. Vielleicht würde mich ein Jaguar von hinten anfallen und mir in den Hals beißen. Dann bräuchte ich mir nie mehr Sorgen zu machen ... Aber ich blieb liegen. Von der Scham fest umarmt. Regelrecht umklammert. Wer war ich, dass ich gestern über das Weinen einer anderen Person gelacht hatte? So bin ich doch gar nicht. Im Gegenteil versuche ich zu helfen, wenn es jemandem schlecht ging. Ich verstand die Welt nicht mehr. Warum war ich bloß hier hergekommen? Das half doch sowieso nix! Die Liane hatte das Negative aus mir hervorgespült.

Alle hatten gesehen, wie ich mich zur Närrin gemacht hatte.
Irina kam an mein Bett und fragte mich, ob ich etwas trinken wollte.
„Nein"
Sie stellte mir trotzdem etwas hin: „Trink, das ist leckerer Saft."
„Danke"
„Willst du etwas essen?"
„Nein"
„Liegen bleiben?"
„Ja"
Ich musste schon wieder zur Toilette, begegnete auf dem Weg einer der Teilnehmerinnen, die ich kaum kannte. Sie schaute mich fragend an, ich blickte zu Boden, kämpfte mit den Tränen. Ich war unter vielen Leuten und fühlte mich, als sei ich alleine auf der Welt. Gefangen in einer anderen Realität.
Dann hörte ich, dass die anderen zur Besprechung gingen. Würde man mich rufen? „Lieber sterben, als den anderen unter die Augen zu treten!" Aber keiner holte mich. Es hatte mich ja auch keiner zum Essen geholt. Ich spürte den Widerspruch in mir: „Bitte, keiner soll kommen!" und „Bitte, warum kommt denn keiner?"
Wusste Don Agustin denn nicht, wie ich mich fühlte? Ich dachte, er könnte alles sehen und spüren? Warum half er mir dann nicht? Oder unser Reiseleiter? Warum kam er nicht? Hatte er nicht eine gewisse Verantwortung den Teilnehmern gegenüber? Und dann wieder meine Angst: „Bitte, keiner soll kommen!"
Die Besprechung dauerte ewig. Ich hörte zu, dann las ich, dann döste ich vor mich hin. Wie sollte das weitergehen? Wie lange würde ich es aushalten, mich hier zu verkriechen?
Am späten Nachmittag kam Beate an mein Bett und machte das Moskitonetz ein Stückchen zur Seite: „Komm mit, baden. Komm mit, essen."
Als ich heulte, weil ich mich so schämte, lachte sie befreit auf: „Aber da gibt es doch nichts zu schämen! Das war doch süß, wie du gelacht hast. Und als du

deine Hose ausgezogen hast. Das hat den anderen doch gefallen! Komm, gehen wir baden. Du musst den Kopf unter Wasser halten. Das ist wichtig! Sonst hört der Prozess von gestern Abend nicht auf!"
„Ich will aber nicht von den anderen gesehen werden!"
„Wir gehen hinten rum. Die anderen sitzen im Besprechungsraum und spielen Karten und so."
„Soll ich auch mitgehen?", fragte Irina und ich nickte. Also gingen wir baden. Ich versteckte mich zwischen der fülligen Beate und der schlanken Irina. Ging mit gesenktem Blick, damit keiner meine Scham sehen würde, ging zur Pool-Treppe und meine beiden Retterinnen ließen Wasser über meinen Scheitel laufen.
Kaum war ich wieder oben, stand Frank vor meinem Bett: „Was ist los mit dir?" fragte er besorgt.
„Ich schäme mich so!" und fing schon wieder an zu heulen.
Frank lachte. „Aber weißt du denn nicht, was da gerade passiert?"
Ich schüttelte den Kopf.
„Die Scham ist ein Parasit. Lass nicht zu, dass der dich im Griff hat."
Als ich ihn erstaunt anschaute, sagte er: „Du hast diesen Parasiten gestärkt, weil du ihm den ganzen Tag Nahrung gegeben hast."
Ja, das stimmte. Das hatten wir doch erst vor kurzem gelernt. Wie konnte ich das nur vergessen haben?
„Don Agustin hat heute Mittag gesagt, du hättest mit deinem Lachen und Verhalten auch bei den anderen etwas geheilt. Und jetzt kommst du runter zum Essen!"
Frank hatte nur diese paar Sätze sagen müssen und mir war alles klar: Die Gefühle waren eine Wiederholung aus meiner Kindheit! Wie oft war es vorgekommen, dass – kaum waren Besucher zur Tür hinaus – mein Vater mit mir und meinem Bruder geschimpft hatte: „Ihr habt euch wieder aufgeführt!" Noch bevor unsere Gäste sich verabschiedeten, hatte ich vor diesem Vorwurf riesige Angst gehabt. Dabei stimmte es gar nicht, dass wir uns schlecht

benommen hatten. Durch unseren tyrannischen Vater waren wir eher verschüchtert und bekamen den Mund nicht auf!
Aber wie das so ist mit alten Mustern: Auch als Erwachsene passierte es mir immer mal wieder, dass ich zu sehr aus mir rausging und mir das spätestens am nächsten Morgen unangenehm war. Bloß nicht zu viel von sich zeigen! Bloß nicht auffallen! Auch das war ein Satz, den ich als Kind so oft zu hören bekommen hatte. Ob das jetzt geheilt war?
Ich stand jedenfalls auf, ging runter zu den anderen, die schon munter das Essen in sich hineinschaufelten und keiner machte eine unangenehme Bemerkung.
Im Gegenteil: Sie freuten sich, mich zu sehen. Gudrun kam lächelnd auf mich zu, nahm mich in den Arm und sagte: „Es war so entzückend, wie du dich verhalten hast, es war so lieb, so leicht und heiter."
Und Beate sagte zwischen zwei Bissen: „Wenn jemandem sein Verhalten peinlich sein könnte, dann Jan. Er ist zurück ins Babyalter gegangen und hat mit seinem Kotztöpfchen gespielt, bis die anderen eingriffen. Aber sieht er so aus, als würde ihm das etwas ausmachen?"
Nein, er saß da, aß, redete, lachte.
„Und Valerie! Die hat die ganze Zeit über geschrien. Schau mal, wie gut sie drauf ist!"
Ja, Beate hatte absolut Recht. Nur ich hatte mir das Gefängnis aus Scham gebaut. Aber damit war jetzt Schluss! Denn mein Schamgefühl war nach dem kurzen Gespräch mit Frank wie weggeblasen.
„Das war aber schon sehr lustig, was du gestern mit deiner Hose angestellt hast. Kannst du das mal wiederholen?" fragte Jan und ich konnte unbeschwert mit ihm und den anderen darüber lachen.

15 Ich nehme nichts!

„Heute kommt unser Durchbruch!“ Ich saß mit Sophie und Beate am Tisch und wollte ihnen Mut machen. Mir vielleicht auch. Denn in wenigen Minuten würde uns die zweite Zeremonie bevorstehen.
„Bei mir war ja beim letzten Mal überhaupt nichts passiert“, sagte Beate frustriert. „Ich werde heute mehr trinken als gestern!“
Sie war schon seit dem Aufstehen schlecht drauf, obwohl wir einen wunderbaren Tag verlebt hatten. Morgens waren wir wieder durch den Dschungel gewandert und hatten uns das leer stehende Camp eines Freundes von Don Agustin angeschaut. Ich hatte ein Gefühl riesiger Freiheit gehabt und das nur, weil ich diesmal gleich ohne Schuhe losgelaufen war. Die Erde unter den Füßen spüren, die Blätter, die Baumstämme und alles andere, was da auf dem Boden herumlag. Mir als Stubenhockerin machte es plötzlich riesige Freude, einfach viel näher dran zu sein an der Natur.
„Was wissen wir eigentlich über diesen Bernhard?“, fragte Beate auf dem Rückweg.
„Wenig“, antwortete ich. „Ich weiß nur, dass er mehrmals im Jahr Gruppen hier herbringt und dass er in Berlin lebt.“
„Der ist mir nicht geheuer, der Typ!“
„Der ist niemandem geheuer“, bestätigte ich.
„Weißt du, was er beruflich macht?“
„Hm … Ich glaube, er ist so eine Art psychologischer Berater.“
„Kann ich mir jetzt gar nicht vorstellen. Mit seiner Art vergrault er doch die Leute!“ meinte Beate.
„Vielleicht ist er zu Hause ja ganz anders?“ schaltete sich Irina ein.
„Kann ich mir nicht vorstellen“, brummte Beate. Ihre Stimmung hatte sich noch immer nicht gebessert.
„Oder er ist deswegen ständig auf Reisen: Bernhard auf der Flucht“, lachte ich.

Beate meckerte: „Na, mir ist nicht zum Lachen zumute. Wenn ich mir vorstelle, dass wir in der dritten Woche alleine mit ihm in einem neuen Camp sind!"
„Mach dir nicht so viele Gedanken. Bis dahin haben wir ja noch ein paar Tage", sagte Irina.
„Wer weiß, was bis dahin passiert", beschwichtigte ich Beate ebenfalls.
Am Nachmittag hatten wir in der Sonne gelegen, gebadet, gelesen, uns miteinander unterhalten. Eben lauter Dinge, die uns das Gefühl gaben, einen ganz normalen Urlaub zu verbringen.
Bevor ich hochging, um mich umzuziehen, war ich kurz im Zeremonienraum gewesen. Im Hellen hatte er überhaupt nichts Bedrohliches mehr. Außer einem etwas seltsamen Geruch gab es nichts zu meckern. Der Boden war frisch gefegt, die Kissen lagen ordentlich auf den Bänken. Die Töpfchen waren sauber.
Es gab heute also keinen Grund, nervös zu sein und das war ich auch nicht. Nur ein wenig.
Bernhard hatte gesagt: „Ihr werdet nicht sterben und ihr werdet auch nicht verrückt werden!"
„Woher weißt du das eigentlich so genau? Wie viele Zeremonien hast du schon besucht?" fragte ich ihn. Ich zweifelte immer mehr an seinen Worten.
„Ungefähr hundert", sagte er stolz.
„Aha!"
Um 17 Uhr trafen wir uns wieder zum Tee trinken. Alle weiß gekleidet wie beim letzten Mal, saßen wir um den großen Tisch herum und lauschten den Erzählungen von Don Agustin. Er hatte in seinem Leben schon sehr viel erlebt und gemacht, hatte als Schreiner und lange Zeit als Holzkünstler gearbeitet, bis er zum Schamanismus kam.
Als er fertig war, drehte ich mich zu Irina, die neben mir saß und fragte: „Hast du Angst?"
Sie schüttelte den Kopf. „Nein. Beim letzten Mal habe ich gedacht, ich sei fehl am Platz, denn ich habe überhaupt nichts gespürt!"
„Hast du ein- oder zweimal getrunken?"

„Zweimal. Aber beim Nachschlag ist auch nichts passiert. Ich habe nur die anderen beobachtet und habe mitgekriegt, wie du gelacht hast."
„Und wie ich mich daneben benommen habe!" Zum Glück war mir das nicht mehr peinlich.
„Ach, das war doch niedlich!" lachte sie. „Den Rest der Zeit habe ich nur noch gedacht, ich sei im Irrenhaus!"
„Schon seltsam, dass manche so viel sehen und andere wieder nichts."
„Na, ich hoffe, dass es heute besser wird. Ich habe keine Lust, die ganze Zeit nur da zu sitzen und es passiert nichts!"
„Ich drücke dir die Daumen! Warum bist *du* eigentlich hier?" fragte ich sie.
„Ich will wissen, wer ich wirklich bin!"
„Ach, ich erinnere mich. Das hattest du in der Vorstellungsrunde gesagt. Sorry, ich bin manchmal supervergesslich."
„Macht nichts. Ich habe auch vergessen, was dein Grund war." Die Leute am Ende des Tisches standen auf und sie sagte: „Oh, das musst du mir morgen erzählen, es geht los!"
Don Agustin war gekommen und hatte uns aufgefordert, mit ihm in den Zeremonienraum zu gehen. Dort setzte ich mich wieder auf denselben Platz. Das war wenigstens ein Hauch von Gewohnheit und Sicherheit.
Bei der heutigen Zeremonie wollte ich von der Liane eine Antwort darauf haben, wie ich Bestseller-Autorin werden könnte. Ich nahm mir vor, diese Frage zu stellen, während ich den Trank herunterschluckte.
Unsere beiden Schamanen führten dasselbe Ritual wie beim ersten Mal durch. Als sie fertig waren, kamen zuerst die Frauen dran. Jede bekam ein Glas voll.
„Solo uno?", fragte ich.
Ich hatte keine Lust, wieder ewig im Dunkeln zu sitzen, ohne dass etwas passierte. Don Agustin nickte mit einem weisen Lächeln auf den Lippen …

Unser lieber Reiseführer hatte beim Teetrinken mal wieder seine Warnungen ausgesprochen: „Wer unaufgefordert ein zweites Glas nimmt, wird schreien und in die Hosen scheißen, denn Don Agustin wird ihn verhexen!"
„Ob er aus eigener Erfahrung spricht?", fragte ich Sophie.
Beate hatte sich in die hinterste Ecke verdrückt, weil sie ganz alleine sein wollte. Dafür saß Irina an meiner Seite und das fühlte sich sehr gut an.
Nachdem jeder sein Glas getrunken hatte, wurden die Kerzen gelöscht und wir saßen wie beim ersten Mal im Dunkeln und warteten. Nach einer halben Stunde begann Don Agustin auf der Mundharmonika ein Lied zu spielen, das sich sehr fremdartig anhörte: Der Rhythmus war mal langsam, mal schnell.
Ich schloss die Augen und schon ging es los: Ich sah eine Kirmes, sehr viele kräftige Farben, links stand ein großes Riesenrad, alles war prachtvoll, glänzend und leuchtend.
Der Schamane pfiff eine kurze Melodie. Es waren nur ein paar Töne, doch kaum war er fertig, wurde rings um mich herum gehustet, gerülpst, gewürgt, sich übergeben.
Mein Szenario veränderte sich: Vampire, Teufel und undefinierbare dunkle Gestalten standen vor mir. Außerdem war da ein mächtiger Sarg aus verziertem, pechschwarzem Holz. Die Gestalten kamen langsam auf mich zu. Als sie ganz dicht an meiner rechten Seite standen und mit ihren Händen nach mir griffen, schlug ich aus und rief laut in die gerade entstandene Stille: „Weg! Haut ab!"
Sie verschwanden und der Raum um mich blieb schwarz. Don Agustin klopfte auf die Trommel und wie auf Kommando ging es wieder los mit dem Gekübele um mich herum.
Dann war wieder Stille, abgesehen von den Fröschen mit ihrem nervigen „wooop, wooop". Aus heiterem Himmel bekam ich einen Lachanfall. So hatte ich mich noch nie lachen hören. Es klang, als würde ein Vogel aus dem Dschungel laut rufen: „huhuhuuuuu,

hahahahaaaaa". Und so fühlte ich mich auch: Als sei ich ein Vogel. Mit jedem Lachen stieg ein Sprühregen vieler Farben in den Himmel. Das sah sehr bunt und schön aus.

Don Agustin rasselte, sang „Papu-cancu" und ich lachte immer wieder auf. Was das wohl war, das da aus mir heraus wollte? Lachgeister? Ich lachte, ich hustete, dann lachte ich wieder und es war mir unangenehm, dass ich so laut war. Denn im Vergleich zum ersten Mal war es heute mucksmäuschenstill. Mal abgesehen von dem Gestöhne und Gekübele der anderen. Meinem ersten Lachanfall folgte ein zweiter und dritter, dann war das endlich vorbei.

Das Dach über mir öffnete sich, die Sonne schien warm und hell herein und ich fühlte mich mit einem Mal wohl und befreit. Doch schon änderte sich dieser Zustand wieder und mir wurde kalt. Eiskalt!

„Warum friere ich?", fragte ich mich. Sollte ich raus? Ins Universum? Chris hatte uns vor unserer Abreise gesagt, wenn uns sehr kalt würde, seien wir draußen im Universum und sollten auf unseren Heimatplaneten fliegen. Aber wie sollte das funktionieren? Ich hatte keinen Plan.

Meine Überlegungen wurden gestört, denn schon wieder tauchten neue dunkle Gestalten auf. Anscheinend musste erst noch etwas aus der Tiefe an die Oberfläche kommen, bevor es aufwärtsgehen konnte.

Eine Frau begann, sehr laut zu singen und auf eine Trommel einzuschlagen. War das Doña Marlene? Das Lied klang wehmütig und ein wenig bedrohlich. Es kam immer wieder das Wort Ayahuasca darin vor. Ihre Stimme wurde laut, dann wieder leise und klagend. Sie endete schwer atmend mit einem „Pschiii-uuu!"

Die schwarzen Figuren waren verschwunden und ich musste nochmals lachen. Diesmal im Rhythmus mit der Musik.

Ich war wieder auf der Kirmes und es kamen lustige Gestalten auf mich zu. Sie hielten etwas in den

Händen und wollten es mir reichen. Sie fragten: „Willst du davon essen, davon trinken?“
In mir war eine Sperre. Ich fühlte: „Das sind nur Versuchungen, Verlockungen“. Deshalb sagte ich zu den Gestalten: „Nein, ich nehme nichts!“, und presste meine Lippen fest zusammen. Bei jedem Angebot schüttelte ich den Kopf und sagte: „Ich nehme nichts!“ Denn ich hatte Angst, Trugbildern auf den Leim zu gehen und irgendwo hineinzugeraten, wo ich nicht hin wollte. War das mein Kontrollimpuls? War es eine gute Entscheidung, sozusagen mein Glück? Oder entging mir etwas? Ich hatte keine Ahnung, sagte immer nur: „Nein, ich nehme nichts!“
Statt dessen wollte ich nach oben, um mir die Welt aus einer anderen Perspektive anzuschauen, traute mich aber nicht, hinaufzusteigen. Denn ich bekam Einladungen und Aufforderungen von irgendwelchen Gestalten, dies zu tun, aber ich befürchtete, dass es nur eine Täuschung war.
„Kann ich den Stimmen vertrauen?“, fragte ich mich. „Oder wollen sie mich nur in die Irre führen?“
Tauchten immer wieder diese nicht greifbaren Verlockungen auf, damit ich nachgab und etwas Unaussprechliches mit mir geschah? Wie sollte ich mich bloß entscheiden? Ich war überfordert und absolut ratlos. Aber ich blieb bei meiner Entscheidung und nahm von den Gestalten weder etwas an, noch kam ich ihren Einladungen nach.
Wie gerne hätte ich jemanden gefragt, was ich tun sollte. Doch wen? Links und rechts von mir saßen Leute, aber sie hatten ihre eigenen Visionen.
Ich war gefangen in meinem Film, den Bildern ausgeliefert und wusste nicht weiter. Don Agustin spielte auf der Ziehharmonika
und in mir stieg das Gefühl hoch, dass ich auch ihm nicht über den Weg trauen konnte und dieses Gefühl hielt mich fest im Griff. Vielleicht würde er nicht die Wahrheit sagen oder ich würde mir einbilden, Worte zu hören, die er gar nicht sagte, weil ich nur hören würde, was mir die seltsamen Gestalten einflüsterten?

Immer wieder haderte ich mit mir: Sollte ich vertrauen und die Treppe nach oben steigen? Sollte ich unten bleiben? Was war Einbildung, was war real? Konnte man in diesem Fall überhaupt von Realität sprechen? Und auf wen konnte ich hören? Auf meine eigene Stimme jedenfalls nicht!

Don Agustin rief „Wonkawee“, Doña Marlene und Cathy antworten mit „Ajattakawonki“ und ich fror so sehr, dass ich am ganz Körper zitterte. Sophie fragte, was da so wackelte. „Das bin ich. Entschuldige! Ich versuche, still zu sitzen.“

Ich zwang mich dazu, aber es gelang mir nicht. Meine Beine zitterten und mein Oberkörper auch. Ich legte meine Hände auf die jeweils gegenüberliegende Schulter, versuchte mich zu wärmen, aber auch das gelang mir nicht. Dabei hatte ich mich heute wärmer angezogen als beim letzten Mal.

Ich jammerte leise vor mich hin: „Mir ist so kalt! So kalt!“

Dann war ich längere Zeit mit diesem Gedanken beschäftigt: „Aber Bernhard werde ich es zeigen! Ich werde NICHT in die Hose scheißen! Ich werde wissen, ob ich auf dem Klo oder auf meinen Stuhl sitze. Ich werde mich unter Kontrolle halten. Was der sich immer einbildet! ICH werde mir nichts zuschulden kommen lassen. Mich kriegt der Blödmann nicht klein!“

Als ich diese Gedanken endlich aufgab, fragte ich mich wieder: „Soll ich nun hochgehen? Ist es gut für mich?“

Die meisten waren schon wieder klar, Don Agustin hatte bereits die Kerzen angezündet, hatte begonnen, jemanden zu operieren, wie er das nannte, doch ich war noch immer auf meinem Trip und stellte mir ständig die Frage: „Soll ich, soll ich nicht?“

Aber es kam nichts. Dann wenigstens eine Antwort auf meine Frage, wie ich Bestsellerautorin werden könnte ...? Was ich sah, gab mir Rätsel auf: die Spalte einer Zeitung mit einem kurzen Text, bestehend aus nur zwei oder drei Sätzen. Oberhalb und unterhalb des Textes waren Striche, die durch

eine schräge Linie miteinander verbunden waren, so dass das Ganze ein großes „Z“ ergab.
„Ist das etwa alles?“, fragte ich enttäuscht. Was sollte ich denn damit anfangen?
Ich zitterte vor Kälte, versuchte, doch noch ins Universum hochzukommen, es klappte aber nicht wirklich, denn die Wirkung des Tranks ließ nach. So saß ich mit angezogenen Beinen auf der Bank, während mir langsam wärmer wurde, war einerseits enttäuscht und andererseits fühlte ich mich müde und zufrieden.

16 Von Spinnen und schwachen Nerven

„Ach Gott! Ist DIE groß!“ Ich wachte von dem Getrampel vieler Füße unter unserer Hütte und den männlichen Stimmen, die sich gegenseitig übertrumpfen wollten, auf.
„Boaahhh! Was für ein riesiges Teil!“
„Oh Mann, ist das ein Vieh!“
„Wow! So eine Große habe ich ja noch nie gesehen!“
„Diese langen Haare!“
„Und die Beine erst!“
Aha! Darum ging es also. Eine Spinne. Mir lief ein Kälteschauer über den Rücken. Nie und nimmer würde ich jetzt da runter gehen, um meine Zähne zu putzen. Chris hatte doch gesagt, die Taranteln wären nur in den Bäumen. Auf niemanden war Verlass!
Als die Köchinnen auf die Holzblöcke einschlugen, um uns zum Frühstück zu rufen, musste ich dann doch aufstehen und rannte schnell zum Wasserhahn am baño.
„Stell dich nicht an, du bist hier schließlich im Dschungel“, sagte ich mir.
Nach dem Frühstück – gebratene Yucca (ich konnte sie nicht mehr sehen, geschweige denn essen), Ananas, die ihre besten Tage auch schon hinter sich

hatte, dafür aber einem gebratenen Ei und leckerem Tee namens hierba luisa - versammelten wir uns zur Besprechung. Heute waren nochmal Leute angekommen. Wir waren jetzt sicher schon 25 Teilnehmer. Wie viele sollten das noch werden?
Die Neuen stellen sich kurz vor, dann referierte Don Agustin zum Thema Krankheiten. Ich hatte keine Lust, hinzuhören. Die Sonne schien und ich hätte es mir lieber auf einer Bank bequem gemacht, um eine Runde zu schlafen.
Endlich war er fertig und jeder von uns erzählte seine Erlebnisse der vergangenen Nacht. Irgendwann kam ich dran und leider sagte Don Agustin nichts zu den Bildern, die ich gesehen hatte. Schade! Ich hätte gerne gewusst, ob es richtig war, den Versuchungen zu widerstehen und den Weg nach oben *nicht* anzutreten. Er nickte nur mit einem leichten Lächeln auf den Lippen.
Beate war enttäuscht: „Ich habe überhaupt nichts gesehen! Das ist doch alles Beschiss“, sagte sie missmutig. Sie war noch immer schlecht drauf. Ob das daran lag, dass sie ihren Vorrat an Schokoriegeln aufgebraucht hatte?
„Du, ich würde super gerne ins Dorf laufen. Ich habe schreckliche Lust auf eine Cola und ein paar Flaschen Wasser ohne Rauchgeschmack. Gehst du mit? Dort gibt es sicher auch etwas Süßes“, lockte ich sie.
Doch sie schüttelte nur den Kopf. Mist! Alleine würde ich mich nicht trauen, den weiten Weg zu gehen. Mal sehen, ob ich jemand anderes überreden konnte.

*

Nach dem Mittagessen legte ich mich aufs Bett, und gerade als ich am Einschlafen war, kam Mike herein und rief laut: „Wonkaweee“.
„Halt die Klappe!“, fuhr ich ihn an. „Du bist hier nicht alleine!“
Er ließ etwas auf den Boden fallen und maulte: „Bin ja schon wieder weg!“

„Reg dich nicht auf!“, rief Irina nebenan unterm Netz hervor.
„Muss ich mich aber! Nervt der dich nicht?“
„Doch, aber ich versuche, das an mir ablaufen zu lassen.“
In jeder Gruppe gibt es einen, den man nicht leiden kann. Ich hatte gleich zwei, die mich störten: Mike und noch ein anderer Typ. Beide hörte man den lieben langen Tag laut quatschen. Das zerrte ganz schön an meinen Nerven!
Es war ja auch wirklich alles ein wenig zu viel: die fremden Gerüche und Laute, die vielen Leute um mich herum, das Essen, das so anders schmeckte als zu Hause, die Spinnen, Tausende von Moskitos, ich war mittlerweile ganz schön zerstochen, und dann noch das Plumpsklo. Ein wahrer Kulturschock! So etwas musste man erst einmal verdauen. Ich wundere mich eh schon darüber, dass ich das alles ziemlich leicht wegsteckte.
Aber jetzt war der Quälgeist wieder draußen – dem Himmel sei Dank! Dafür hatte er mir „Wonkaweee“ ins Ohr gesetzt. Gestern Abend hatte Don Agustin und Doña Marlene mehrmals „Wonkawee“ gerufen und ein paar andere hatten geantwortet: „Ajattakawonki“. Ich musste mal fragen, was das bedeutete.
„Wo warst du denn vorhin, als wir den gestrigen Abend besprochen haben?“, fragte ich zu Irina hinüber.
„Ich hatte keine Lust darauf. Bis die immer alle fertig sind mit ihren Geschichten … da lese ich lieber in meinem Buch“, antwortete sie.
„Und wie war es bei dir? Hast du dieses Mal mehr gesehen?“
Sie setzte sich im Bett auf und schob das Moskitonetz zur Seite.
„Nur ganz wenig. Bunte, geometrische Strukturen.“
„Immerhin! Das ist doch mehr als beim ersten Mal!“
„Ich dachte noch, dass ich in der Unterwelt bin, denn es war so schlammig und da waren Energien, die mich herunter gezogen haben. Das war ein halber Höllentrip und ich habe mir immer gesagt: ‚Ich bin im

Licht, ich bin im Licht.‘ Ich hatte das Gefühl, dass ich das durchleben muss, um es integrieren zu können.“ Sie machte eine kleine Pause und überlegte.
„Und sonst?“
„Ich habe erkannt, dass es noch einen Planeten gibt, auf dem keine Menschen leben, sondern nur Vögel und Echsen. Aber sie waren genauso intelligente Wesen wie wir. Das war ein helles Erlebnis, voller Licht, in dem ich gebadet habe.
„Wow! Aber dass Menschen intelligente Wesen sind, stimmt nicht immer“, lachte ich.
„Ja, und du?“, fragte sie.
„Erzähle ich dir später, wenn dir‘s recht ist. Würde gerne noch ein Nickerchen machen, bevor es weiter im Programm geht.“
Doch mit dem Schlafen wurde es nichts, denn kaum war ich weg gedöst, wurden wir auch schon nach unten gerufen. Heute Nachmittag gab es Zinga! Wie immer war ich in banger Erwartung, was passieren würde. Ein neuer ekeliger Geschmack? Übelkeit? Schmerzen?
Bernhard hatte uns die Medizin schmackhaft gemacht, indem er sie Höllengemisch nannte und uns als Inhaltsstoffe Krötenhaut, Mapachotabak und Whisky aufzählte.
Krötenhaut ... War ich hier bei einer Hexe und ihrem Meister gelandet?
„Zinga ätzt euch alles weg. Alte Vereiterungen in den Neben- und Stirnhöhlen, Vergiftungen durch Abgase und Schwermetalle ... alles weg!“ hatte er heute Morgen gesagt.
„Ihr werdet danach etwas heiser sein und vielleicht ein wenig Fieber bekommen. Aber wenn ihr alles herausrotzt, wird es nicht so schlimm werden.“
„Um Himmels willen! Was kommt da wieder auf uns zu?“ hatte ich Irina gefragt. Trotz meiner Angst war ich froh, wieder ein wenig Ballast und Schmutz los werden zu können.
„Da müssen wir jetzt durch“, antwortete sie lässig.

„Du hast Recht! Ich will das Maximum aus dieser Reise herausholen. Dafür bin ich hier und dafür habe ich Erspartes geopfert!"
Als ich runter ging, hörte ich die anderen herumrotzen. Wie appetitlich!
Ich war die Letzte und Don Agustin forderte mich auf, mich auf einen Stuhl zu setzen, den Kopf nach hinten zu beugen, das rechte Nasenloch zuzuhalten und „aaaahhhh" zu sagen. Schneller, als ich kapierte, was er tat, ließ er Flüssigkeit in mein linkes Nasenloch laufen. Dieses Zeug lief mir den Rachen hinunter und brannte. Wie ekelhaft! Ich musste husten und wollte aufspringen, doch er drückte mich mit sanfter Gewalt zurück auf den Stuhl und sagte: „aaaaahhhhh". Also tat ich es ihm nach und schon lief eine weitere Portion in mein rechtes Nasenloch. Wieder hustete ich wie verrückt, Don Agustin sagte etwas und Bernhard übersetzte: „Das holt den ganzen Dreck aus deinem Kopf. Du musst jetzt rotzen, bis es alles raus ist. Geh zum Pool!"
Es brannte noch immer in der Nase und im Hals und ich hatte keine Ahnung, wie rotzen funktionierte. Auf den Pool, um den einige Leute herumstanden, um ihre Körperflüssigkeiten loszuwerden, hatte ich absolut keine Lust.
Ich ging an die Spüle, versuchte, das Zeug herauszuspucken und gurgelte mit Wasser nach. Es klappte nicht wirklich und irgendwann legte ich mich aufs Bett. Mein Hals tat weh, meine Nase tat weh. Wieder einmal fragte ich mich, warum ich mir das bloß antat. Mann, ich war doch nicht masochistisch! „Denk an dein Ziel!", sagte ich mir, drehte mich auf die Seite und versuchte, zu schlafen.

*

Nur kurze Zeit später wachte ich aus einem unruhigen Schlaf auf. Mir tat der Hals so weh, dass ich nicht mehr schlucken konnte und meine Nase war komplett verstopft. Ich fühlte mich, als hätte ich Angina.

Von unten war lautes Trommeln zu hören, denn es gab Abendessen. Doch ich blieb im Bett.
„Ich kann eh nichts runterschlucken“, sagte ich zu Irina, als sie fragte, ob ich nicht mit hinuntergehen würde.
Ob ich diese Krankheitssymptome hatte, weil ich nicht – so, wie die anderen – richtig gerotzt hatte?
Dass mir gutes Benehmen schaden würde, hätte ich auch nicht gedacht.
„So ein Scheiß!“, fluchte ich.

17 Flucht aus dem Camp

Der Boden vibrierte und weil ich auch mal musste, schwang ich schnell meine Füße aus dem Bett und lief Beate nach, die gerade die Tür von außen schließen wollte.
„Moment, ich gehe mit!“, flüsterte ich mit heißerer Stimme. Die Wirkung des Zinga hatte noch nicht nachgelassen.
Sie stapfte weiter, ohne sich umzudrehen.
„Was ist los mit dir?“, fragte ich, als ich sie am Ende der Treppe einholte.
„Ich fliege morgen heim!“
„Waaas?“
„Ich fliege und du brauchst gar nicht zu versuchen, mich umzustimmen!“
„Aber du hattest dich doch so auf die Reise gefreut!“
„Das ist doch alles nur Beschiss hier!“ motzte sie.
„Aber das stimmt doch gar nicht! Spürst du denn nicht, dass sich etwas in dir verändert?“
„Kein bisschen!“
„Gib doch nicht so schnell auf! Du hast doch extra einen Kredit aufgenommen, um das alles zu bezahlen!“

„Ich sehe nix, ich spüre nix, außer dem Bedürfnis, abzuhauen. Und das mache ich auch. Morgen früh bin ich weg!"
„Mach das doch nicht! Wenn du zurückfliegst, behältst du deinen ganzen Mist und musst auch noch die Umbuchungskosten zahlen!"
„Das ist mir egal!"
„Gibt es gar keine andere Möglichkeit?" machte ich den letzten Versuch.
„Nein!"
Sie ging mitten auf dem Weg in die Hocke, sagte: „Und auf dieses beschissene Klo gehe ich auch nicht mehr", und ließ es einfach laufen.
Ich war zu schockiert, um zu widersprechen, ging weiter, und als ich zurückkam, war sie eh schon wieder oben.

*

Als ich morgens aufwachte, war Beates Bett leer. Ihre Kleider und ihr Rucksack waren verschwunden.
„Wahrscheinlich ist sie bereits am Flughafen und stopft sich mit Schokoriegeln voll", sagte ich zu Irina in Erinnerung an die volle Einkaufstüte, die sie auf dem Hinflug aus ihrem Handgepäck gezogen hatte.
„Sei nicht so gemein!"
„Du hast Recht und eigentlich tut sie mir ja ganz schön leid. Aber wie soll sich etwas verändern, wenn man gleich die Flucht ergreift? Man muss doch auch ein wenig Geduld aufbringen."
„Wir halten durch!"
„Auf jeden Fall. Aber fehlen wird sie mir schon."
Es war wirklich schade, dass Beate weg gerannt war. Feigheit war mir fremd und ihre Bockigkeit letzte Nacht konnte ich auch nicht nachvollziehen. Sie hatte sich von der Reise doch genauso viel erhofft wie ich. Nun, ja … Ich musste akzeptieren, dass sie ihr Leben anders anpackte.
Aber ich war froh, dass ich mich mit Irina angefreundet hatte. Sonst hätte ich mich jetzt ein wenig einsam gefühlt. Es waren zwar viele Leute im

Camp, aber es waren auch einige Paare dabei, die lieber für sich blieben und zu den Männern zog es mich nicht hin. Kaum war Jan aus unserer Gruppe im Camp angekommen, waren wir Luft für ihn, denn er hing nur noch mit den anderen Kerlen zusammen und die waren mir einfach zu derb und zu laut. Sara blieb nach wie vor auf Distanz, die anderen beiden Frauen, die noch bei uns auf dem Stockwerk schliefen, waren eher Einzelgängerinnen und der alleinstehende Möchtegern-Schamane, der immer wieder versuchte, mit mir ins Gespräch zu kommen, behagte mir nicht mit seinem aufgesetzten Getue.
Doch Irina war ein Schatz und das nicht nur, weil wir nachts meist gemeinsam zur Toilette gingen.
„Läufst du später mit ins Dorf?“
„Nein, dazu habe ich keine Lust. Aber du hast ja welche, die mit dir gehen, oder?“
„Ja“, sagte ich motzig, denn viel lieber hätte ich den Ausflug mit ihr gemacht.
„Sei nicht böse!“, bat sie mich.
„Nein, ich bringe dir sogar eine Flasche Wasser mit!“
Das war ja auch der Grund, warum ich den Marsch von sechs Kilometern hin und wieder zurück auf mich nahm: Ein Sixpack Wasser und eine eiskalte Cola!
Die Küchenfrauen klopften auf die Holzbalken, um uns zum Essen zu rufen, und ich lief als Erste vor zur Küchenhütte.
„Buenos dias, Señoras!“
„Buenos dias, Helguita!“
Marina kam her und umarmte mich. Die Herzlichkeit der Frauen im Camp war wirklich berührend. Ich küsste sie auf die Wange und setzte mich vor einen Teller mit dem unvermeidlichen Reis, roten Bohnen und einem Spiegelei. Die Bohnen schmeckten wunderbar, dass sie auch für entsprechende Tönchen sorgen würden, verdrängte ich sofort, denn ich wollte mir ja nicht die Lust am Essen verderben.

*

Kurz darauf war ich mit David, einem netten Typen und zwei anderen Leuten auf dem Weg nach Tamshiyacu. Endlich mal raus aus dem Camp! Es war zwar schön dort, aber das Areal, auf dem man sich sorglos bewegen konnte, war sehr begrenzt. Und wenn man rund um die Uhr so eng mit Fremden zusammen war, nur mit einem Moskitonetz als einzigem Rückzugsort, war eine Pause dringend nötig.
Wir liefen durch den Dschungel, die Sonne blitzte durch den Blätterwald, die Moskitos ließen uns einigermaßen in Ruhe und es war superentspannend, dass ich mit David ein wenig über die anderen lästern und lachen konnte. Immer nur diese „heilige" Spiritualität war ja auch anstrengend.
„Wie gefällt es dir im Camp, David?", fragte ich und musste wegen „Camp David" lachen.
„Super! Ich hatte es mir nicht so klasse vorgestellt."
Nach einer guten Stunde kamen wir im Dorf an und stürmten gleich in den ersten Laden, suchten und fanden kleine, eiskalte Cola-Flaschen, und als ich den Strohhalm hineinsteckte und ordentlich daran zog, schmeckte sie nicht halb so gut, wie ich es mir erträumt hatte. So ist es halt: Fantasie und Realität passen oft nicht zusammen.
Wir liefen durch das Dorf und schauten in jedem der kleinen Läden vorbei. Irgendwie sah es überall gleich aus: Inca Kola, von dem ich einen Schluck probierte, um den Rest des Bechers sofort auszuschütten, Süßigkeiten, Dosen mit Bohnen und Mais, Kosmetikartikel, Toilettenpapierrollen und in zwei oder drei Läden gab es auch Kleidung. Ich hätte Papiertaschentücher gebraucht, aber die konnte ich nirgends finden. Stattdessen wurde mir eine Rolle Klopapier angeboten.
Oft saßen die Inhaber der Lädchen auf bequemen Sesseln vor ihrem Geschäft und unterhielten sich mit Freunden oder hatten es sich drinnen vor dem laufenden Fernseher gemütlich gemacht. Die Leute hier ließen es sich offensichtlich gut gehen.

„Hier muss keiner Hunger leiden“, hatte Bernhard uns letztens aufgeklärt. „Die Leute sind zwar fast alle arm, aber Reis und Ananas kann sich jeder selbst anpflanzen.“
Ich kaufte sechs Flaschen Wasser und hatte keine Lust, sie den ganzen Weg zurückzuschleppen. Den anderen ging es ähnlich. Vor dem letzten Laden stand ein Motocarfahrer, der uns seine Dienste anbot. Im Fahrzeug durften nur drei Leute sitzen, doch durch ein versprochenes Trinkgeld konnten wir ihn dazu überreden, uns alle mitzulassen.
Wir stiegen ein, das Gefährt setzte sich in Bewegung und in diesem Moment rannte ein junger Mann hinter uns her und schwang sich auf die Abdeckung des linken Hinterrades.
„Was ist jetzt los?“, fragte ich David.
„Keine Ahnung!“
Ein paar Minuten später war uns klar, wozu der Junge dort saß, denn wir mussten einen Hügel bewältigen und den packte das kleine Gefährt mit so vielen Insassen nicht.
Der Fahrer versuchte uns klarzumachen, dass wir aussteigen mussten. Es dauerte eine Weile, bis wir kapierten, was er von uns wollte. Ich war die Letzte, die noch saß und als ich an den Rand rutschte und meinen Fuß nach draußen streckte, hielt der Fahrer mich am Blusenärmel fest und zeigte auf die braunen Plastiktüten.
„Die müssen auch mit raus?“, fragte ich auf Deutsch, als würde er das verstehen.
Er schien Hellseher zu sein, denn er schüttelte den Kopf und bedeutete mir, sitzen zu bleiben und die Tüten festzuhalten.
„Ach, so! Einer soll hier bleiben und dafür sorgen, dass die Flaschen nicht rauskullern“, sagte ich, ließ mich wieder auf den Sitz fallen, packte mit einer Hand die Plastiktüten und mit der anderen hielt ich mich am Dachgestänge fest.
Der Dschungelboden war an manchen Stellen etwas feucht und jetzt begann die Rutschpartie nach oben. Das Fahrzeug ruckelte und der Kumpel unseres

Fahrers musste von hinten schieben, damit es überhaupt vorwärtsging.
Das wiederholte sich bei jedem weiteren Hügel und es war nicht schlimm, sondern eher lustig, dass wir jedes Mal aussteigen und neben dem Fahrzeug herlaufen mussten. Als wir allerdings alle vier im Motocar saßen, es auf eine dieser provisorischen Brücken zuging und der Fahrer nicht anhielt, um uns sicherheitshalber aussteigen zu lassen, kam ich ins schwitzen. Denn er rutsche auf die Holzbrücke zu und ich glaubte, die Räder würden jeden Moment ins Leere greifen. Unter einem umgekippten Motocar in einem Bach zu ertrinken, war nicht gerade die Todesart, die ich mir vorgestellt hatte. Wäre ja wirklich ein Witz, nachdem ich mir in den Zeremonien die Seele aus dem Leib gespuckt hatte, um meine Dämonen loszuwerden.
Aber es ging gut, was für ein Glück, und als wir das Tor zum Camp sahen, waren wir erleichtert. Kurz darauf spülten wir uns im Pool den Angstschweiß vom Körper.

18. Nie mehr wieder!

„Ich darf mich vor dem braunen Zeug nicht ekeln. Das ist doch die Essenz einer kräftigen Heilpflanze. Wie kann ich erwarten, dass sie mir hilft, wenn ich so negativ denke?" redete ich mir gut zu.
Ja, der Trank schmeckte eklig. Bitter und vergoren. Aber es war nur ein kleines Glas voll! Zwei oder drei Sekunden, die ich brauchte, um sie hinunterzuschlucken. Drei oder vier Stunden, in denen mir Dinge offenbart wurden und in denen Heilung geschehen konnte!
„Reiß dich also zusammen!", befahl ich mir.
Diesmal war ich ganz entspannt in den Zeremonienraum gegangen, denn letztes Mal hatte

ich mich ja nicht übergeben müssen. Vielleicht hatte ich diesmal auch wieder Glück!?
Doch als ich jetzt vor dem Tisch stand und darauf wartete, dass Don Agustin mich anschauen und das Glas für mich einschenken würde, wurde mir doch wieder mulmig.
Ich nahm das Glas in die Hand, setzte es an und dachte beim Schlucken: „Mit dieser Ayahuasca löse ich alle Blockaden auf."
Uuuuaaah! Der Geschmack war auch dieses Mal nicht besser und so steckte ich mir schnell einen Kaugummi in den Mund.
Ich saß zwischen Irina und David, wir wünschten uns gegenseitig eine gute Reise und kurz darauf war ich schon unterwegs in eine andere Dimension, denn ich begann zu singen und zu lachen – das Zeug wirkte jedes Mal schneller. Ich mäßigte meine Lautstärke, jedenfalls wo weit, wie ich es unter Kontrolle hatte. Denn weder wollte ich die anderen in ihrem Prozess stören, noch wollte ich, dass Don Agustin sauer auf mich wurde. Womöglich würde er mich doch noch verhexen, wenn ich ihn zu sehr ärgerte.
Die Frösche machten mal wieder unverschämt laut „wooop, wooop, wooop". Ob die das mit Absicht taten, um mich zu quälen? Don Agustin pfiff, um gute Geister herbeizurufen. Das hatte uns Bernhard jedenfalls so gesagt. Dann sang er in seiner fremden Sprache: „Mari-di-di-di-di-di..." und während ich seinem Gesang und den Naturgeräuschen lauschte, öffnete sich das Dach und ich stand in der Natur, war am Medizinbaum und hatte ein wenig Angst, da ich alleine mitten im Wald war. Was würde hier wieder auf mich zukommen?
Plötzlich waren Indianer da und tanzten um den Baum herum. Ich konnte es nicht so richtig einordnen, ob ich eine von ihnen war oder nur Beobachterin. Sie kamen auf mich zu und wollten mich in die Tiefe ziehen. Sollte jemand geopfert werden? Sollte etwa *ich* geopfert werden? Nein! Ich wollte nicht hinabsteigen, wollte keine Abgründe mehr sehen, hatte keine Lust

mehr auf Tod und Teufel und seltsame Gestalten. Heute wollte ich ganz klar den Aufstieg!
Die Szene änderte sich: Neben mir standen zwei Indianer und ich fragte mich, ob sie gute Absichten hatten oder etwas Böses im Schilde führten. Ich hatte kein Gefühl dafür, war mit meiner Vision ganz alleine, ausgeliefert einem Prozess, den ich selbst und freiwillig in Gang gesetzt hatte.
Mir wurde mit einem Mal so richtig bewusst, *wie* alleine ich war! Alle hier in diesem Raum hatten ihren eigenen Film. Es war, als wäre jeder auf einem anderen Planeten. Das galt sogar für Don Agustin. Die einzig „Nüchternen" waren unsere Küchendamen, doch wie sollte ich sie etwas fragen? Es wäre auch absurd gewesen, denn die ganze Szenerie spielte sich nur in meinem Kopf ab, egal, wie real ich sie auch empfand.
Ich fragte mich wieder: „Will mir jemand etwas Böses?" Doch dann gab es auf einmal lauter Anzeichen dafür, dass ich aufwärtsgehen sollte: Da stand ein Indianer und zeigte mit dem ausgestreckten Arm auf eine geschwungene Treppe, die weit nach oben reichte. Ohne Worte zu wechseln, wusste ich, dass es in Ordnung und jetzt der richtige Zeitpunkt war, hinaufzusteigen ins Universum. Endlich würde ich auch einmal etwas anderes erleben, als nur Piraten und schwarze Gestalten zu sehen. Endlich würde mehr passieren, als dass mich irgendwelche Schreckgestalten bedrohen würden.
Während ich begann, die Treppe hochzugehen, wurde mir bewusst, dass ich ja nicht einmal steigen musste. Ich konnte mich doch hindenken, wo ich hin wollte und schon … war ich da! Ich landete irgendwo da oben und schaute auf die Welt hinab. Ich konnte die Rundung der Erde sehen und schoss mich noch höher hinauf ins Weltall, sah ein paar Sterne, fühle mich leicht, war voller Vorfreude auf das, was als Nächstes kommen würde und dann … folgte der Absturz in meinen Körper!
Mir wurde so unglaublich schlecht. Würde ich mich wieder übergeben müssen? Um Himmels willen! Aber

wenn es schon sein musste, dann bitte schnell, damit ich es hinter mich bringen konnte ... Doch es passierte nichts. Ich saß da, krümmte mich vor Übelkeit, richtete mich wieder auf, weil ich den Druck auf den Magen nicht aushielt.

Doña Marlene schlug die Klangschale an und schon ging bei den anderen das Gehuste und Gekötsel los. Der durchdringende Ton ließ auch meinen Mageninhalt noch ein Stückchen höher rutschen. Vor allem als sie anfing, ein paar wenige Töne zu singen, die sie unendlich in die Länge zog.

Dann drückte es auch weiter unten. Urplötzlich hatte ich Angst, in die Hose zu machen und rief mit banger Stimme: „baño!“ Keiner kam. Dann rief ich nochmal, leicht hysterisch: „baño!“ Eine der Helferinnen kam, um mich zur Toilette zu begleiten. Ich stützte mich so schwer auf sie, dass sie eine Zweite hinzurief. Denn ich konnte kaum gehen, so schwach waren meine Beine. Als wir draußen waren, sah ich, dass es Adelia und Elba waren. Wir gingen langsam den Weg entlang und dann blieb ich stehen, wollte nicht mehr weiter, legte meine Arme auf einen Holzbalken, dachte, ich müsste mich übergeben und murmelte: „Ich will sterben!“ Ich hatte keine Gewalt über meinen Körper, stöhnte, zitterte, fühlte mich unsagbar elend. „Wofür muss ich so schlimm büßen? Wofür werde ich so hart bestraft?“ fragte ich mich.

Dann ging ich weiter, denn ich musste ja. Die beiden stützten mich und ich saß eine Weile im baño fest, während mir die Moskitos den Hintern zerstachen. Ich fluchte und wollte mich trotzdem nicht erheben, um zurückzugehen, denn ich glaubte, dass es mir im Zeremonienraum mit den Gesängen, den Klängen und dem Mapacho-Rauch noch viel übler gehen würde.

So kam es auch. Zurück an meinem Platz musste ich mich gleich übergeben und machte „uuuuääääähhh“. Ich rülpste wie ein Bauarbeiter und es war mir egal. Don Agustin kam näher, raschelte mit seinem Stock, an dem getrocknete Palmwedel hingen, und sang „Mari-di-di-di-di-di“. Dabei zog er das „i“ so in die

Länge, dass ich mich gleich nochmal übergeben musste. Was waren das für Teufelsgesänge, die mich immer tiefer und tiefer nach unten drückten und gleichzeitig meinen Magen bis zum Hals hoben? Obwohl der schon längst leer war, kübelte ich weiter. Auf einmal hatte ich den Kopf eines Vogels, hatte schwarze Federn, einen roten, weit nach unten gebogenen Schnabel und eine fette Zunge. Auch der Vogel spuckte immer weiter in den Topf.
Den Rest des Abends war es mir nur noch schlecht. Ich hörte, wie die anderen rülpsten und sich laut übergaben, wie sie „wuähähähäh" machten, wenn sie in den Topf kübelten. Ich hörte, wie Valerie schrie und wie andere stöhnten oder weinten. Ich hörte die lauten Frösche, diese Drecksviecher, die mich mit ihrem lauten „wooop, wooop" an den Rand des Wahnsinns trieben, hob meine Hand und machte „pschiu, pschiu!" als würde ich sie abknallen.
Wieder fühlte ich mich wie im Irrenhaus, eingesperrt unter lauter Übergeschnappten. Doña Marlene sang ein Lied. Dazu summte sie und das klang so unheimlich, dass mir die Haare zu Berg standen. Wie in einem Horrorfilm, in dem gleich etwas sehr Böses passieren würde. Dann ertönte auch noch die Klangschale und dieses metallische, hohe Geräusch sorgte ganz schnell dafür, dass mehrere Leute sich übergaben.
Ich rief „baño", zwei Frauen holten mich ab, draußen sah ich, dass es wieder Elba und Adelia waren, und schleppten mich zur Toilette. Dort zog ich mir mit viel Mühe die Hose runter, setzte mich auf den Holzthron und die beiden Frauen ließen sich neben mir nieder, weil sie wohl schon damit rechneten, dass ich wieder länger brauchen würde. Als zwei weitere Küchenfrauen dazu kamen, unterhielten sich die vier und ich hätte sie am liebsten angeschrien: „Seid doch endlich mal still!"
Mir war jeder Ton, jede Bewegung zu viel, denn mir war noch immer so schlecht. Ich wollte alleine sein, ich wollte sterben. Da saß ich auf dem ollen Plumpsklo, legte meinen Kopf auf die Hände und

ekelte mich nicht einmal. Entwürdigende Situation? Mir war alles egal.
Als ich dachte, ich sei fertig, versuchte ich hochzukommen, aber es ging nicht. Die Küchenfrauen lachten über meine verzweifelten Versuche.
„Ja, lacht ihr nur!“, schimpfte ich vor mich hin und auch darüber lachten sie.
„Ja, ja, die blöden Europäer, die einen Haufen Geld ausgeben, um hier auf dem Plumpsklo zu vergammeln und sterben wollen“, lallte ich.
Ich ließ mich wieder nach unten sinken, weil ich nicht hochkam und befürchtete, dass da noch mehr aus meinem Körper heraus wollte. Es war aber nur ein lauter Pups, ich lief vor Scham rot an, doch dann dachte ich: „Wenn nicht hier, wo dann?“, und lachte. Die Frauen lachten mit.
Obwohl es mir kotzelend war, wurde ich mir doch der grotesken Situation bewusst und dachte, ich nehme das jetzt mit Humor. Also hob ich vor dem nächsten Pups den Finger, sagte „Achtung“, pupste und sagte: „Uuupsala!“
Die Frauen lachten, ich lachte und dann musste ich wieder heulen vor lauter Übelkeit. Schon kam der nächste Pups, den ich mit einem „Achtung“ angekündigte, und plötzlich pupste auch Adelia, die neben mir stand und ich sagte „Pups“ und wir konnten uns gar nicht einkriegen vor Lachen.
Ich saß gefühlte eineinhalb Stunden herum, stütze meinen Kopf in die Hände, machte immer wieder „uuaaahhh“, fror, kam fast um vor Übelkeit, wand mich, stöhnte laut auf, ärgerte mich, dass ich hier festsaß und alles versäumte und die gute Vision, die ich anfangs hatte, nicht weiterspinnen konnte.
„Nie mehr! Nie mehr wieder werde ich dieses Zeug trinken!“ schwor ich mir.
Ich war sauer auf Chris, der mich auf die Idee gebracht hatte, hierher zu kommen, war verärgert über Don Agustin, weil ich das Gefühl hatte, er wollte mir nur Schlechtes antun, war so richtig stinkig auf Bernhard, diesen Blödmann, der wollte doch nur, dass wir uns in die Hose schissen und auf allen Vieren

herumkrochen. Der Sadist, der gestörte!
Zwischendurch tastete ich nach meiner Hose, tastete über den Sitz: „Gott sein Dank, die Hose ist unten und ich sitze wirklich auf dem Klo und nicht im Zeremonienraum!"
Ich gab den Frauen ein Zeichen, dass ich aufstehen wollte, lallte etwas von „los zapatos", sie lachten und ich: „Ach nein, los pantalones, jetzt helft mir doch mal!" denn ich hatte nicht einmal die Kraft, die Hose hochziehen. Sie packten mich unter den Armen, zogen mir Slip und Hose hoch und ich dachte: „Du meine Güte, was bin ich doch abgestürzt, ich kann nicht mal diese einfachen Dinge tun!"
Sie lachten wieder und ich lachte mit. Was sollte ich auch anderes tun in meinem Zustand? Links und rechts untergehakt, stakste ich die paar Stufen nach unten, hängte mich an die nächste Holzstange und übergab mich. Ging es noch entwürdigender?
Sie schleppten mich zurück in den Zeremonienraum und dann ließ die Übelkeit plötzlich nach. Ich zitterte wieder vor Kälte, obwohl ich dieses Mal noch mehr angezogen hatte als zuvor.
Don Agustin sang sein letztes „Mari-di-di-di", machte „pschu pschu pschu", rülpste kräftig und dann zündete er die Kerzen an.
Irina sagte: „Ich bleibe heute nicht bis zum Ende!"
„Nimm mich mit, ich kann nicht alleine gehen", flüsterte ich ihr zu.
Sie zog mich hoch und nach draußen. Dort goss sie zuerst mir und dann sich selbst ein wenig Wasser über den Kopf und zerrte mich die Stufen nach oben.
„Wieso kannst du so gut gehen?", fragte ich.
„Weil das Zeug bei mir nicht so stark wirkt, wie bei dir!"
Mit letzter Kraft zog ich die Klamotten runter und ließ mich in mein Bett fallen. Das war das traurige Ende einer hoffnungsvoll begonnenen Zeremonie. So ein Mist!

19 Katzenjammer!

„Ich will nach Hause!" jammerte ich in mein Kissen, damit mich keiner hörte. Ich war von unten bis oben angefüllt mit schlechten Gefühlen! Der Albtraum, aus dem ich gerade erwacht war, saß mir fest in den Knochen. Jetzt verfolgten mich die Geister auch noch im Schlaf!
Wieder einmal fragte ich mich: „Wo bin ich hier nur gelandet? Wozu soll das alles gut sein? Was war das gestern Nacht für eine seltsame Geschichte gewesen?"
Ich war Lichtjahre davon entfernt, das alles zu verstehen.
Wozu brauchte ich diese Gesundheitskur der brutalen Art? Diese Gehirnwäsche im Schleudergang? War ich wirklich so krank oder gestört, dass dieser Exorzismus, wie Bernhard es genannt hatte, nötig war?
Vielleicht hatte Beate es doch richtig gemacht mit ihrer Abreise. Sie lag längst daheim in ihrem eigenen Bett. Aber ob sie wirklich glücklich mit ihrer Entscheidung war? Nach den ersten Schokoriegeln hatte sie bestimmt genauso einen Kater wie ich jetzt!
Ach, Mann! Auch wenn ich heulte, jammerte und haderte: Ich war kein Feigling, und wenn ich mich auf etwas eingelassen hatte, dann hielt ich es auch bis zum – hoffentlich *nicht* - bitteren Ende durch!
Ich rappelte mich auf und stapfte erst mal die Treppen runter aufs Klo. Fröstelnd zog ich den Schal fester um mich. Weil ich dachte, hier sei es nachts genauso warm wie tagsüber, hatte ich nur zwei lange Shirts mitgenommen, statt einen kuscheligen Schlafanzug einzupacken.
Auf dem Weg zurück traf ich Gudrun, die nette Frau aus Österreich, deren Tochter Valerie in der ersten Zeremonie so viel geschrien hatte.
„Geht es dir auch so schlecht?", fragte ich, weil sie den Kopf hängen ließ.
Sie zeigte auf eine Bank und fragte: „Hast du Lust, dich ein wenig mit mir zu unterhalten?"

Ich nickte und sagte: „Aber lieber in der Hütte. Hier ist es mir zu frisch."
Wir setzten uns nebeneinander auf die harten Holzbretter eines leer stehenden Bettes. Ich lehnte meinen Rücken an die Wand, kuschelte mich in meinen breiten Schal und zog das Shirt über meine Füße.
Gudrun schaute mir fest in die Augen: „Was ist los?"
Ich erzählte ihr von meinem Elend und am Ende fragte ich sie:
„Muss ich überhaupt verstehen, worum es in der Zeremonie geht? Muss ich es analysieren? Oder nehme ich dem, was ich erlebt habe, dadurch die Kraft? Soll ich es nicht einfach nur wirken lassen? Ich bin ratlos."
Gudrun legte den Arm um mich: „Lass es doch einfach passieren. Es wird schon genau das kommen, was gut und wichtig für dich ist. Wir haben ja noch ein paar Zeremonien. Grüble nicht so viel!"
Ich atmete tief durch und machte: „Hm!"
Dann fragte ich sie: „Wie sind die Zeremonien für dich? Was erlebst du?"
Sie sagte: „Die erste Zeremonie war für mich grauenhaft! Es hat sich so wild angehört, wie Valerie geschrien hat. Nach zwei bis drei Stunden hat sie ihre Hand auf meinen Oberschenkel gelegt und geflüstert: ‚Mama, mir geht es gut!' Mir sind Felsbrocken vom Herzen gefallen! Sie hat ein Jahr vor unserer Reise sehr starke Hustenanfälle gehabt, wenn sie unter Stress stand. Ich habe gewusst, dass es um Freundinnen ging und eine Sache der Vergebung war. Bei der ersten Zeremonie ist zu dem Thema alles hochgekommen, alle Verletzungen! Deshalb schrie sie so viel und so lange. Ab diesem Zeitpunkt hat sie keinen einzigen Huster mehr gemacht. Der ist seitdem komplett weg!"
„Wow! Das hört sich ja gut an. Ich hatte mich schon gefragt, was mit dem Mädchen los ist, dass sie so viel schreien muss. Und bei dir?"
„Bei der Ersten und Zweiten habe ich nur graue ineinandergreifende Zahnräder gesehen. Mein Körper

fühlte sich gruselig an, als würde sich eine Schlange durcharbeiten. Das war nicht schön."
Ich schüttelte mich, denn ich sah riesige Zahnräder vor mir, die nach Gudrun griffen und sie zermalmten.
„Uuuaahhh! Wie brutal!"
„Aber gestern Abend kam der Durchbruch! Es hatte wieder genauso angefangen, doch dann war eine Stimme in mir, die gesagt hat: ‚Alles hängt von dir ab!'"
Sie machte eine kleine Pause, wie um sich zu sammeln, und fuhr fort: „Ich habe gefragt: ‚Was?', und plötzlich habe ich gemerkt, wie ich total im Leid und in der Verzweiflung gefangen bin und dann sagte eine Stimme: ‚Du bist geheilt!'"
Sie nestelte an ihrem Reißverschluss herum, richtete den Blick nach unten und redete weiter: „Ich habe das zwar gehört, aber ich habe mich weiter verzweifelt gefühlt, habe geweint und Gott um Hilfe gebeten. Ich fragte: ‚*Was* hängt von mir ab?'"
Sie machte eine kleine Pause und schaute mich an. Ich griff nach ihrer Hand, um ihr das Weitersprechen zu erleichtern.
„Und was passierte weiter?"
„Ich hörte wieder: ‚Du bist geheilt.' Auch diesmal ging der Satz an mir vorüber und nach einer Weile kam nochmal: ‚Du bist geheilt!' Ich bin ruhig geworden und es wurde gleißend hell, immer mehr und ich habe gemerkt: DAS ist Gott!"
Sie hatte Tränen in den Augen und ich fragte mich, ob ich so etwas auch einmal erleben würde oder ob ich es immer nur mit seltsamen Gestalten zu tun haben und auf der Toilette sitzen müsste.
„Ich habe eine Liebe gespürt, wie ich sie noch nie erfahren habe, so stark, dass ich es kaum aushalten konnte, aber es war wunderschön."
Ich nickte.
„Ich habe die Verzweiflung darüber gespürt, dass ich hier auf der Erde sein muss und Gott hat mir geholfen, durch dieses Gefühl zu gehen. Dann sind meine Fußsohlen aufgeklappt, das Wesen der Mutter Erde ist langsam durch meine Füße nach oben gestiegen

und ich war ganz erfüllt davon, habe es gespürt bis zur Schädeldecke. Es war ein wunderschönes Gefühl, so ganz mit der Erde verbunden zu sein. Gott war die ganze Zeit präsent und hat mir geholfen."
Ich sagte: „Wow!" denn ich wusste nicht, was ich sonst sagen sollte. Ich war nicht gottesgläubig. Es fühlte sich für mich immer ein wenig befremdlich an, wenn jemand über Begegnungen mit Gott sprach, denn ich konnte mir nicht vorstellen, dass es die gab. Für mich war das Fantasterei. Aber musste ich sie verletzen, weil ich keinen Zugang zu ihrer Welt hatte? Also schwieg ich.
Sie sprach weiter: „Gott hat gesagt: ‚Ich habe dich gesandt, damit du den Menschen sagst, wie sehr ich sie liebe.' Ich habe Bilder gesehen, wie ich auf einem Stuhl sitze und Hunderte von Menschen zu mir kommen. Dann habe ich eine weiße Taube gesehen und Gott auf seinem Thron und er hat mir den Platz neben sich angeboten. Das war ein unglaublich erhabenes Gefühl."
Sie schaute mich an, als wollte sie überprüfen, ob ich sie für verrückt halten würde. Ich rang mir ein freundliches Lächeln ab.
„Da war so viel Energie frei geworden! Aber jetzt habe ich solche Ängste wegen der Frage, wo es hingeht."
Nun war es an mir, sie damit zu trösten, dass sich alles richtig fügen würde, wenn sie nur ein wenig Geduld hätte. Wir umarmten uns und dann stieg ich zitternd vor Kälte hinauf in Richtung Bett, kuschelte mich in den Schlafsack und fühlte mich ein wenig leichter. Die einen kämpften also mit dem Schatten und die anderen mit dem Licht. Am Ende würde alles gut werden. Hoffentlich!
Mit diesem Gedanken schlief ich nochmal ein.

20 Nackte Entgiftung

„Diese Übelkeit kann dich davor bewahren, dass du Diabetes bekommst!“
Wir saßen bei unserer Zeremonie-Nachbesprechung, ich hatte gerade ein wenig über meine gestrigen Sitzungen auf der Toilette und der dadurch entgangenen Vision gejammert, als Don Agustin mich mit seiner Diagnose beruhigte. Oder war es eher beunruhigend, zu wissen, dass ich haarscharf an dieser Krankheit vorbei gewitscht war? Aber war ich das überhaupt? Er hatte ja gesagt: „kann“.
Diabetes … hätte mir das wirklich geblüht, wenn ich nicht hierher gereist wäre? Meine Oma hatte Diabetes gehabt. So etwas soll ja vererbbar sein. Sagt man jedenfalls.
Wie auch immer … Seine Aussage tröstete mich ein wenig über den gestrigen Abend und die bitteren Gefühle am Morgen hinweg.
Außerdem schien die Sonne strahlend vom Himmel, es musste so an die 28 Grad haben, die Vögel zwitscherten und ein wunderschöner, blauer Schmetterling, groß wie eine Kinderhand, lenkte mich endgültig von meinen trübsinnigen Gedanken ab, als er sich neben mir auf einem Strauch niederließ.
Die Besprechung würde in wenigen Minuten zu Ende sein, dann gab es Mittagessen und danach würden wir ein Lehmbad nehmen, das elektromagnetische Belastungen aus unseren Körpern ziehen sollte. Ich freute mich schon drauf!

*

„Ich habe noch nie gesehen, dass eine Gruppe das im Badezeug macht!“ Mara saß neben Don Agustin auf einer Bank und grinste süffisant, als sie uns dabei beobachtete, wie wir uns mit gelbem Lehm einschmierten.
Die Schamanin aus Deutschland war gestern Abend angekommen. Ihre Reisegruppe würde in wenigen

Tagen – sobald wir das Camp verlassen hatten - hier einziehen.
„Ihr müsst richtig viel Erde nehmen“, sagte Don Agustin. „Auch auf den Kopf und die Haare.“
Er griff in den Lehm, nahm eine Handvoll und schmierte ihn sich zentimeterdick auf den Unterarm.
„So müsst ihr es machen“, sagte er dabei.
„Wird davon auch die Haut straff?“, fragte ich ihn.
Mara musste gar nicht übersetzen, ich verstand seine nickende Antwort auch so.
Also lud ich mir eine Extraportion Lehm auf die Arme und fuhr mit der Hand in mein Oberteil, um auch meine Brüste fett mit Erde einzuschmieren. Mein Bikinioberteil konnte die Last fast nicht halten und deshalb fand ich diese Vorgehensweise doch ein wenig lächerlich. Also öffnete das Oberteil, warf es auf eine Bank und legte auch hier noch ordentlich Lehm auf.
Ich schaute Mara an: „Wie sieht es mit Cellulite aus?“ Diese Frage war bei einer Frau eindeutig besser aufgehoben.
„Schmier drauf!“, sagte sie.
Als ich noch etwas auf den Po packte, beulte sich die Hose, als hätte ich eine Windel verschluckt. Also schlüpfte ich raus und warf auch sie auf die Bank. Mittlerweile konnte man eh kein Fleckchen Haut mehr sehen.
„Ihr müsst warten, bis alles trocken ist, dann rubbelt ihr den Lehm ab und erst dann dürft ihr in den Pool. Es ist wichtig, dass ihr es auf diese Art macht, um die volle Wirkung zu haben!“ übersetzte Mara.
Irina und ich schmierten uns noch gegenseitig etwas auf die Haare, dann standen wir in der warmen Sonne, ließen uns trocknen und ich genoss das Gefühl unbeschreiblicher Freiheit. Jedenfalls, bis ich sah, dass die anderen Grimassen zogen und in der Gegend herumhüpften, um den trockenen Lehm abbröckeln zu lassen.
Als sie alles weghatten, sprangen sie in den Pool und spritzten sich gegenseitig mit Wasser voll. Meine Packung war noch immer total feucht. Dass meine

Extraportionen Lehm mehr Zeit zum Trocknen brauchte, hatte ich in meiner Gier nach einer straffen Haut nicht bedacht. So ein Mist!
Denn plötzlich kam ich mir vor, wie damals in der Schule, als die Typen scharf darauf waren, eins von uns Mädels nackig zu sehen. Mike und die anderen nervigen Kerle saßen mit ihren um die Hüften gewickelten Handtüchern nebeneinander auf der langen Bank und machten einen auf cool. Ich stand herum, trocknete langsam vor mich hin und fragte mich, wie ich so blöd sein konnte!
Als ich schon mal an einer unverfänglichen Stelle anfangen wollte, hieß es sofort: „Warte, bis alles trocken ist!“
Was sollte ich jetzt bloß tun? Ich stand alleine in der Gegend herum, versuchte, ganz gelassen zu wirken und überlegte. Wieder in den Bikini schlüpfen? Die würden mich doch auslachen, nachdem ich ihn so lässig auf die Bank geworfen hatte. Das Handtuch umlegen? Wie lächerlich wäre das denn!? Verzwickte Situation!
„Hauptsache, es macht mich gesund!“, dachte ich trotzig.
Meine Rettung kam in Form eines kleinen Mädchens. Leila lebte im Camp, seit Don Agustin es von der Straße gerettet hatte und Leila schielte. Aber wie! Deswegen hatte der Schamane sich etwas einfallen lassen. Er hatte in zwei Walnusshälften je ein Loch gebohrt, die Hälften mit dünnen Schnüren zusammengebunden und daraus eine Brille gebastelt. Die Kleine setzte sich auf einen Stuhl und Don Agustin band ihr die Brille um. Dann stellte er in einiger Entfernung ein buntes Gemälde auf und Leila musste da sitzen und es durch die Löcher anschauen. Das sah sehr lustig aus. Die Kerle lachten und machten ihre Witzchen über diese Sehschule, bis Don Agustin sie ermahnte.

Das Mädchen tat mir leid, aber ich hatte die Chance genutzt.
Schnell hatte ich Bikini und Handtuch gepackt, war zum Pool gegangen, hatte den bröckelnden Lehm abgerubbelt und den Rest abgewaschen. Als die anderen ihre Aufmerksamkeit wieder auf mich richteten, schloss ich gerade das Oberteil meines Bikinis. Ha! Pech gehabt, Jungs!

*

„Kommst du mit runter? Die Frauen mit dem Schmuck sind da!“ sagte Irina, während sie sich im Spiegel betrachtete und ihre Lippen anmalte.
„Oh, super! Ich brauche ein paar Geschenke für meine Freundinnen. Und ich will auch etwas haben.“
„Ja, ich auch. Und ich will die Leute unterstützen, die haben doch kaum Gelegenheit, ein wenig Geld zu verdienen.“

Wir gingen nach unten ,und als wir um die Ecke bogen, sahen wir sie schon: Auf dem Steg knieten Frauen und hatten vor sich Ketten, Armreife und Ohrringe ausgebreitet. Manche hatten gehäkelte Taschen, Rasseln oder volkstümliche Schalen dabei. Zwei Männer standen vor Tischen, auf denen sie ihre Statuen und Pfeifen ausgestellt hatten. Ein Maler breitete gerade seine Gemälde auf den Boden aus. Ich wollte mit Irina zusammen alles in Ruhe anschauen, um zu entscheiden, was ich kaufen würde. Doch das war nicht möglich. Die Leute redeten auf uns ein, zupften an unseren Ärmeln, hielten uns Dinge vor das Gesicht, legten uns einfach Armbänder um, zeigten auf Ketten mit orangefarbenen Kernen und sagten „Ayahuasca, Ayahuasca."
Mir schwirrte der Kopf. Wie sollte ich mich entscheiden können, wenn ich so bedrängt wurde? Hätte ich nicht gewusst, wie nötig die Leute ein paar Soles brauchten, hätte ich sie einfach stehen lassen. Statt dessen hielt ich den Zeigefinger vor den Mund, schüttelte den Kopf und sagte: „Pscht!" Das half für einen Moment.
Am liebsten hätte ich ja bei allen etwas gekauft. Aber das war nicht möglich, es waren einfach zu viele. Also schaute ich, wo es die schönsten Ketten und Armbänder gab und nahm bei jeder Verkäuferin ein Teil.
„Die Leute müssen doch ein wenig Wechselgeld mitnehmen, wenn sie etwas verkaufen wollen. Die können ja nicht einmal herausgeben!" beschwerte ich mich bei Bernhard, als er neben mir kniete und etwas für mich übersetzte.
„Das liegt daran, dass sie kein Geld haben, das sie herausgeben könnten", antwortete er tadelnd.
Meine Wangen wurden vor Scham ganz warm. Das hatte ich nicht bedacht. Jetzt taten mir die Leute noch mehr leid. Ich kaufte mehrere Ketten, die aus den schwarz-orangefarbenen Samen der Ayahuasca gefädelt waren und an deren Spitze noch ein Stück der Wurzel hing, zwei gehäkelte, braune Armbänder und eine ebenfalls gehäkelte, bunte Umhängetasche.

Am Ende hatte ich mehr Geld ausgegeben, als ich vorgehabt hatte, aber ich hatte eine Tasche voller Geschenke und überlegte schon mal, wem ich was schenken könnte.

21 Eiserne Faust

„Es ist nicht genug Medizin für alle da“, sagte Bernhard und stellte den Plastikbehälter, der nicht mal zur Hälfte mit einer giftgrünen Flüssigkeit gefüllt war, bedauernd auf den Tisch.
„Ich verzichte freiwillig!“, rief ich sofort und die anderen lachten.
Wir saßen am großen Tisch und waren beim Mittagessen. Es gab wie immer Reis mit Gemüse und Yucca. Ich musste aufpassen, dass mir das nicht noch zu den Ohren heraus kam.
Sophie gab mir einen Schubs: „Das ist doch sicher die Medizin, die bei Chris das Böse aus den Eingeweiden gerissen hat“, sagte sie entsetzt. „Weißt du noch, was er gesagt hat? Das seien die Schmerzen seines Lebens gewesen! Haben wir ein Glück, dass zu wenig da ist. Ich nehme jedenfalls nichts.“
Bernhard redete weiter: „Das ist sehr schade. Denn diese starke Medizin kann alte Besetzungen lösen und Fremdenergien austreiben.“
Er schaute in die Runde: „Sie befreit euch von substanziellen Abhängigkeiten, wie z.B. nach Alkohol. Wer möchte die Wirkung testen? Ich habe acht Portionen für euch.“
Ein paar Männer streckten halbherzig den Arm.
„Wer mit einer süchtig machenden Substanz zu tun hatte, sollte nicht zögern, zuzugreifen. Marihuana zum Beispiel ... die Schamanen nennen sie ‚die schwarze Königin‘ ...“, er machte eine bedeutungsvolle Pause und schaute wieder in die Runde. Hielt er uns für Drogenabhängige?

„Marihuana führt zu Verklebungen im ganzen Energiesystem. Man ist nach dem Gebrauch dieser Droge eng mit ihr verhaftet. Huancaui Sacha …“, er zeigte auf die Flasche mit dem grünen Zeug „befreit von dieser Abhängigkeit. Wer will also davon kosten?“
Jetzt hörte man nur noch Gemurmel. Aber melden wollte sich keiner mehr. Wer wollte schon als Drogenkonsument da stehen?

*

Wir lagen um den Pool verstreut auf den Bänken, genossen die warmen Sonnenstrahlen und den faulen Nachmittag, als Don Agustin kam und laut nach Bernhard rief. Ich öffnete träge die Augen und ließ sie gleich wieder zufallen, denn Bernhard kam mit großen Schritten und einer braunen Tüte über den Steg gelaufen. Die beiden verzogen sich in Richtung Küchenhütte.
Kurz darauf kniete Sophie neben mir.
„Ich glaube es ja nicht, wie dieser Typ drauf ist!“, sagte sie mit wütender Stimme.
„Was ist denn los?“
„Ich habe gerade mitgekriegt, dass Bernhard mit Don Agustin über die grüne Medizin geredet hat.“
„Ja, und?“
„Er hat gesagt, dass die Medizin im Reisepreis mit eingeschlossen sei und er deshalb bei einem befreundeten Schamanen für Nachschub gesorgt hat!“
„Oh!“
„Don Agustin war nicht gerade begeistert. Aber weil der andere Schamane ein Freund von ihm ist und er sich auf die Medizin verlassen kann, hat er eingewilligt.“
„Jetzt kommen wir also doch nicht drum rum!“, stöhnte ich.
„Wir sollen das gleich nehmen. Aber der Hammer ist …“
Sie schaute mich bedeutungsvoll an und ich fragte ungeduldig: „Ja?“

„Der Hammer ist, dass Don Agustin uns nicht so viel geben will."
„Das ist doch gut für uns!"
„Aber Bernhard hat gesagt, dass er uns volles Rohr einschenken soll."
„Woher weißt du das alles?"
„Dieser Typ aus dem Schwarzwald, der auch Schamane ist, hat neben mir gestanden und es mir Wort für Wort übersetzt."
„Was sollen wir jetzt machen?", fragte ich ratlos.
„Ich habe keinen Bock auf die Schmerzen meines Lebens. Ich nehme es nicht", sagte sie, erhob sich und verschwand in Richtung Turm. Wahrscheinlich wollte sie sich in ihrem Zimmer verstecken. Danach war mir auch. Ich stand auf und ging zu Irina, die sich ins Bett gelegt hatte.
„Was sagst du dazu?", fragte ich, nachdem ich ihr die Neuigkeiten erzählt hatte. „Don Agustin wird uns doch nichts Schlechtes andrehen?"
„Ich verzichte! Weder brauche ich diese Schmerzen, noch habe ich solche Süchte. Ich rauche ab und zu eine Zigarette, wenn ich in Gesellschaft bin, und trinke zwei oder drei Gläser Wein dazu. Das ist alles und damit kann ich gut leben."
„Ich habe auch keinen Bock auf Schmerzen. Aber ich bin hier, um mich von dem Fluch zu befreien und Fremdenergien loszuwerden. Wenn ich keine Besetzungen habe, wird es auch nicht so schlimm werden."
Hoffte ich jedenfalls.

*

„Huancaui Sacha … Huancaui Sacha … Huancaui Sacha!"
Don Agustin lief trommelnd an der Hütte entlang und rief uns nach unten.
„Kommst du mit?", fragte ich Irina, aber sie winkte nur ab.
„Ich mache lieber ein Schläfchen."

Ich trabte mit wackligen Knien die Treppe hinunter und zum Pool, wo Don Agustin auf einem altersschwachen Tisch einen vollen Behälter mit dem grünen Zeug und eine Batterie Gläser abgestellt hatte.
„Jeder trinkt zwei Gläser voll", sagte Bernhard.
„Was? So viel? Das will ich nicht", sagte ich zu ihm.
Ich war die Erste, denn ich wollte es ganz schnell hinter mich bringen. Doch Don Agustin nahm mir das Glas ab und goss es ein zweites Mal voll, lächelte mich aufmunternd an, als er es mir wieder in die Hand drückte und zeigte mit einer Handbewegung, dass ich es trinken sollte.
Was sollte ich tun? Rebellieren? Eine Show vor den anderen abziehen? Brav sein und gehorchen? In mir kämpfte es.
„Jetzt mach schon!", schimpften Mike und seine Kumpanen, die hinter mir anstanden und ungeduldig warteten, dass sie dran kamen. Ich drehte mich um und schaute sie böse an, aber dann wollte ich mich nicht so anstellen und gab dem Gruppenzwang nach.
Nachdem das Glas leer war, setzte ich mich auf eine Bank und beobachtete, was passieren würde.
Nachdem alle getrunken hatten, musste auch Bernhard dran glauben.
„Ha!", sagte ich schadenfroh.
Denn er versuchte, sich dagegen zu wehren, aber Don Agustin goss das Glas bis zum Rand voll, drückte es ihm in die Hand und forderte ihn in sehr bestimmendem Tonfall auf, es zu leeren. Dann bekam er, genau wie wir, ein zweites Glas und auch das war bis ganz oben hin gefüllt und der Schamane schaute ihn mit einem scharfen Blick an, so dass Bernhard keine andere Wahl hatte, als es bis auf den Grund zu leeren.
„Bernhard wird ja ganz grün im Gesicht!", stichelte jemand.
Ich lachte laut auf. Das geschah ihm Recht! Sollte es ihm doch genauso ergehen wie uns.
Mit leidender Miene übersetzte er, dass wir uns jetzt einen Platz suchen sollten, an dem wir in Ruhe liegen konnten und nur den Kopf zur Seite drehen mussten,

um uns zu übergeben, denn es würde uns bald sehr, sehr schlecht gehen.
Daraufhin verging mir das Lachen sofort ...

*

Ich lag direkt am Pool und war genervt. Don Agustin sang und die anderen stimmten in den Refrain ein. Mir war mal wieder schlecht – wie oft eigentlich noch auf dieser Reise? – und ich wollte meine Ruhe haben. Assistent Mike lag in meiner Nähe, übergab sich und lachte wie ein Irrer, als er sagte, dass das Erbrochene aussähe wie Mayonnaise.
Mir wurde noch übler.
„Halts Maul!“, fuhr ich ihn böse an.
Auf einmal begann es, zu tropfen. Würde es etwa regnen?
„Don Agustin singt doch schon die ganze Zeit Regenlieder“, sagte Irina, die sich neben mich gesetzt hatte.
„Warum das denn?“
„Vielleicht muss der Regenwald gegossen werden“, antwortete sie.
Bisher hatte es nur einmal in der Nacht geregnet, aber jetzt fielen dicke Tropfen. Wir standen auf und rannten schnell unter ein Dach und das war keinen Moment zu früh, denn es begann wild zu prasseln. Anscheinend hatte das eine reinigende Wirkung, denn kaum stand ich dort, musste ich mich auch schon wegdrehen und übergeben. Ich atmete befreit auf. Ob das schon alles war? Anscheinend. Denn ich fühlte mich plötzlich viel besser.
Die anderen hingen über den Geländern, Sara kniete zusammengeklappt wie ein Taschenmesser auf der Brücke und ließ ihren Kopf nach unten hängen.
„Komm mit hoch und leg dich aufs Bett“, sagte Irina.
Kaum hatte ich es mir bequem gemacht, schlief ich auch schon ein.

*

Ich wachte davon auf, dass etwas in meinem Magen nach oben Richtung Hals drückte. Hilfe! Schnell sprang ich aus dem Bett, rannte barfuß nach unten, lehnte mich über das Brückengeländer und gab den Fischen zu fressen.
Es schüttete noch immer und ich glaubte, nicht richtig zu sehen, denn das Wasser des Flüsschens war so hoch gestiegen, dass ich Angst bekam, es könnte bald die Brücke erreichen und sie überschwemmen. Die arme Sara kniete dort noch immer mit dem Kopf über dem Wasser. Sie war nicht die Einzige, auch andere hingen schlimm in den Seilen. Bernhard war mit von der Partie. Ich kniff die Augen zusammen und ging näher an ihn heran. Tatsächlich! Er war ganz grün im Gesicht.
Grinsend ging ich wieder hoch in mein Bett und hatte Glück. Denn ich schlief sofort erschöpft ein.

22 Galgenfrist

„Doña Marlene und Mara sind gestern Abend nach Iquitos gefahren, um die neue Gruppe abzuholen. Sie werden erst morgen gegen Mittag zurückkommen."
Der noch immer grüngesichtige Bernhard war gerade an den Frühstücktisch gekommen und man merkte ihm seine Anstrengung bei jedem Wort an.
„Findest du nicht auch, dass Bernhard die neue Gesichtsfarbe ausnehmend gut steht?", flüsterte ich Sophie zu.
„Auf jeden Fall!" lachte sie zurück.
Bernhard sprach weiter: „Deshalb müsst ihr entscheiden, ob ihr die Zeremonie heute alleine mit Don Agustin machen wollt oder morgen zusammen mit der neuen Gruppe."
„Am letzten Abend? Wenn wir morgens früh das Camp verlassen müssen? Und mit so vielen neuen Leuten? Das will ich nicht", sagte ich.

„Wir wissen noch nicht, ob wir gleich früh gehen müssen. Vielleicht bekommen wir hier noch ein Mittagessen. Das weiß man bei Don Agustin nie. Aber viel wichtiger ist: Heute hätten wir nur Don Agustin alleine, morgen noch Doña Marlene, Mara und eine weitere Schamanin aus Deutschland."
Dieses Argument sorgte für eine klare Entscheidung, auch bei mir.
„So haben wir wenigsten den ganzen Tag zu unserer freien Verfügung". Irina nahm die Änderung wie immer gelassen und positiv auf. „Ich lass mir nachher eine Akupunkturbehandlung von Klara geben."
Klara war eine Teilnehmerin aus Maras Gruppe und schon mal ein paar Tage früher angekommen.
„Oh, ja. Machst du das mit mir auch, Klara? Ich revanchiere mich mit einer Gesichtsentspannung für dich!"
„Klar. Sobald ich mit Irina fertig bin."

23 Wonkawee

„Dich hält im Genick eine eiserne Hand fest", sagte Klara, als wir uns im Zeremonienraum gegenübersaßen.
„Wie kannst du so etwas sehen?", fragte ich sie.
Sie lachte.
„Leg dich hin. Ich piekse dich jetzt ein wenig. Und dann mache ich dir das weg."
Ein wenig skeptisch streckte ich mich auf der Liege aus und ließ zu, dass Klara Nadeln in meine Ohren steckte. Es tat fast nicht weh. Ich war ja auf alles vorbereitet, denn unangenehme Überraschungen waren hier an der Tagesordnung. Auf eine weitere kam es nicht an.
„Wenn ich hier durch bin, kann mir so schnell nichts mehr etwas anhaben."

Klara lachte: „Das ist der Sinn des Aufenthalts!"
Ich atmete tief ein und aus, schloss die Augen, und wie immer, wenn ich entspannt und bequem irgendwo lag, dämmerte ich in einen Halbschlaf hinüber. So registrierte ich nur noch am Rande, dass Klara um mich herumlief, hier drückte und dort zog und die Behandlung viel zu schnell vorbei war.
„Wie fühlst du dich?"
„Irgendwie lockerer im Nacken."
„Na, siehst du!", sagte sie, zufrieden mit ihrer Arbeit.

*

Mike lief durchs Camp und schrie mal wieder „Wonkawee".
„Was bedeutet es eigentlich, wenn Don Agustin das in der Zeremonie ruft und die anderen antworten ‚Ajattakawonki'?" fragte ich Mara, die vorhin wieder zurückgekommen war.
Ihre Gruppe musste für zwei Nächte im Camp von Doña Marlene, 10 Fuß-Minuten von hier entfernt, ausharren. An den Bemerkungen von Mara und Bernhard, die sich gegenseitig nicht ausstehen konnten, merkte man, dass das wohl nicht die erste Doppelbuchung war. Wahrscheinlich scharrten die Neuen schon ungeduldig mit den Füßen und konnten gar nicht abwarten, dass wir endlich abreisten. Sie mussten diese Überschneidung ja noch unangenehmer finden als wir. Am Nachmittag würden sie zum Tee herüber kommen und wir würden bei der Zeremonie eine riesige Gruppe sein. Aber es blieb uns nichts anderes übrig, als die Situation hinzunehmen …
„Was sagst du?", fragte Mara.
„Na, ‚wonkaweeeee' …"
„Ach, du meinst: „hunacaui?", lachte sie.
Was gab es da zu lachen? So, wie sie es aussprach, hörte es sich doch fast genauso an, wie ich es gesagt hatte.
„Ja, das meine ich."

„Huancaui ist ein Vogel, der hier am Amazonas lebt. Die Männchen jagen und die Weibchen rufen ‚huancaui'. Und dann rufen alle 'ayatacahuanci'. Es ist immer das Ruf-Antwort-Spiel zwischen Don und uns. Mach doch mit, wenn wir das heute Nacht wieder rufen," sagte sie.
Endlich wusste ich, was dieses „wonkawee" bedeutete. Bernhard hatte darauf keine Antwort gehabt. Er fühlte sich übrigens noch immer elend, denn er hatte sich gestern pausenlos übergeben müssen, hatten die anderen erzählt. So etwas! Schon so viele Zeremonien und trotzdem voller Fremdenergien? Dass mit ihm nicht alles stimme, wussten wir ja längst.
Doch mir sollte das egal sein. Genauso konnte es mir egal sein, dass am Abend die Gruppe so groß sein würde.
„Alles wird gut!" beruhigte ich mich.

*

„Regen im Dschungel und ich habe Angst! Heute Abend haben wir wieder eine Zeremonie und bisher war es mir jedes Mal schlecht und in zwei Zeremonien musste ich mich übergeben."
Ich lag auf meinem Bett, graulte mich und sprach meine Angst auf mein Diktiergerät, als könnte ich sie auf diese Art los werden. Denn nachdem ich am Morgen noch so gelassen war, hatte mich vor ein paar Minuten die Panik ergriffen, weil Mike ins Zimmer gekommen war und geschrien hatte: „Pfui Teufel, ist das ein großes Biest!"
Auf seinem Himmel saß eine riesige Spinne. Wahrscheinlich hatte der Regen sie in den Schlafraum getrieben.
„Wirf sie raus!", schrie ich entsetzt.
Ich hatte jetzt zwei Möglichkeiten, zu reagieren: Entweder ich rannte hinaus, um der Gefahr zu entfliehen, aber dann müsste ich die ganze Zeit daran denken, dass er sich zu ungeschickt anstellte und die Spinne sich ein anderes Versteck – zum Beispiel mein

Bett – suchen würde oder ... ich würde mein Moskitonetz ringsum fest unter die Matratze schieben und mich in meinen Schlafsack verkriechen. Ich entschied mich für die zweite Variante, in der Hoffnung, dass er es hinbekam, sie zu fangen und nach draußen zu befördern und nicht auch noch auf die Idee zu kommen, mir mit dem Vieh Angst einzujagen.
Ha, Angst! Als hätte ich davon nicht schon genug.
Während ich den Reißverschluss hochzog, hörte ich, wie er erleichtert lachte: „Ach, die ist ja schon tot!“
Eine Minute später war er wieder draußen.
Ich sprach weiter aufs Band: „Jetzt donnert es schon wieder. Der Himmel hat sich noch mehr geöffnet, es ist unglaublich, wie schnell das Wasser steigt. Der Regen prasselt so laut aufs Dach, hoffentlich stürzt es nicht ein.

Obwohl andere schon Kontakt mit großen Spinnen hatten, habe ich es bisher geschafft, nicht so oft an diese Viecher zu denken. Doch jetzt habe ich Angst, hier zu liegen und es nicht zu merken, dass eine in mein Bett krabbelt und mich im Schlaf zu Tode erschreckt. Ich habe Angst, dass es mir heute Abend wie jedes Mal schlecht sein könnte, dass ich die ganze Zeit wieder nur im baño auf der Schüssel herumhänge und sterben will.
Mich nervt hier alles. Die vielen Leute, das Essen, dieser Saft, der nur nach Wasser mit einer Spur von Frucht schmeckt. Ich kann den ewigen Reis nicht mehr sehen, ich will dieses geräucherte Wasser nicht mehr trinken, ich will heim! Weg von dem ganzen Schrecken hier. Spinnen und Wasser! Noch immer meine beiden größten Ängste! Daran hat sich noch nichts geändert. Ich will heim! Aber ich habe noch eine ganze Woche vor mir. Wie soll ich das bloß überstehen? Und morgen geht es in das andere Camp und Bernhard hat gesagt, dass die Medizin, die wir dort trinken würden, doppelt so stark sei, wie die von Don Agustin. Ich hoffe, dass nicht auch die Übelkeit doppelt so stark ist, sonst sterbe ich. Ganz im Ernst! Ich sterbe jetzt schon, wenn ich das heute Abend nochmal nehmen muss. Ich will kein volles Glas leer trinken, wenn ich nur daran denke, hebt sich schon mein Magen. Ich liege hier und schimpfe. Und warum schimpfe ich? Weil ich gestresst bin, weil ich Angst habe. Ich habe Angst, dass diese ganze Tortur nichts bewirkt hat. Ich will meine Geister los werden, ich will diesen Fluch hinter mir lassen. Hoffentlich war das ganze Leiden nicht vergebens. Aber nein, ich merke, dass ich mich schon verändert habe, es hat sich schon etwas getan, aber ich weiß noch nicht genau, was. Ich spüre nur, dass da etwas anders ist."
Das war das Wort zum Sonntag und deshalb drücke ich auf „Stopp". Es nützte ja auch nichts, wenn ich endlos jammerte. „Wenn ich zu Hause bin und mir diese Aufnahme anhöre, werde ich darüber lachen können ... hoffentlich!", dachte ich.

Dann stand ich auf und machte mich auf die Suche nach Irina, um mich mit einem Plausch von dem ganzen Theater hier abzulenken.

24 Schwächeanfall im Dschungel

Ich saß auf meinem Bett im neuen Camp und schüttelte den Kopf: „Das kann doch nicht sein, dass ich absolut keine Erinnerung mehr an die letzte Zeremonie habe!“, sagte ich laut zu mir selbst. „Das gibt es doch gar nicht!“
Doch mein Kopf war leer. Kein Bild, kein Gefühl, einfach nichts. Die ganze Vision – weg! Sehr seltsam …
Das Übliche war natürlich noch präsent: Mir war wieder einmal schlecht gewesen. Und wie! Obwohl Übelkeit und mich elend zu fühlen ja nichts Neues mehr waren, erwischte es mich immer wieder eiskalt und ich dachte, dass es diesmal schlimmer war als beim letzten Mal. Doch konnte es wirklich noch Steigerungen geben? Anscheinend.
Ich schlug mein Notizbuch auf, griff zum Stift und kramte in meinen Gehirnwindungen: Eine der Schamaninnen sang durchdringend und stieß seltsame Laute aus. Es klang wie ein fremdartiger Vogel und jeder Ton ging mir durch Mark und Bein. Mein ganzer Körper vibrierte, ich hielt mir die Ohren zu, aber es war nicht möglich, diesen quälenden Geräuschen zu entgehen. Ich stöhnte laut auf und auch die anderen stöhnten. Endlich war sie fertig, rülpste und rotzte den ganzen Dreck heraus, den sie von uns aufgenommen hatte.
Ich saß auf meinem üblichen Platz, zog den Topf unter der Bank hervor und schob ihn kurz darauf wieder nach hinten. Nachdem ich dieses Spiel eine Weile getrieben hatte, musste ich zur Toilette. Ich rief „baño“, doch keiner kam. Anscheinend waren alle

beschäftigt. Das war ja kein Wunder bei den vielen Leuten. So ein Mist, ich musste dringend!
Mit wackligen Knien stand ich auf und schon war Irina, dieser Schatz, neben mir, sagte: „Ich muss auch mal!“, hakte mich unter und führte mich hinaus. Als wir die Tür von außen schließen wollten, drückte jemand von innen dagegen und sagte: „Ich geh mit euch!“ Als sie ihre Taschenlampe einschaltete und uns erkannte, lachte sie: „Ah, meine beiden Patientinnen“. Denn es war Klara, die uns erst vor ein paar Stunden mit ihren Akupunkturnadeln bearbeitet hatte.
„Da kann ich meine Arbeit ja fortsetzen.“
Sie hakte mich auf der anderen Seite unter, doch kaum hatten wir ein paar Schritte gemacht, sagte ich: „Vorsicht!“ drehte mich weg, beugte mich über das Geländer und übergab mich. Oh, wie widerlich war das!
„Wieder o.k.?“ fragte Irina und als ich nickte, zogen mich die beiden in Richtung Toilette. Dort saß ich dann erstmal fest. Als sei dieser vergammelte Holzthron, dieses Loch, unter dem wer weiß, was herumkrabbelte, mein Lieblingsplatz!
„Warum stinkt es hier so furchtbar nach Rauch?“, stöhnte ich. „Weil ich Irina abblase“, sage Klara. Kurz darauf stand sie vor meinen Knien und blies auch mir Rauch auf den Kopf.
„Nein, aufhören!“ jammerte ich.
Doch sie ließ sich nicht beirren: „Das muss sein!“
„Du immer mit deinem Rauch!“, stöhnte ich.
„Das ist das Einzige, das dir jetzt hilft.“
Als sie endlich von mir abließ, wollte ich aufstehen, kam aber nicht hoch.
„Einen Fuß fest auf den Boden, den anderen Fuß fest auf den Boden, dann Kraftsammeln und hoch!“
Mir wäre lieber gewesen, sie hätte mich einfach hochgezerrt. Nachdem sie mich schon die ganze Zeit mit diesem verdammten Rauch gequält hatte, wäre das angebracht gewesen!
„Komm, wir gehen wieder rein“, sagte sie und hielt mir ihren Arm hin, damit ich mich bei ihr einhängen konnte.

Ich sagte: „Mir ist so schlecht. Ich will da nicht mehr rein!“ ging aber trotzdem mit.
Nach ein paar Schritten sagte ich: „Ich glaube, da kommt was“, und hängte mich stöhnend über das Geländer. Aber es passierte nichts.
Klara hielt mir ihre Pfeife hin: „Nimm einen Zug! Dann kannst du dich übergeben! Am besten ist es, wenn du den Rauch schluckst.“
„Schlucken?“, frage ich entgeistert. „Nein, das kann ich nicht.“ „Doch, du kannst! Raus mit dem alten Mist! Danach geht es dir besser!“
„Nein!“, sagte ich und kniff den Mund zusammen.
Sie blies wieder Rauch über mich und genau in diesem Moment musste ich mich übergeben. Endlich!
„Endlich!“, sagte auch sie. „Du hast gerade einen Geist aus dir herausgekotzt!“
„Was?“
„Ja. Ich habe dir über den Rücken geblasen und in dem Moment kam er oben raus!“
Ich hörte gar nicht richtig hin, denn mir liefen von der Anstrengung Tränen über die Wangen und meine Nase tropfte. „Hast du ein Taschentuch?“
„Ich hole dir Klopapier“, sagte sie. „Kann ich dich kurz alleine lassen?“
Ich nickte.
Dann hörte ich etwas hinter mir, dachte, es sei Klara mit dem Papier und drehte den Kopf. Doch dort war nicht Klara im Anmarsch … Dort stand ein Geist! Weiß, durchsichtig mit einem langen Gewand! Er sah genauso aus, wie ich mir einen Geist immer vorgestellt hatte.
„Klaraaa!“, schrie ich entsetzt.
Den Geist schrie ich an: „Weg! Hau bloß ab, du!“
Ich war richtig wütend, denn ich wollte nicht, dass das, was ich gerade erst losgeworden war, schon wieder Besitz von mir ergriff!
„Was ist denn los?“
Klara kam auf mich zugeeilt.
„Da ist ein Geist! Jag den weg! BITTE!“

Ich hatte keine Ahnung, was Klara machte, denn ich hing schon wieder über dem Geländer und einen Moment später musste ich mich nochmal übergeben.
„Bravo!“, sagte sie, nahm mich an der Hand und brachte mich zurück auf meinen Platz im Zeremonienraum.
„Danke, Klara!“
Ich umarmte sie kurz, setzte mich mit zitternden Knien auf meinen Platz und kämpfte noch immer mit der Übelkeit.
Don Agustin hatte schon die Kerzen angezündet und operierte gerade jemanden, der es sich mitten im Raum auf der Liege bequem gemacht hatte. Ich schaute gar nicht so genau hin, denn ich war fertig, lehnte mit geschlossenen Augen an der Wand und hätte mich am liebsten hoch in mein Bett gebeamt. Da kam plötzlich Bernhard her und sagte: „Du kommst als Nächste dran!“
„Wie? Was? Ich?“ fragte ich erstaunt. Weil in unserer Gruppe so viele kranke Leute waren, hatte ich nicht damit gerechnet, dass Don Agustin mich auch operieren würde, obwohl ich es mir insgeheim sehr gewünscht hatte.
„Ja, du.“
Ich riss meine Arme hoch, rief „Yipppieee“ und freute mich wie verrückt auf diesen letzten Höhepunkt meiner Zeit bei Don Agustin.
Allerdings war die Freude recht kurz. Denn kaum lag ich auf dem Tisch, packte Don Agustin die Haut an meinem Hals und zog mit so viel Kraft daran, dass ich laut aufschrie. Wollte er mir bei lebendigem Leib die Haut vom Körper reißen?
Unbeeindruckt machte er weiter. Er drückte, zog, bohrte mit seinen Fingern und seinem Ellbogen an mir herum und das tat alles höllisch weh. Ich musste mich umdrehen und er bohrte entlang meiner Wirbelsäule seinen Ellbogen in mein Fleisch. Wieder auf dem Rücken, stand Mara an meiner Seite, beugte sich über mich, legte ihren Mund auf meinen Hals und saugte. Aber wie fest! Als wollte sie alles Böse aus

mir herausholen! Sie spuckte in einen Topf und machte dasselbe an meinem Bauch.
Ich schrie, weinte und lachte. Alles gleichzeitig. Wie eine Irre. Dann rülpste ich, und während Mara mich mit Mapacho-Tabak abblies, nahm ich die Hand des Schamanen und sagte: „Gracias, Santo Don Agustin".
Als ich aufstand, war mir noch immer übel, aber ich fühlte mich leicht und befreit. Am nächsten Morgen beim Frühstück hatte ich mich bei Mara für die Knutschflecke bedankt. Nein, ich war natürlich froh und fand es großartig, dass sie mir geholfen hatte, obwohl ich gar nicht zu ihrer Gruppe gehörte.
Dann umarmte ich Klara und sie entschuldigte sich!
„Was? Wofür denn?" fragte ich.
„Weil ich dich alleine gelassen hatte, um Papier zu holen". „Aber es war doch nett, dass du das getan hast", sagte ich irritiert.
„In der Zeit ging aber der Geist wieder in dich rein. Don Agustin hatte nicht ohne Grund gesagt, dass wir keinen alleine lassen sollen, weil diese Besetzungen sich nicht so schnell abwimmeln lassen."
„Und der ist noch in mir drin?", fragte ich entsetzt.
„Nein! Ich habe ihn gleich nochmal weggeblasen. Weißt du nicht mehr? Du hast ihn doch sofort wieder ausgekotzt!"
Nach dieser frohen Botschaft war ich hochgeeilt und hatte ganz schnell meine Sachen zusammengepackt, denn es war tatsächlich so, dass Don Agustin uns in der nächsten halben Stunde aus dem Camp hinaus komplementieren würde. Wie dumm, dass ich das Packen nicht schon am Tag zuvor erledigt hatte.
„Typisch ich! Immer alles auf den letzten Drücker!" schimpfte ich vor mich hin.
Wir gaben den Frauen, die so gut für uns gesorgt hatten, noch ein Trinkgeld und schenkten ihnen ein paar Kleidungsstücke. Ich hatte ja extra von zu Hause ein paar ältere Sachen mitgebracht. Es flossen ein paar Tränen auf beiden Seiten und ich bedauerte es sehr, mich verabschieden zu müssen. Vor allem Adelia, Marina und Elba waren mir ans Herz gewachsen.

„Adios, Helguita!“, sagten sie und Elba holte Ohrringe aus ihrer Küchenschürze und legte sie mir in die Hand: orangefarbene Ayahuasca-Samen an einem silberfarbenen Ohrstecker. Gerührt nahm ich sie in den Arm und drückte sie fest.

*

Mein Herz war schwer vom Abschied und auch ein wenig vor Angst. Denn Gudrun ging neben mir her und sagte: „Du, ich mache mir Sorgen! Bisher waren wir ja unter dem Schutz von Don Agustin gestanden. Doch in dem anderen Camp sind wir Bernhard ausgeliefert!
„Wir haben dort doch auch einen Schamanen!“, antwortete ich.
„Es ist aber nicht sein Camp. Das gehört einem Freund von Don Agustin, der gerade auf einer Tour in Deutschland ist. Unser neuer Schamane kommt nur für die Zeremonien vorbei.“
„Bernhard ist doch einfach nur nicht ganz dicht. Was sollte er uns denn tun?“ fragte ich sie.
„Valerie hat er schon etwas getan!“
„Was meinst du?“
„Vorgestern hat er zu ihr gesagt, sie würde sich umbringen und dabei hat er so gemacht, als würde er sich einen Revolver in den Mund stecken und abdrücken!“
„Waaas? Das ist doch nicht dein Ernst!“
„Doch! Wenn ich es dir sage!“
„Und wie hast du reagiert?“, fragte ich.
„Ich habe ihn beiseite genommen und gesagt, dass er Riesenprobleme mit Elmar und mir bekommt, wenn er das nicht bleiben lässt.“
„Das ist ja wohl das Allerletzte, wie der sich benimmt! Ich glaube, ich hätte ihm an deiner Stelle eine geschmiert!“
„Er hat sich richtig auf unsere Valerie eingeschossen.“
„Wir müssen alle aufeinander aufpassen! Wir sind viele und er ist allein. Mal abgesehen von dem läppischen Mike hat er niemanden, auf den er bauen

kann. Ein paar Leute aus unserer Gruppe halten ihn eh für schizophren. Wenn er noch mal so etwas sagt: Ich steh euch bei!"

Ich war richtig wütend auf diesen Typen! Wie konnte er sich nur so unverantwortlich verhalten!?

„Ich geh mal wieder vor zu Valerie und Elmar", sagte Gudrun und verschwand.

Weil es in der Nacht geregnet hatte, war die Tour die reinste Rutschpartie. Mein Koffer war schon mit einem Träger unterwegs und derjenige, der ihn tragen musste, tat mir ganz schön leid, denn auf dem Trampelpfad, den wir gehen mussten, konnte kein Motocar fahren. Ich nahm mir vor, ihm ein ordentliches Trinkgeld zu geben.

Ich hatte meine stabilsten Schuhe an, und obwohl ich so viel wie möglich in den Koffer gedrückt hatte und mein Rucksack ziemlich leicht war, begann nach kurzer Zeit mein Herz so wild zu klopfen, als hätte ich gerade einen Zehntausendmeterlauf hinter mir.

Der Boden war voller feuchter Blätter, die nur darauf warteten, uns zum Ausrutschen zu bringen. Wir mussten einen kleinen Fluss überqueren und außer zwei glitschigen Holzstämmen und einer wackligen Stange als Geländer gab es nichts, woran ich mich hätte festklammern können. Dann ging es auch noch einen steilen Hügel hoch. Ich hatte mir den Dschungel immer komplett flach vorgestellt. Wie naiv! Ich musste nach Ästen greifen, um mich daran hochzuziehen. Oben angelangt, rutschte ich umso schlimmer. Vorsichtig setzte ich einen Fuß vor den anderen und redete mir gut zu: „Linker Fuß, rechter Fuß, linker Fuß, rechter Fuß."

Auf dem Weg lag ein dicker umgestürzter Baumstamm. Jetzt mussten wir auch noch klettern. Ich stieß zwischen zwei Atemzügen hervor: „Wann sind wir endlich dort?"

„Keine Ahnung!", sagte Jan, als er mich überholte. „Du weißt ja: Ich bin auch zum ersten Mal hier."

„Klugscheißer!"

Vor dem nächsten Bach kam es zu einem Stau. Im Wasser lag eine Schlange. Sie war lang, rotbraun und hatte ein hübsches Muster.
„Schöne Schuhe", sagte ich.
Die anderen lachten. Mir verging das Späßemachen ganz schnell, denn mein Herz klopfte nach der kleinen Pause wie mit Stöcken auf eine Trommel ein.
Wieder lag ein Baumstamm quer über dem schmalen Weg und ich spornte mich an: „Los! Hoch mit dem Fuß."
Doch es hatte keinen Sinn! Ich schaffte es nicht, den Fuß zu heben und so blieb ich stehen, drehte mich nach rechts, klammerte mich am nächsten Baum fest und schluchzte: „Ich kann nicht mehr!"
Sofort waren Irina und Elmar neben mir, zogen mir den Rucksack vom Rücken und sagten: „Wir stützen dich."
Es war mehr ein Mitschleifen als ein Stützen und nach kurzer Zeit bekam ich Probleme mit dem Sehen und mein Kopf tat weh.
„Schnell, ich brauche eine Tablette, sonst bekomme ich Migräne!", sagte ich panisch, denn das kannte ich schon. Zuerst sah ich Blitze und nur noch die Hälfte der Dinge vor meinem Auge, dann folgten böse Kopfschmerzen. Im schlimmsten Fall würden sich Körperstellen pelzig anfühlen und ich würde Probleme haben, meine Gedanken in Worte zu fassen oder die Bedeutung mancher Worte zu erkennen.
Mike reichte mir eine Tablette und seine Wasserflasche. Auf einmal war er supernett und fürsorglich, und weil es so schwül-heiß war, lief er den ganzen restlichen Weg hinter mir her und schüttete immer wieder Wasser über meinen Kopf. Wo er das Wasser herholte, wollte ich lieber nicht wissen. Ich wollte nur noch endlich ankommen und mich hinlegen …
Das war gestern gewesen. Inzwischen hatte ich mich erholt, hatte nur noch leichte Kopfschmerzen, und weil ich deshalb nach dem Frühstück nochmal auf dem Bett lag, wollte ich - wie jedes Mal nach einer Zeremonie - ein paar Dinge aufschreiben. Aber was

die Vision anbelangte ... war mein Kopf komplett leer. Wirklich seltsam!

25 Flüssiger Tabak

Das neue Camp war etwas kleiner als das von Don Agustin. Es gab eine große Schlafhütte für uns alle, in der Irina sofort zwei nebeneinanderstehende Betten für uns beide belegt hatte. Die Paare bekamen auch hier kleine Häuschen für sich alleine. In der Mitte der Anlage war eine Küche mit einem großen Tisch und dann gab es einen Aufenthalts- und einen Zeremonienraum. Alles wie gehabt.

Mal abgesehen davon, dass wir nun noch tiefer im Dschungel und somit weiter weg von der Zivilisation waren. Und die Toiletten ... die waren hier etwas intimer, denn immerhin gingen die Trennwände bis zur Decke, wenn sie nach vorne hin auch wieder offen waren. Was mir allerdings so ganz und gar nicht gefiel: Zum Baden gab es nur eine braune, stehende Brühe. Weil ich vorhin gesehen hatte, wie Bernhard seine Zähne putzte, gurgelte und dann schön ins Wasser rotzte, hakte ich den Gedanken, da rein zu gehen, sofort ab. Irgendwie musste ich das Problem lösen, denn fließendes Wasser gab es hier keins. Zum Händewaschen stand eine Schüssel vor der Toilette und das Wasser wurde nur einmal täglich gewechselt. Ich musste die Quelle finden, aus der dieses Wasser kam, dann würde mir auch etwas dazu einfallen, wie ich mich waschen konnte. Fürs Zähneputzen hatte ich mir ein Glas voll Wasser aus dem Trinkbehälter in der Küche abgezapft und kam mir höchst kapriziös vor, weil ich Dinge wollte, die selbstverständlich sein sollten.
Dafür hatten wir hier besseres Essen. Bernhard hatte gesagt: „Bei Don Agustin ist Schmalhans Küchenmeister. Ich habe zwei ausgebildete Köchinnen für euch engagiert. Hier wird es euch an nichts fehlen“, und das stimmte mal zur Abwechslung. Wir konnten uns Rühreier mit Bratkartoffeln zum Frühstück wünschen und gestern Abend hatte es eine sehr leckere Suppe als Vorspeise gegeben, bevor der unvermeidliche Reis mit Gemüse und Fleisch auf den Tisch kam.
„Für das Fleisch hat ein Huhn dran glauben müssen. Das hat ganz schön wild gegackert, als der Schlächter mit dem langen Messer kam“, kommentierte Mike und konnte sich nicht einkriegen vor Lachen.
Bernhard hatte ihm mit einem Fingerzeig zu verstehen gegeben, dass er ihm zu folgen habe und aus der Ferne sahen wir, wie er ihn zur Schnecke machte. Wurde aber auch mal Zeit, dass er seinem vorlauten Assistenten Einhalt gebot.

Für heute Nachmittag hatte Bernhard uns eine Medizin angekündigt. Deshalb hatte es die übliche Gemüsesuppe gegeben.
Alleine der Gedanke an die Medizin sorgte dafür, dass mein Magen vor Ekel wie ein Dopsball rauf und runter hüpfte. Die letzten Tage waren einfach zu anstrengend gewesen und der Marsch durch den Dschungel hatte mir den Rest gegeben. Bisher hatte ich alles mitgemacht und mich vor nichts gedrückt, selbst wenn die Aussichten noch so trübe waren. Aber heute? Nein, danke. Für einen halben Liter flüssigen Tabak fehlten mir die Nerven.
„Wer weiß, woher er dieses Gebräu hat", sagte ich zu Irina und Sophie, die sich meiner Weigerung anschlossen.
„Wie wird die überhaupt hergestellt?", fragte ich die beiden.
„Das hat Bernhard uns doch gestern erzählt", antwortete Sophie.
„Nö, ich weiß nix darüber."
„Ach, du warst ja nicht dabei. Man nimmt eine größere Menge Tabak, kocht sie mit einem halben Liter Wasser auf und gibt Nescafé dazu."
„Hm, lecker!"
„Das trinkt man dann in einem Zug und danach geht es los im Gedärm", lachte Irina.
„Und wozu soll es gut sein, so etwas Ekelhaftes zu trinken?", wollte ich wissen.
„Bernhard hat gesagt, es hilft gegen Besetzungen, negative Gedanken und Süchte. Es sei purer Exorzismus."
„Na, das sollte er mal einnehmen. Der ist doch selbst von bösen Geistern besetzt!"
In dieser Hinsicht waren wir uns alle drei einig.
Ich überlegte noch eine Weile hin und her, ob ich es vielleicht doch nehmen sollte, denn meinen Fluch inklusive Besetzungen oder was da sonst noch war, wollte ich ein für alle Mal los werden!
Gudrun half mir indirekt bei der Entscheidung, denn sie kam zu mir und fragte: „Du arbeitest doch mit dem

Muskeltest. Kannst du mich bitte mal austesten? Ich will wissen, ob ich diesen Tabak wirklich brauche."
„Ja, klar."
Leider hatte sie Pech ... Ich nahm vier Zettelchen, auf die ich verschiedene Möglichkeiten von „hilft nichts" bis „unbedingt machen" notierte und faltete jedes zusammen. Wenn wir beide nicht wussten, was wir testeten, konnten wir auch das Ergebnis nicht beeinflussen. Heraus kam das, was ihr am wenigsten gefiel: Sie sollte es unbedingt machen.
Sie atmete tief durch und sagte: „Das überlege ich mir jetzt aber noch!"
Ich sagte: „Und das teste ich für mich jetzt auch!"
Auf die Idee, es mir so einfach zu machen, war ich noch gar nicht gekommen. Ich hatte mich für den harten Weg entschieden, doch musste das sein? Die Antwort sprach für sich: „bringt nur wenig". Hm! Hatte ich mich selbst belogen, weil ich keine Lust auf den Trank hatte? So leicht wollte ich es mir dann doch nicht machen. Also schrieb ich einen Zettel mit „machen" und einen mit „lassen", faltete beide zusammen und war einen Moment später erleichtert, als es „lassen" war.
Eine hellsichtige Schamanin, die mit in unserer Gruppe war, hatte mir zugeschaut und meinte: „Du brauchst das nicht zu nehmen. Es würde dir nichts bringen."
Sie bestätigte mir also, was ich eh schon herausgefunden hatte und so sagte ich ganz klar: „Nein!" Ich bin Nichtraucherin, ich reagiere extrem nervös auf Kaffee, und sei es auch nur ein Schlückchen, und deshalb war das nix für mich.
Zwei Stunden später konnte ich mir zu meinem Entschluss nur gratulieren! Frank lag auf dem Boden und stöhnte laut vor sich hin und den anderen ging es ähnlich. Sie hatten sich auf der Terrasse und im Gelände verteilt. Überall hörte man, wie sie sich übergaben, jammerten und stöhnten. Das war ja nicht das erste Mal, aber in diesem Fall ohne mich!

*

Ich ging herum, half denjenigen, denen es schlecht ging mit Notfalltropfen, energetischen Techniken und allem, was mir gerade so in den Sinn kam.
Irgendwann war das erledigt und dann brauchte ich ein wenig Abstand zu der Stöhnerei, ging weg von der Terrasse und schlenderte über das Camp. Durch die gestrigen Kopfschmerzen hatte ich mir noch gar nicht alles angeschaut. Ich fand eine Bank, die unter einem ausladenden Baum stand. Das perfekte Plätzchen, um es mir gleich mit einem Buch gemütlich zu machen.
Doch dann entdeckte ich etwas noch Besseres: Hängematten! Ich hatte es noch nie gewagt, mich in so etwas hineinzulegen, da mir das ein wenig suspekt war und ich mir nicht vorstellen konnte, wie man da einsteigen sollte, ohne gleich auf der anderen Seite heraus zu plumpsen. Doch sie sahen eindeutig bequemer aus als die harte Bank.
Ich ging weiter, kam am Hühnerstall vorbei, gedachte kurz der armen Henne, die wir gestern verspeist hatten und dann sah ich eine kleine Hütte mit Wäscheleinen, auf denen ein paar weiße Höschen und Socken baumelten.
Wo es saubere Wäsche gab, musste auch Wasser sein!
In der kleinen Hütte knieten zwei Frauen vor großen Plastikzubern mit Seifenwasser und kneteten unsere Kleidungsstücke durch. Sie würden dafür bestimmt noch Stunden brauchen, denn neben ihnen stand eine bis obenhin mit Schmutzwäsche gefüllte Wanne.
Kaum sahen sie mich, richteten sie sich auf und begrüßten mich mit einem freundlichen „Hola, Señorita!".
Nachdem wir unsere Namen und ein paar Höflichkeiten ausgetauscht hatten, war auch ihnen klar, dass meine Spanischkenntnisse doch arg begrenzt sind. Also versuchte ich, ihnen durch ausladende Gestik klarzumachen, dass ich Wasser zum Waschen brauchte.
Sie zeigten auf ein Loch im Boden, nahmen einen an ein dünnes Seil gebundenen Plastikeimer, ließen ihn

in das Loch fallen und zogen ihn mit Wasser gefüllt wieder heraus.
Ah! Ein Brunnen! Was für ein Glück. Ich strahlte und bedankte mich überschwänglich, denn ich hatte gerade mein Waschproblem gelöst.
Schnell lief ich in unsere Hütte, holte, was ich zum Waschen brauchte und eilte zurück. Mit meinem Plan, mir die Schüssel zu schnappen und mich in eine ruhige Ecke zu verziehen, kam ich jedoch nicht weit. Norma bedeutete mir, mein Kleid auszuziehen, Soledad nahm mir das Handtuch von der Schulter. Was blieb mir also übrig, als mitzumachen? Sie würden sich wahrscheinlich kaputt lachen, wenn sie merkten, dass ich mich vor zwei Frauen genierte. Also ließ ich zu, dass Norma mein Kleid und mein Höschen nahm und Soledad eiskaltes Brunnenwasser auf mich goss.
Mir blieb die Luft weg! Während ich versuchte, einigermaßen durchzuatmen, begann Soledad, mich einzuseifen und zu waschen. Norma übergoss mich nochmal mit Wasser, ich zitterte am ganzen Körper, aber ich war sauber.
So etwas war mir noch nie passiert! Doch sollte ich mich darüber aufregen, dass sie so nett waren, das für mich zu tun? Auf keinen Fall. Es war ja nur eines aus einer ganzen Reihe ungewöhnlicher Erlebnisse. Na, und?

26 The Gringo Shaman

Ängstlich, ängstlicher, am ängstlichsten ... Ich dachte, ich hätte das Maximum bereits erreicht. Heute merkte ich, dass nach oben hin noch Luft war.
Bernhard hatte den neuen Schamanen mit großen Worten angekündigt: „Yushintaita war nur ein Trainingscamp! Hier geht es richtig zur Sache.“

Einerseits wollte ich ihm nicht so recht glauben, denn große Worte zu schwingen war sein Talent, andererseits bestand die Möglichkeit, dass es stimmte, was er sagte.
Am Nachmittag war der Schamane mit seiner peruanischen Frau im Camp angekommen: Ron Wheelock, geschätzte Anfang 50, mit dünnen, langen Haaren, die wohl die Platte auf dem Oberkopf ausgleichen sollten und einem kräftigen Schnauzer. Er trug eine kurze Hose und ein offenes Hemd über der nackten Brust. Die schmutzigen Füße steckten in vergammelten Sandalen, an den Armen hatte er großflächige Tätowierungen. Er lächelte uns freundlich an, und obwohl er so ungepflegt war und überhaupt nicht wie ein Schamane aussah, fand ich ihn dennoch auf Anhieb sympathisch.
Er war aus Kääänsäs, hatte in den 90ern seine Ausbildung bei Don Agustin und anderen Schamanen gemacht und war in der Region als „The Gringo Shaman“ bekannt.
Jetzt saß er neben dem Tisch im Zeremonienraum und pfiff Rauch in die leeren Gläser, die er gleich mit der braunen Ayahuasca füllen würde. Mir wurde schon beim Anblick übel.
„Die Wirkung von Ron Wheelocks Medizin ist doppelt so stark, wie die von Don Agustin“, hatte Bernhard behauptet. Außerdem hatte er uns einen Vortrag darüber gehalten, dass der Trank, der jetzt auf uns zukäme, pure Energie sei. Es würde eine Befreiung stattfinden und wir würden möglicherweise Gott sehen. Er endete damit, dass uns hier keiner zum baño bringen würde, wir würden es auch alleine schaffen. Sollten wir uns in die Hose machen, wäre es auch kein Problem.
So kam er vom Höchsten zum Niedrigsten und sorgte wieder einmal für wildes Herzklopfen bei mir. Eine Medizin, die doppelt so stark sein sollte wie das, was wir bereits genommen hatten!? Um Himmels willen!
„Auf den fallen wir doch nicht mehr rein!“, hatte Irina gemeint. „Abgesehen davon, dass das mit dem Geist,

der Boa und den großen Spinnen gestimmt hat, war der Rest doch glatt übertrieben", witzelte ich.
Wir saßen in diesem Camp nicht auf Bänken, sondern jeder auf seinem Stuhl. Der Vorteil: Ich konnte zittern und mich bewegen, ohne jemanden zu stören. Links neben mir saß wie immer Irina und an meiner rechten Seite David.
Inzwischen war ich so schlau, die wichtigen Dinge in meiner peruanischen Häkeltasche dabei zu haben: Taschenlampe, Taschentücher, Kaugummi und eine Flasche Wasser. Über der Stuhllehne hing eine Decke. Es war ja schon immer so, dass ich fror, wenn in meinem Inneren große Veränderungen vor sich gingen. So extrem wie auf dieser Reise war es allerdings noch nie gewesen. Die anderen saßen in dünnen Blusen da, doch ich brauchte neben Top, T-Shirt, Bluse, Jacke und Pulli noch eine Decke, wenn ich nicht wieder die halbe Nacht durchzittern wollte.
Der Zeremonienraum war etwas kleiner, als der bei Don Agustin, aber unsere Gruppe war ja ordentlich geschrumpft und so war reichlich Platz für alle.
Bernhard sagte mal wieder: „Ihr werdet nicht sterben und ihr werdet auch nicht verrückt werden", und dann mussten wir vortreten und unser Glas entgegen nehmen. Ich hob es an, hielt einen Moment inne, um mich zu sammeln, und während ich trank, dachte ich: „Mutter Ayahuasca, nimm dich meiner an. Zeige mir, wie ich einen Bestseller schreiben kann."
Wir setzten uns hin, die Kerzen wurden gelöscht, aber es war trotzdem nicht ganz dunkel, weil es etwas weiter oben viele Fensteröffnungen gab, durch die sich Sternen- und Mondlicht einschlichen. Wir konnten in diesem Zeremonienraum also schemenhaft erkennen, was vor sich ging.
Ich flüsterte: „Gute Reise, Irina", nach links und „gute Reise, David", nach rechts und wartete angespannt auf das, was jetzt kommen würde.
Unser neuer Schamane wedelte mit seinem Blätterstock und das hörte sich sehr kraftvoll an. Ich konnte gar nicht anders, als mich im Takt mitzubewegen. Kaum stampfte er mit dem Stock auf

den harten Lehmboden, bildete ich mir ein, das rhythmische Getrampel von Pferdehufen zu hören und bewegte mich mit. Dann begann er mit einer sehr männlichen, tiefen Stimme zu singen: Hari-hari-nai-hari-nai-na-nai-nin-nei.
In meinem Dusel glaubte ich, er würde etwas Richtiges singen und nur ich würde „hari-nei-nei“ verstehen. Deshalb musste ich immer wieder lachen. Ich bildete mir ein, auf einer Postkutsche zu sitzen, ganze vorne auf dem Bock, und die Zügel der Pferde zu halten. Ich bewege mich mit und machte: „Tatam-tatam-tatam!“
Ron machte: „Tsch-uuu! Tsch-uuu! Tsch-uuu!“, und ich dachte: „Jetzt bläst er die Geister weg.“
In der folgenden Pause hörte ich nicht nur die lauten Frösche mit ihrem „wooop, wooop, wooop“, als wollten selbst sie uns in Trance versetzen, sondern auch die anderen, wie sie an ihren Mapachos saugten, husteten, rülpsten und rotzten.
Ron sang weiter mit noch tieferer Stimme: „Oh Mantakota ...“ Zwischendurch ließ er kräftige Rülpser los. Was für ein derber, roher Mensch! Dennoch fand ich es nicht so abstoßend, wie bei den anderen, weil mir klar wurde: „Das macht er jetzt für uns!“ Es waren wohl unsere schlechten Energien, die er aufnahm und per Rülpser aus seinem Körper blies.
„Oh Mantakota ... pa-pu-kan-ku ...“
Er sang immer langsamer und es klang wie ein Beschwörungslied, als wollte er Schlangen zum Gehorchen bringen. Wie hell und freundlich hatte sich doch im Vergleich dazu die Stimme von Don Agustin angehört.
Dann stampfte er rhythmisch mit dem Raschelstab auf den Boden und ich nahm wieder Platz auf dem Kutschbock.
„Nani-nei-nani-nei ...“ Wie in Trance bewegte ich mich mit und musste lachen, weil es einfach komisch war, dass dieses kindliche „Nani-nei-nani-nei“ von solch einer männlich-markanten Stimme vorgetragen wurde.

Meine Füße stampften den Takt mit, ohne dass ich es beeinflussen konnte. Ron bekräftigte sein „Nani-nei-nani-nei“ mit so viel Nachdruck, als würde er mich in irgendetwas schieben, ziehen, stoßen und sagen: „Los, geh schon! Geh rein! Nani-nei-nani-nei“.
Ich konnte mich dem Rhythmus nicht entziehen, wollte es auch gar nicht. Ich gab mich hin und dann sah ich plötzlich mehrere Gestalten vor mir. Ich schlug nach ihnen, um zu spüren: Sind die echt?
Ron sang: „Daran-ding-ding-doing-doing“, ich konnte mich gar nicht einkriegen, wie lustig das klang, und prustete los. Irina schien das sehr zu amüsieren, denn sie lachte mit, als ich wie eine Betrunkene im Takt „ding-ding-doing-doing“ sang. Jetzt ging es richtig los bei mir, ich war nicht mehr zu halten, musste mich bewegen. Ich mache „doing-doing-doing“, wackelte mit dem Kopf und lachte laut hinaus.
Dabei schämte ich mich, denn ich hatte Angst, dass Ron sauer auf mich sein würde, weil ich ihn nachäffte, aber ich konnte nicht aufhören, mit den Füßen zu klopfen, zu singen und mich fast kaputt zu lachen, als er „diiiiing, diiiiing, doooiiiiing“ sang und dabei die Selbstlaute in die Länge zog, wie einen Kaugummi.
Um mich herum wurde laut gerülpst und ich lachte auch darüber und putzte meine Nase im Takt mit seinem Gesang.
Draußen stieß jemand laute Heullaute aus und Irina sagte: „Das sind Werwölfe!“
Ja, genauso klang es, aber dann merkten wir, dass es Valerie war. Es hörte sich wirklich gruselig an. Lang gezogene, verzweifelte Schreie, wie aus einem Horrorfilm, wenn jemand bis aufs Blut gequält wird.
Als Antwort bellten die Camp-Hunde wie verrückt.
Mir wurde schlecht, ich machte: „Huäääh! Puh! Buah!“ Und dann wurde mir schon wieder so kalt!
Dabei hatte ich mir bereits die Decke umgelegt.
Immer wieder machte ich komische Geräusche wie „buäh, buäh, buäh“ oder „puat-sä-sä-sä-säs“ und fühlte mich, als sei ich nicht mehr ganz bei Sinnen.
Ron sang wieder. Seine Stimme wurde noch tiefer.
Sein „Rumä-mon-doi“ klang, als würde er mit

jemandem schimpfen. Rund um mich wurde sich übergeben, einer machte das mit einem lauten „wu-äääh, wu-äääh, wu-äääh“, das immer schriller wurde. Solche Laute hatte ich noch nie in meinem Leben gehört. War das unser Schamane? Wieso übergab er sich? Hatte er das Schlechte aus uns aufgenommen und wollte es jetzt loswerden?
Dann ging es auch bei mir los. Ich übergab mich, machte „pah, pah, pah“ und stöhnte.
Valerie war noch immer draußen und schrie sich die Seele aus dem Leib. Das arme Mädchen.
„Alle spinnen, nur ich bin normal“, dachte ich. Aber stimmte das wirklich? Ständig machte ich „bäh“, konnte mich gar nicht beruhigen mit meinem „bäh-bäh-bäh“. Das war doch ziemlich verrückt. Und schlecht war mir wieder. So schlecht ... „Oh Gott, oh Gott, oh Gott. Scheiße!“
Ron sang weiter und diesmal hörte es sich bedrohlich an. Dann jammernd. Sein Gesang brachte mich immer tiefer in einen Trancezustand hinein.
Trotzdem hörte ich noch das Gerülpse, Geschreie und Gestöhne der anderen. Aber ich nahm das alles wie Laute aus der Hölle wahr. Die Hölle in mir, die Hölle um mich herum. Ich stöhnte, ich jammerte: „Scheiße, geht es mir schlecht. Mir ist so schlecht!“ Ich weinte. „Ach, Mann, ist mir schlecht. Scheiße!“ Und musste mich wieder übergeben.
Und dann ... war ich weg. Ganz plötzlich. Ohne Vorwarnung. Abgetaucht in eine andere Welt, eine andere Dimension, was auch immer. Ich hatte keine Ahnung, was geschehen war, als ich zu mir kam. Aber ich wusste: Ich war in meinem schlimmsten Alptraum gelandet!
Vor meinen Augen tauchten nicht greifbare, üble Bilder auf. Spinnen, Schreckgestalten, böse Gespenster. Dann schwebten zwei oder drei menschliche Gestalten vor mir in der Luft herum, zwischen Ihnen seltsame farbige Streifen, die wie DNA-Stränge aussahen.
Ich erinnerte mich daran, dass ich diese Gestalten schon gesehen hatte ... bei der letzten Zeremonie von

Don Agustin, an die ich mich nicht mehr hatte erinnern können! Ich sagte zu ihnen: „Das gibt es doch gar nicht! Ich habe euch ja ganz vergessen!"
Ihre Antwort kam in einem so bedrohlichen Ton, dass mir alle Haare zu Berge standen: „Aber wir ... WIR haben dich NICHT vergessen! Wir haben auf dich gewartet!"
Ich begann zu zittern, wusste gar nicht, was los war, wo ich war. Die Musik klang beängstigend, die Gestalten waren bedrohlich. Ich war in einem Gruselschocker gelandet und konnte nicht entfliehen, denn ich war Regisseurin und Akteurin in einem, war gefangen für die nächsten Stunden in meinem eigenen Film. Ich hatte jegliche Kontrolle über mich verloren und zitterte vor Angst.
Ron schlug auf einen Gong. Das riss mich noch tiefer in meinen Film hinein. Seine Stimme kam wie aus einer anderen Welt, hörte sich abgehackt und böse an. Und immer das laute „dong, dong, dong" des Gongs. Wie die Glocke der Inquisition. Was passierte hier? Eine Opferung? Wer war das Opfer? War ich Zuschauerin oder war ich etwa selbst diejenige, die dran glauben musste?
Die Glocke ließ meinen Kopf fast zerspringen. Zusammen mit Rons Stimme waren es Geräusche wie aus der Hölle. Das ewige Fegefeuer, das uns allen drohte. Meine Haare standen zu Berge, ich zitterte am ganzen Körper, ich fror. Endlich hatte der Schamane Erbarmen mit uns und hörte auf.
Die Pause war nur kurz, nach einer Minute ging es weiter mit der Glocke, immer lauter, immer schriller, immer bedrohlicher! Valerie übertönte mit ihrem angstvollen Geschrei selbst das. Die Hunde bellen. Einer schrie. Eine Frau weinte. Um der Glocke zu entgehen, hielt ich mir die Ohren zu, doch die Schwingung ging weiter durch meinen Körper. Ich fuhr mir durch die Haare, über das Gesicht. War ich noch da? Wo war ich eigentlich? Ich tastete über meinen Körper, über den Sitz. Alles in Ordnung, ich saß auf einem Stuhl, war im Dschungel, war gefangen in

einem Alptraum und wusste, dass ich das noch ewig durchstehen musste.
Neben Irina saß einer, der es sich, anhänglich wie eine Klette, jedes Mal neben ihr bequem gemacht machte. In den anderen Zeremonien hatte er genervt, weil er zwischen den Gesängen pausenlos vor sich hingesummt hatte. Heute lachte er, in Abwechslung mit seinem Gebrumme. Keine Minute hielt er seine Klappe. Ich hätte ihm eine reinschlagen können!
Ron schlug die Trommel. Er schlug so fest darauf ein, dass der ganze Raum vibrierte. So, als wollte er sagen: „Ich treibe euch rein. Ich treibe euch immer tiefer rein!"
Ich tauchte unter, war in einer fremden Welt und tauchte auf, war mir für einen Moment bewusst, wo ich war und was ich hier tat. Doch dann war ich wieder weg. Löste mich von mir selbst, wusste nicht mehr, wer ich war, bewegte mich in meinen Visionen, gruselte mich, ekelte mich, war in einem schwarzen Raum. Alles dort war schwarz. Die Wände, der Boden, die Decke. Auch ich war schwarz gekleidet. Ein langes, ausgefranstes Kleid mit Spitzenbesatz. Auf einmal leuchtete es an den Wänden rot auf. Feuer spiegelte sich dort. Die Flammen schlugen bis hinauf zur Decke. Ich stand nur da und wartete. Doch worauf? Ich wusste es nicht, sah nur die Schwärze und die Flammen. Eine Frau summte eine sehr hohe Melodie. Ich stand aufrecht in dem Raum, wusste, dass ich dort gefangen war, hörte unheimliche Frauenstimmen, denn plötzlich waren es zwei, die immer wieder dieselbe Melodie summten. Wie in einem Horrorstreifen, in dem die Heldin von unwirklichen Wesen in den Wahnsinn getrieben werden sollte.
Eine Frau lachte schrill, ich tauchte wieder auf und die Vision war nur noch ein Schatten dessen, was ich gerade gesehen hatte. Ich nahm Rons Stimme bewusst wahr, sie klang ganz hoch und zog sich, als hätte sie jemand auf halbes Tempo gestellt. Es war eine Stimme wie aus einer anderen Welt, verzerrt,

fremd, unheimlich! Begleitet von Rülpsern und Kotzgeräuschen. Und Valerie schrie dazu.
Dann wieder der Gong. Der Gong, der das letzte Gericht einläutete. Der Gong, der die toten Gestalten zurück in ihre Gräber rief. Immer lauter. Als wollte er uns ermahnen: „Hört genau hin! Eure letzte Stunde hat geschlagen! Gleich wird jemand geköpft. Gleich wird jemand gehängt!"

*

Wie konnte ich nur so dumm gewesen sein, dieses Zeug zu trinken? Ich ließ meinen Kopf sinken und lauschte den Frauenstimmen, die noch immer dieselbe unheimliche Melodie summten. Ron klopfte leise auf den Gong, der Typ neben Irina lachte wie ein Verrückter, Valerie schrie, die Hunde bellten, die Frösche machten ihr „wooop, wooop", andere rülpsten, rotzten oder übergaben sich, einer machte Geräusche wie ein Indianer, irgendwo weinte jemand. Ron sang mit tiefer, bedrohlicher Stimme und brachte einen nach dem anderen dazu, sich zu übergeben. Eine Frau schrie laut „Nein! Nein! Neeeiiiiiiin!!!"
Wie in einem Film mit Schnelldurchlauf tauchten nochmal alle Schreckensbilder aus den vergangenen vier Zeremonien auf. Bei jedem Bild dachte ich: „Das habe ich doch schon mal erlebt. Das ist doch schon mal passiert!"
Ich fühlte mich gefangen in einem Alptraum, aus dem es kein Erwachen gab, in einer Flut immer wiederkehrender Bilder.
Eine Frau lachte laut und grell wie ein Papagei und ich saß bibbernd auf meinem Stuhl, hielt mich an der Wasserflasche fest wie an einem Rettungsanker, zitterte und murmelte vor mich hin: „Mir geht es schlecht. Mir geht es wirklich ganz schlecht!"
Ich hatte das Gefühl, den anderen klar machen zu müssen, dass ein Notfall eingetreten, dass ich gerade am Sterben war. Warum half mir denn keiner? Konnte denn niemand sehen, was mit mir los war?
„Mir geht es *wirklich* schlecht!"

Dann glaubte ich, zu Hause in meinem warmen Bett zu liegen. „Das ist doch nur ein Alptraum! Ich werde gleich aufwachen!"
Hektisch fuhr ich mit den Händen über Kopf und Körper. Dann spürte ich den Stuhl unter mir. Nein. Ich saß. Mitten im Dschungel, gefangen in meinem Alptraum. Genau diese Szene hatte ich doch auch schon einmal erlebt! Ich konnte es nicht fassen, fühlte mich wie in dem Film „Täglich grüßt das Murmeltier". Es war, als sei ich in einem Tunnel gefangen, in dem mir eine Flut an Bildern entgegenkam, die mir immer wieder dieselben Ereignisse präsentierten. Nochmal dasselbe und nochmal und nochmal. Ohne Ausweg. Ich babbelte die ganze Zeit über leise vor mich hin und beschwerte mich über diese wiederkehrenden Bilder. Ich war fest in den Krallen der Ayahuasca gefangen, deren Wirkung so stark war, wie alle vorherigen zusammen und noch ein wenig mehr. Ich sah Bilder, und noch während ich sie sah, waren sie schon wieder aus meinem Bewusstsein verschwunden.
Ich musste mich übergeben, hielt das Töpfchen weiter fest umschlungen, als würde es mich davor bewahren, abzustürzen, bis ich merkte, was ich da tat. Ich stellte es ab, übergab mich ein wenig, spuckte mir dabei aufs Bein, sagte: „Habe mir aufs Bein gespuckt", lachte und merkte: „Ach, das habe ich doch auch schon erlebt! Scheiß Wiederholungen!"
Rons Stimme wurde immer dunkler, am Ende kam nur noch ein Brummen. Ich sah links einen Hügel, diejenigen, die dort saßen, verwandelten sich in Tiere. Mike war eine fette, lange Schlange, die sich über die Anhöhe hinweg bewegte. Kein Wunder, er lag ja auch auf dem Boden vor uns, wand sich, schrie und heulte. Ich lachte, zischte böse: „Das geschieht dir ganz recht" in seine Richtung.
Unter Ayahuasca durfte man alles sagen und das nutzte ich jetzt aus, ließ die ganze Boshaftigkeit aus mir raus und den ganzen aufgestauten Ärger auf diesen kleinen Deppen!
„Heul doch!"

Ich sah auch andere als Tiere, sah einen Adler mit ausgebreiteten Schwingen, sah eine Schildkröte und einen Pfau.
Ich kam langsam raus aus der Hölle, auch wenn der Gesang unseres Schamanen noch genauso grässlich war wie zuvor.
Er zog die Töne in die Länge, sang mit sehr hoher, verzerrter Stimme: „Wum-ba-he-he-bum-bong-gai."
Beim nächsten „bum-bong-gai" äffte ich ihn nach „nä-nä-näj" und lachte. Der Typ neben Irina kriegte sich gar nicht mehr ein vor Lachen und ich meckerte mit ihm: „Du gehst mir echt auf die Nerven!"
„Pa-lo-si-to!" Ron sang wieder mit verzerrter Stimme und ich prustete vor Lachen über die seltsamen Töne. „So kann doch kein Mensch singen!"
Ich zittere wieder am ganz Körper und beschwerte mich darüber: „Scheißgewackel! Wenigstens verbrennt das Kalorien."
Ich sah noch immer dieselben wiederkehrenden Bilder, stampfte mit den Füßen auf, weil ich das Gefühl hatte, in einem Zeittunnel festzustecken und sagte ständig „Wiederholung, Wiederholung".
Da fing einer an zu schreien wie ein wildes Tier. Immer wieder und immer lauter. Der Typ neben Irina lachte, ein paar Frauen weinten laut und jämmerlich, ich quatschte noch immer von Wiederholungen und Mike heulte laut auf, schrie verzweifelt: „Scheiße!", und weil er sich nicht beruhigen konnte und weiter wie ein Verrückter schrie, sagte ich: „Ist ja gut!"
Der Typ neben Irina meinte: „Ganz schöne Freakshow!", und dann zündete jemand drei Kerzen an. Bernhard informierte uns, dass Ron uns jetzt abblasen und wir danach runter ins Wasser gehen sollten.
„Nie im Leben gehe ich in diese Drecksbrühe!"
Ich war noch nicht klar, das ging mir zu schnell und an dem Geschrei der anderen merkte ich, dass auch für sie noch nicht Schluss war.
Ron drehte unbeirrt seine Runde, blies jedem von uns Rauch über den Kopf: „Pschi-uuu, pschi-uuu" und rülpste.

Nachdem ich an der Reihe war, schaute ich mich um. Ich saß fast alleine da. Wo waren die anderen geblieben? Und vor allem: Wo war Irina, meine Stütze in der Not? Ich rief mit wackeliger Stimme: „Liebchen?“, und da kam sie auch schon, fragte, ob alles in Ordnung sei, nahm mich an der Hand und führte mich Richtung Tür.
Als wir an Ron vorbei gingen, sagte ich: „Danke, das war ein geiles Zeug!“, und zu Irina: „Du, Liebchen, ich war gerade in der achten Dimension!“
Statt mich für meinen großen Ausflug zu loben, sagte sie ganz trocken: „Da unten sitzt auch eine achte Dimension“, und als ich hinschaute, war es eine Tarantel. Die erste Tarantel, die ich in freier Wildnis gesehen habe und weil ich noch beduselt war, regte ich mich nicht mal darüber auf.
Wir gingen nach draußen und jemand sagte: „Schaut euch *diesen* Himmel an!“
Wir hoben unsere Köpfe und konnten es gar nicht fassen, wie nah die Sterne waren. Es sah aus, als würden sie jeden Moment auf uns herab fallen. Tausende von Sternen, der ganze Himmel vollgesprenkelt, zum Anfassen nah. Wunderschön!

*

Ich lag im Bett und konnte nicht einschlafen. Draußen rannte Valerie durch die Gegend und schrie. Das arme Mädchen. Es schien auf Rons Gebräu besonders stark reagiert zu haben. Wo waren bloß ihre Eltern?
Ich überlegte, ob ich raus gehen und eingreifen sollte, denn sie hatte sich mit ein paar Kerlen angelegt und beschimpfte sie lautstark als dumm und ignorant. Stöhnend erhob ich mich und fischte mit den Füßen nach meinen Flip Flops. Da hörte ich, dass ihre Mutter gekommen war, auf sie einredete und sie wegführte. Ich atmete auf und ließ mich erleichtert auf das Bett plumpsen. Jetzt hätte ich endlich in den Schlaf sinken können, doch jedes Mal, wenn ich die Augen schloss, war ich im Bauch eines alten Holzschiffes. Durch die

großen Bullaugen, die unterhalb des Wassers lagen, sah ich ganz viel grünes Pflanzenzeug, das am Rand der Fenster festhing. Auch um mich herum war alles grün. Ich hatte die irrationale Angst, dass das Wasser ins Schiff dringen und ich ertrinken würde, wenn ich einschlief. Deshalb riss ich immer wieder die Augen auf, um zu sehen, wo ich wirklich war.
Die Ayahuasca schien also auch bei mir noch immer zu wirken und sie schien auch meine Blase unruhig gemacht zu haben, denn ich musste alle gefühlte fünf Minuten aufstehen und zur Toilette traben.
In diesem Camp waren es nur ein paar Meter dorthin, außerdem brannte nachts eine Kerze. Dadurch war der Weg nicht ganz so unheimlich, wie bei Don Agustin, und so traute ich mich locker, alleine zu gehen.
Auf dem Holzthron neben mir saß David: „Das war ein starkes Zeug!“ sagte er voller Ehrfurcht.
„Ich bin noch immer nicht ganz klar“, antwortete ich.
Er kicherte: „Ich auch nicht. Bernhard hat doch gesagt, dass das Zeug bis zum Morgen wirkt.“
„Echt? Habe ich gar nicht mitgekriegt. Sag mal: Was hast du heute gesehen?“
„Gib mir Zeit bis morgen. Ich muss das erst noch verdauen.“
Ich nickte, obwohl er das gar nicht sehen konnte und zog an der Rolle mit dem Toilettenpapier.
„Und du?“, wollte er wissen.
„Lauter Wiederholungen aus den Zeremonien bei Don Agustin. Und mal wieder Tod und Teufel! Immer dasselbe“, schimpfte ich.
„Macht doch nix“, meinte er. „Dann ist es jetzt wenigstens ganz draußen.“
„Weißt du, was mir auf die Nerven geht?“
„Du wirst es mir gleich sagen.“
„Mir geht auf die Nerven, dass andere, wie dieser Schamane aus dem Schwarzwald oder die hellsichtige Schamanin, immer solche Höhenflüge haben. Die reden von Begegnungen mit Jesus oder Gott. Gudrun hat Gott ja auch gesehen. Nicht, dass

ich scharf darauf wäre, denn ich bin eh nicht gläubig …"
„Aber?"
„Ich komme mir immer so minderwertig vor, weil ich mich ständig in diesen Niederungen herumtreibe! Ich meine, ich bin ja nicht so spirituell, wie die und will es auch gar nicht sein. Aber ich schäme mich schon fast ein wenig mit meinen Untergrund-Visionen."
Dann sagte ich trotzig: „Kommt mir vor, als seien wir hier eine 2-Klassen-Teilnehmerschaft. Ich gehöre du den Minderbemittelten!"
David war aufgestanden und jetzt stand er vor mir, während ich noch mein Schlafshirt nach unten zog.
„He! Ich bin noch nicht ganz fertig", meckerte ich.
„Komm her! Ich drück dich jetzt mal."
„Ach, David …", sagte ich und fand es schön, dass er das tat. So jung und so weise war er.
„Bist halt ein richtig Netter!"

27 Ärger im Paradies

„Hast du das mitbekommen?", fragte Irina.
„Was denn?"
„Ron hat sich über uns beschwert. So eine Gruppe hätte er noch nie erlebt."
„Was meint er denn?", fragte ich und gähnte. Wir saßen beim Frühstücken. Obwohl ich noch hundemüde war, hatte ich nicht mehr schlafen können. Deshalb war ich aufgestanden, hatte mich in die Küchenhütte geschleppt und unsere Köchin Maria gebeten, mir eine Portion Bratkartoffeln zu machen. Vielleicht würden die Kohlehydrate helfen, mich später ins Land der Träume zu befördern.
„Hast du das nicht mitbekommen? Da sind doch ständig welche rein- und rausgegangen und ein paar Leute haben die halbe Zeremonie über in den Hängematten gelegen."

„Nee, habe ich nicht bemerkt. Ich war viel zu sehr mit mir selbst beschäftigt!"
Irina goss sich Saft ein. Ich hielt ihr mein Glas hin: „Kriege ich auch etwas, Liebchen?"
Ich lachte sie fragend an und sie nickte: „Ja, das gefällt mir, wenn du mich so nennst."
„Gebongt!"
„Hast du auch nicht gehört, dass die auf der anderen Seite laufend geschwätzt haben?"
„Nee!"
„Und Bernhard! *Der* hat sich laut übergeben! Das hat sich angehört, als würde er einen ganzen Ochsen aus sich herauswürgen."
Frank, der während der Zeremonie neben unserem Reiseleiter gesessen hatte, schaltete sich ein: „Ich habe zwischendurch mal zu ihm rüber geschaut. He, ihr werdet es nicht glauben, aber er hat völlig anders ausgesehen!"
„Ja, das ist mir auch aufgefallen! Er sah aus, als wäre er ein ganz anderer Mensch!" mischte sich Jan ein, der an Bernhards anderer Seite gesessen hatte.
Ich schüttelte mich: „Wie unheimlich!"
Maria stellte die Bratkartoffeln vor mich hin, ich bedankte mich, und als ich mir die erste Gabel mit der duftenden Köstlichkeit in den Mund schieben wollte, sah ich Bernhard antraben: „Achtung, er kommt!"
Wie früher in der Schule, wenn der Lehrer im Anmarsch war ...
„Ihr habt heute den ganzen Tag frei", sagte er generös. „Damit euch nicht langweilig wird, machen wir einen Ausflug in den Dschungel. Ich will euch einen Medizinbaum und Heilpflanzen zeigen. Treffpunkt um 9.30 Uhr am Camp-Eingang!" sagte er im Befehlston.
„Ach, ich glaube, ich bleibe lieber hier", sagte ich.
„Das solltest du dir nochmal überlegen. Der Ausflug gehört mit zum Programm und du hast ja auch schon den Tabak ausfallen lassen!"
„Dann lasse ich diesen Programmpunkt eben auch aus!"

„Du solltest *wirklich* mitgehen!“, sagte er in bedrohlichem Tonfall.
„Wie bitte?“
„Ich sagte: Du solltest *wirklich* mitgehen!“
Die anderen am Tisch schwiegen und schauten uns erstaunt an. Auch ich war überrascht, was sich da innerhalb einer Minute aufgetan hatte. Sollte ich schweigen? Oder ihm die Meinung sagen?
Ich sah ihn fest an und sagte: „Ich glaube, du verwechselst hier etwas. Du bist unser Reiseleiter. Jemand, der eine Dienstleistung anbietet. Eine Dienstleistung, die man annehmen oder ablehnen kann. Und ich lehne ab.“
Ich nahm meinen Teller, stand auf und ging um den Tisch herum nach draußen.
Er rief mir hinterher: „Bleib hier, das Gespräch ist noch nicht beendet!“
Ich stockte einen Moment und legte meine Hand auf mein heftig pochendes Herz. Aber dann rief ich über die Schulter: „Doch, ist es!“, und ging weiter.
Ich bekam noch mit, dass Irina in entrüstetem Ton zu ihm sagte: „Jetzt mach aber mal halblang, Bernhard!“, und dann war ich eh um die Ecke und fragte mich, ob der Spinner gestern eine Überdosis genommen hatte und noch drauf war. Oder hatte endgültig das Böse in ihm die Oberhand gewonnen?
Mein Herz klopfte vor Aufregung noch immer im Doppeltakt. Was der sich einbildete! Führte sich im neuen Camp auf, als sei er der Hausherr!
Ärgerlich stapfte ich in die Schlafhütte und setzte mich auf mein Bett. Hoffentlich hatte das kein Nachspiel für mich! Aber was konnte er mir denn schon tun? Angst einjagen? Ha, der Zug war abgefahren, denn das tat er eh schon die ganze Zeit.
„Tief durchatmen und diesen Ärger einfach an dir ablaufen lassen!“, redete ich mir gut zu. Auf die Bratkartoffeln hatte ich keinen Appetit mehr und die Gabel hatte ich auch liegen lassen. Aber es wäre Maria gegenüber respektlos gewesen, den vollen Teller stehenzulassen. Also schaufelte ich alles mit den Fingern in mich hinein, nahm einen Schluck

Wasser, steckte die Flasche in meine Häkeltasche, schnappte mir meinen Reader und machte mich auf den Weg zu den Hängematten. Um die Küche machte ich einen Riesenbogen!

*

Ich lag in der Hängematte, las, schloss zwischendurch die Augen, um ein Nickerchen zu machen, genoss die warmen Sonnenstrahlen, die durch das Blätterdach gefiltert wurden, und hörte die vielen Vögel zwitschern. Das neue Camp war echt klasse, denn hier ging es irgendwie gemütlicher zu. Das lag sicher daran, dass es kleiner war und unsere Gruppe auch. Sehr angenehm war auch die Abreise von Mikes Kumpel. Dadurch hatten wir nur noch *einen* Schreihals in der Gruppe. Das Essen war superlecker. Unsere zweite Köchin Isabel hatte mir versprochen, dass es am Nachmittag Kuchen geben würde.
Herrje, ich musste aufpassen! Denn vor dem Frühstück hatte ich meinen kleinen Handspiegel seitlich an den Bauch angelegt, um festzustellen, wie flach er inzwischen war. Ich freute mich schon auf zu Hause, wenn ich das erste Mal in meine engste Jeans schlüpfen und den Reißverschluss ganz locker zukriegen würde. Diesen Triumpf wollte ich mir durch zu viel Essen nicht nehmen.
Ach, ja … es war hier echt wie im Paradies, denn die Frauen sorgten den ganzen Tag dafür, dass es uns gut ging, und hatten immer ein freundliches Lächeln auf den Lippen.
Wenn nur dieser Bernhard nicht gewesen wäre … Demnächst würde er mit den anderen von ihrem Dschungel-Ausflug zurückkommen und ich hatte absolut keine Lust darauf, ihm nach der Auseinandersetzung von heute Morgen zu begegnen. Warum konnte er sich nicht einfach in Luft auflösen?

*

„Was ist los?“ Erschrocken zuckte ich zusammen, weil mich etwas am Oberarm berührt hatte. Die Hängematte schaukelte heftig.
„Ach, du bist das! Ich war gerade eingeschlafen ...“
„Sorry, Helguita. Ich wollte dich eigentlich nicht wecken. Aber ich muss dringend mit dir reden.“
Sophie kniete neben mir und sah mich sorgenvoll an.
„Was ist denn passiert?“, fragte ich.
„Ich bin supertraurig. Frank und mir gefällt es hier so gut. Wir fühlen uns wohl, wie schon lange nicht mehr.“
„Aber ...?“
„Er muss nach der nächsten Zeremonie nach Hause. Im Büro gibt es Probleme!“
„Oh, Mist! Etwas Schlimmes?“
„Jedenfalls schlimm genug, dass er zurück muss!“
„Woher weiß er das überhaupt? Wir haben doch keine Verbindung zur Außenwelt.“
In den letzten Tagen liefen immer mal welche mit ihren Handys durchs Camp, hielten es in die Luft, gingen ein Stück in den Dschungel hinein und suchten nach Anhöhen, immer auf der Suche nach einer Stelle, an der es einen Kontakt zum Netz geben könnte. Ich hatte mein Handy erst gar nicht eingeschalten. Wozu auch? Ich war hier in einer anderen Welt und brauchte keinen Kontakt nach draußen.
„Einer der Arbeiter war in Tamshiyacu. Frank hatte ihm sein Handy mitgegeben, um Nachrichten abzurufen.“
„Sehr schlau! Aber das hat er jetzt davon. Gehst du auch mit zurück?“ fragte ich sie.
„Nein, ich will noch nicht weg vom Paradies. Und außerdem hat sich bei mir noch nicht genug getan. Ich habe das Gefühl, da kommt noch was.“
„Aber wir gehen alle zurück. Du wärst dann alleine. Oder wird bei Don Agustin eine neue Gruppe sein?
„Du, ich wollte dich etwas fragen ...“, sagte sie mit unsicherer Stimme.
Als ich die Augenbrauen hochzog und sie wartend anschaute, fuhr sie fort: „Ob du nicht auch noch bleiben könntest!?“

„Wie soll das gehen? Mein Flug geht in vier Tagen. Und Geld habe ich auch keins mehr. Das reicht mir gerade noch für ein Abendessen in Iquitos und ein Bahnticket nach Hause, falls ich nicht abgeholt werde."
„Frank würde dich gerne für die Woche einladen. Bezahlt hat er ja eh schon und das Geld kriegt er sicher nicht mehr zurück."
„Aber mein Flug!"
Eigentlich hatte ich keine richtige Lust, noch länger zu bleiben. Ich hatte in den Wochen viel erlebt und fühlte mich satt. Jetzt noch eine Woche dran hängen?
„Frank würde die Umbuchungskosten auch noch übernehmen. Es wäre ihm wichtig, dass du bei mir bleibst, damit ich nicht alleine bin."
„Hm … Ich weiß nicht so recht."
Es fühlte sich seltsam an, dieses Geschenk anzunehmen. Ich wusste genau, dass ich mich verpflichtet fühlen würde, das wieder gutzumachen. Ich würde um sie herumtanzen und auf sie aufpassen. Das würde nicht nur mich, sondern auch sie nerven. Aber Geld ausgeben für eine zusätzliche Woche, auf die ich keine Lust hatte … Nö, auf keinen Fall!
„Denk drüber nach", sagte sie. „Es ist bezahlt, ich bleibe so oder so, aber ich würde mich viel besser fühlen, wenn du auch da wärst."
Ich steckte in der Zwickmühle. Denn ich mochte sie sehr und bei mir war der große Knoten ja auch noch nicht geplatzt.
„Du, ich weiß nicht, ob ich das annehmen kann ..."
„Doch, bitte! Ganz ohne Verpflichtung." Sie schaute mich mit großen Augen an. „Helguita …"
„Wann und wie sollte ich denn überhaupt umbuchen ohne Telefon?" Ich versuchte weiter, mich herauszureden, statt ihr eine klare Antwort zu geben. Lag wohl daran, dass ich nicht wusste, welche mir lieber war.
„Das erledigt Frank. Er muss seinen Flug doch auch regeln und er ist ja schon einen Tag vor deinem geplanten Abflug dort."
„Lass mich eine Nacht drüber schlafen!"

„Hast du denn Termine in der Woche danach?“
„Eigentlich nicht. Der August ist der schlechteste Monat im ganzen Jahr.“
„Na, also!“

28 Menschenfresser

Ich setzte mich in meiner Hängematte auf und schaute auf die Gruppe, die gerade zurückkam. Irgendetwas stimmte nicht. Sie kamen sehr spät und schienen so aufgeregt!
Schnell schwang ich meine Füße auf den Boden, schlüpfte in die Flip Flop, stopfte meinen EBook-Reader in die Tasche und ging auf Irina und Gudrun zu.
„Ist etwas passiert?“
„Ja! Bernhard ist verschwunden!“
„Wie? Verschwunden? Ihr wart doch alle zusammen!?“
„Am Medizinbaum sagte er, er müsse mal kurz austreten. Aber er kam nicht zurück!“
„Habt ihr ihn nicht gesucht?“
„Doch! Aber er war wie vom Erdboden verschwunden. Wir haben sicher eine Stunde auf ihn gewartet“, sagte Gudrun.
„Zuerst haben ein paar von uns in der näheren Umgebung nach ihm gesucht. Aber wir kennen uns ja hier nicht aus. Es hätte keinen Sinn gemacht, dass jeder in eine andere Richtung läuft!“ mischte sich Irina ein.
„Wie habt ihr überhaupt zurückgefunden?“
„Das war leicht.“
„Ja, und jetzt???“
„Jetzt gehen die beiden Männer, die hier arbeiten, nochmal los und suchen ihn.“
Gerade hatte ich mir gewünscht, dass Bernhard sich in Luft auflösen sollte und schon war es passiert.

Hatte ich durch die letzte Zeremonie Zauberkräfte entwickelt? Kaum hatte ich diesen Satz gedacht, bekam ich auch schon ein schlechtes Gewissen. Wer weiß, was ihm zugestoßen war?
„Sollen wir nicht nochmal alle losgehen?“, fragte ich die beiden halbherzig.
„Nein, die Arbeiter haben uns geraten, hier zu bleiben, damit sie nicht noch mehr Leute suchen müssen“, sagte Gudrun.
„Gut, dass Mike noch da ist, um zu übersetzen. Sonst wären wir aufgeschmissen!“
Irina war zuversichtlich: „Wir sollten uns nicht so viele Gedanken machen. Bernhard wird sicher jeden Moment im Camp auftauchen und etwas von einer Mutprobe oder so faseln.“

*

Am Abend war Bernhard aber noch immer nicht da. Die Arbeiter hatten ihn auch nicht finden können. Hoffentlich war ihm nichts Schlimmes passiert! Er hatte ja erzählt, dass in der Nähe Jaguare lebten und vor Wildschweinen hatte er auch mehrfach gewarnt. Auch wenn ich ihn nicht leiden konnte, wünschte ich ihm dennoch nichts Böses.
Beim Abendessen wurde das Verschwinden heftig diskutiert.
„Könnt ihr euch daran erinnern, was Don Agustin uns erzählt hat?“, fragte Mike.
„Was meinst du?“
„Na, der hatte sich doch mal im Dschungel verirrt und nicht mehr zurück nach Tamshiyacu gefunden.“
„Und dann?“
„Nach zwei Wochen oder so traf er auf ein Volk, das mitten im Dschungel lebt.“
„... und rettete ihn“, ergänzte ich.
„Nicht unbedingt! Wenn man an Menschenfresser gerät ...“
„Komm, erzähl hier keine Schauermärchen“, lachte ich.

„Doch! Das hat er uns erzählt. Er hatte Glück, dass sie ihn nicht gefressen haben, denn die mögen nur das Fleisch von feindlichen Kriegern. Und das war er ja nicht. Er hat dort ein ganzes Jahr gelebt."
„Glaube ich nicht!", widersprach ich. Mike wollte wohl in die Fußstapfen seines Chefs treten. Aber die Schuhe waren ihm eine Nummer zu groß. Uns solche Geschichten aufzutischen!
„Doch, das stimmt!", sagte Irina. „Ich erinnere mich. Das war an dem Tag, als wir Zinga genommen haben. Don Agustin hat uns das beim Abendessen erzählt."
Die Diskussion ging noch eine Weile hin und her und wir gruselten uns ordentlich bei dem Gedanken, dass Bernhard vielleicht gerade in einem riesigen Topf über dem Feuer hing und sich die Seele aus dem Leib schrie, weil es unter seinem Hintern immer heißer wurde ...

29 Zerrissen und daneben

Der nächste Morgen brachte als Erstes die Frage: Wo war Bernhard?
„Der hat wohl kaum beim Pinkeln einen Freund getroffen und ist mit ihm noch einen trinken gegangen", meinte Frank.
Wir saßen am Frühstückstisch und diskutierten uns die Köpfe heiß. Was konnten wir unternehmen, um ihn zu finden? Zu Hause würde man in einem solchen Fall zur Polizei gehen. Doch hier? Mitten im Dschungel? Welche Polizei sollte dafür zuständig sein?
„Sollen wir nach Yushintaita gehen und Don Agustin um Hilfe bitten?", fragte ich.
„Gute Idee", sagten die anderen. Doch dann ging die Diskussion los, wer gehen sollte. Die Männer behaupteten zwar, sie hätten sich den Weg merken können, doch die Gefahr, dass sie sich auf dem

zweistündigen Marsch verlaufen würden, war zu groß. Zudem war heute Abend unsere letzte Zeremonie. Am Nachmittag würde Ron Wheelock kommen. Ob er weiter helfen könnte?
Alle redeten durcheinander:
„Don Agustin hat gesagt, er sei nur unter Ayahuasca hellsichtig."
„Aber wir müssen doch etwas tun!"
„Könnt ihr euch daran erinnern, dass Bernhard uns in der Mail geschrieben hat, im Dschungel wäre man innerhalb eines Tages spurlos verschwunden?"
„Jetzt trifft ihn das, wovor er uns Angst gemacht hat, selbst. Ist wohl alles eine Frage der Resonanz."
Am Ende einigten wir uns darauf, noch bis Mittag zu warten, bevor wir einen der beiden Arbeiter zu Don Agustin nach Yushintaita schicken wollten.
„Vielleicht treibt er ein Spiel mit uns, um uns zu testen?"
„Nein, so weit würde selbst er nicht gehen."

*

Der Mittag kam und von unserem Reiseleiter war nach wie vor nichts zu sehen. Wir diskutierten darüber, ob es in Ordnung sei, am Abend unsere letzte Zeremonie zu machen, falls er noch nicht aufgetaucht wäre. Weil wir uns nicht einigen konnten, schickten wir den Arbeiter mit einem Blatt Papier, auf das Mike ein paar Sätze in Spanisch geschrieben hatte, zu Don Agustin, damit er uns half.
Dann aßen wir in gedrückter Stimmung unsere Gemüsesuppe und nicht einmal Mike machte dumme Witze. Wir blieben am Tisch sitzen und warteten auf Ron. Vielleicht hatte er eine Idee. Er lebte ja schon seit Jahren hier in der Region.
Gegen 15 Uhr tauchte der Schamane endlich auf. Und er brachte einen Gast mit.
Hinter ihm ging ein Mann in zerrissener Kleidung und zerzauster Frisur. Weil er humpelte, hatte er sich auf einen Stock gestützt. Wir gingen neugierig den beiden

entgegen und erst dann sahen wir es: Ron hatte den vermissten Bernhard dabei!
Wir stürmten mit unseren Fragen auf ihn ein, doch er winkte müde ab: „Lasst mich bloß in Ruhe. Ich habe die schlimmste Nacht meines Lebens hinter mir!"
Er verdrückte sich humpelnd in seine Schlafhütte und wir löcherten Ron mit unseren Fragen.
Wenigstens er war kommunikativ und erzählte uns, dass er auf dem Weg von Tamshiyacu auf Bernhard gestoßen war. Dieser hatte ihm eine Story erzählt, die wir gar nicht glauben konnten: „Bernhard hat eine bestimmte Sache erledigen müssen und sich deshalb etwas weiter vom Medizinbaum entfernt. Als er in der Hocke war, ist ein Wildschwein aus dem Dickicht gebrochen und hat ihn angegriffen. Mit halb heruntergelassener Hose ist er davon gestürmt. Weil er völlig kopflos war, hat er die Orientierung verloren. Er ist den ganzen Tag herumgeirrt, und als es dunkel wurde, hat er sich mühsam auf einen Baum gehangelt, um eine Stelle zum Schlafen zu haben. In der Nacht wurde er von Moskitos zerstochen und kleinen Tieren gebissen. Als die Sonne aufging, irrte er weiter durch die Gegend und er hatte ein Riesenglück, dass er auf zwei Indios stieß, die zum Jagen unterwegs waren. Die beiden brachten ihn auf den Weg nach Tamshiyacu."
„Ich schätze mal, er hat sich in die Hose geschissen!"
In unsere Erleichterung mischte sich eine große Portion Schadenfreude ...

30 Als ich meine Dämonen das Fürchten lehrte!

Heute war die Nacht der Nächte! Heute würde der große Durchbruch kommen. Ich spürte so ein aufgeregtes Prickeln in meinem ganzen Körper. Es war, als würden Ameisenherden einen Wettlauf veranstalten.

Bevor wir mit der Zeremonie begannen, hielt Ron eine kurze Ansprache und Mike übersetzte, denn Bernhard lag lädiert im Bett und schlief.
„Bitte unterschätzt nicht die sich steigernde Wirkung der Liane. Nachdem ihr schon mehrere Male getrunken habt, wird die Wirkung viel stärker sein. Ihr solltet in der Zeit danach achtsam sein. Denkt daran, dass ihr in einem zerbrechlichen Zustand seid. Verzichtet in der ersten Woche auf Alkohol. Der Prozess der Ayahuasca wird noch eine Weile in vollem Gange sein."
Ich hatte eine Gänsehaut von den Haar- bis zu den Zehenspitzen. Was Ron sagte, bestätigte mich in meinem Gefühl: Es würde etwas Besonderes passieren!
Dann sprach er weiter: „Ihr werdet heute im Kreis bleiben und euch mehr konzentrieren. Ihr werdet *nicht* draußen herumlaufen!"
Kein Wunder, dass er uns ermahnte, nachdem sich vorgestern die Hälfte der Leute im Freien herumgetrieben hatte.
„Wir werden in zwei Gruppen trinken. Gruppe eins sind diejenigen, die weniger nehmen wollen. Im Laufe der Zeremonie gibt es die Möglichkeit, nachzutrinken. Die zweite Gruppe bekommt die normale Portion. Ich wünsche uns allen eine gute Reise."
Ron blies die Gläser mit Mapacho-Tabak aus. Das machte er mit so heftigen Pfeiftönen, dass ich Angst hatte, er würde sie vom Tisch fegen. Zwischendurch rülpste er kräftig und spuckte auf den Boden. Dann betete er, bedankte sich bei Gott und bei Ayahuasca, bat um den Segen für seine Familie und für uns alle.
Ich zappelte ungeduldig auf dem Stuhl herum. Hatte ich mich schon jetzt nicht unter Kontrolle? Wo würde das wieder hinführen? Zu Übelkeit und erschreckenden Alpträumen?
Endlich war es so weit, dass wir aufstehen und unsere Gläser in Empfang nehmen durften. Ich hatte mich sofort zur ersten Gruppe mit den „Halbportionern" gestellt.

Als alle getrunken hatten und wieder auf ihren Plätzen saßen, wurden die Kerzen gelöscht. Ron rüttelte mit dem Federbüschel, pfiff und sang und ich saß da, wartete auf die Wirkung, aber es passierte nichts. Hoffentlich war die Portion nicht doch zu klein gewesen?
Er sang ein Lied nach dem anderen ... „Oh, Mantakota, papu-kann-ku ..." und dann war es wie beim vorherigen Mal: Ich sang mit, stampfte im Rhythmus mit den Füßen, fühlte mich wieder auf den Bock eines Pferdewagens versetzt. Alles genauso, wie vor zwei Nächten.
Und auch jetzt, ohne zu bemerken, was geschah, war ich weg ... kam irgendwann mit tränennassem Gesicht zu mir und wunderte mich, dass ich ein feuchtes Taschentuch in der Hand hielt. Wo war ich gewesen, was war passiert und warum weinte ich? Ich hatte keine Ahnung, wusste nur urplötzlich, dass ich auch bei Don Agustins Zeremonie, an die ich mich im Nachhinein nicht mehr erinnern konnte, weinend mit einem Taschentuch in der Hand gesessen hatte.
Ich spürte eine unendliche Traurigkeit in meinem Inneren, die ich nicht zuordnen konnte. Es war, als hätte mich jemand alleine auf einem Floß im Ozean ausgesetzt.
Meine Tränen liefen und plötzlich brach es aus mir heraus: „Allein. Immer allein ..."
Ich hatte keinen blassen Schimmer, was in mir vorging, spürte nur dieses unbestimmbare Gefühl ... weinte immer lauter und herzzerreißender ... spürte diese Traurigkeit, von der ich nichts gewusst hatte, tief in mir drin.
Dann hörte es genauso plötzlich auf, ich putzte mir die Nase und musste wieder lachen, weil Ron so seltsames Zeug sang: „tscheng-kong-gain ...".
Der Typ neben Irina lachte mit, und als ich leise vor mich hin quasselte, sagte Ron: „No talking please".
Oh! Hatte er etwa mich gemeint? Schuldbewusst presste ich meinen Mund zusammen und zog einen imaginären Reißverschluss zu.

Rons tiefe Stimme trieb mich tiefer und tiefer. Dann hörte sie sich an wie Rumpelstilzchen: „Hei-dum-dum-hei-hei-dum-dei". Wollte er wieder die Dämonen aus uns hervor locken? Heulte ich deshalb ein Taschentuch nach dem anderen voll? Fror ich deshalb und war nicht in der Lage, die Decke über meine Schultern hochzuziehen, obwohl sie greifbar über der Stuhllehne hing?
Ich kämpfte mit Übelkeit, hielt das Kotztöpfchen fest zwischen meinen Knien, stellte es wieder ab, als ich dachte, ich muss ja doch nicht und schob es unter den Stuhl. Dann wurde ich wieder von der Musik erfasst, war in Trance, bewegte mich immer schneller. Der Schamane schlug auf einen Gong ein. Dieser Klang war unerträglich, ging durch meinen Körper durch und ließ ihn vibrieren. Es war, als würde er verkünden, dass mein letztes Stündlein geschlagen hatte. Ich zitterte, ich weinte. Was war los? Ich weinte doch sonst nie. Wo war ich? Ich tastete meinen Körper ab, es war noch alles da und ich spürte auch die Sicherheit des Stuhls unter meinem Po.
Ron kam näher mit dem Gong, ich weinte verzweifelt, war wieder in der Hölle, alles war schwarz um mich herum, bis auf das Feuer an den Wänden. Ich sah Spinnen, dunkle Gestalten und hoch lodernde Flammen.
„Ich will nicht sterben ... Ich will nicht sterben ..."
Mein Kopf wurde immer kleiner, die obere Hälfte meines Gehirns löste sich auf. Ich rutschte mit meinem Oberkörper tiefer und tiefer, am Ende lag mein Kopf auf meinen Beinen. Ich merkte, wie ich in ein Nichts verschwand. Mir war bewusst, dass ich oder ein Teil in mir jetzt gleich sterben musste.
„Nein, ich will nicht!"
Aber ich konnte mich dem Sog nicht entziehen. Am liebsten wäre ich noch weiter nach unten gesunken, bis ich am Ende auf dem Lehmboden gelegen und mich komplett aufgelöst hätte. Die Angst vor Taranteln und davor, was die anderen sagen würden, wenn ich mich so erniedrigte, hielt mich davon ab. So klar war

ich also doch noch im Kopf, dass ich das einordnen konnte ...
Dann schlug Ron auf die Trommel ein. Laut, bedrohlich. Es war wie die Ankündigung an den Untergang der Welt. Ich fiel immer weiter in mir zusammen, weinte laut und meine Stimme hob sich, als würde ich mich einem Höhepunkt nähern. Ich war so verzweifelt, denn ich wusste, jetzt gab es kein Entkommen mehr ...
Der Schamane stand vor mir, klopfte in schnellem Takt und mit solcher Wucht auf die Trommel ein, dass ich dachte, ich würde jetzt sofort auf der Stelle tot umfallen. Ich stöhnte, lag innerlich längst auf dem Boden und war schon gar nicht mehr da. Gleichzeitig hob ich meine Hände hoch in die Luft, wedelte mit ihnen herum, spürte Energie in meinen Fingern, hatte das Gefühl, dass meine Hände sich in große Löffel verwandelten, an denen eine weiche und gleichzeitig feste Energie haftete, wedelte immer heftiger, während ich fühlte, dass ich mich meinem Tod näherte, weinte laut, denn ich sah einen riesigen Scheiterhaufen, sah, dass das Feuer meterhoch brannte, sah rot-orangefarbene, wild flackernde Flammen, wusste: Jetzt ist es gleich so weit!
Ron stoppte den Trommelwirbel, die Frau vom letzten Mal sang wieder ihre hohe, unheimliche Melodie. Ich weinte bitterlich. Sah denn keiner, in welcher Gefahr ich war? Ich wehrte mich, obwohl ich genau wusste, was jetzt kommen würde. Ron sang „Mari-di ... Mari-di ...“ und dann geschah es: Ich war in der Hölle, sah das Feuer, sah, dass es keinen Ausweg mehr gab, wedelte mit den Händen und aus meinen Fingerspitzen kam Feuer heraus. Mir wurde brennend heiß und in diesem Moment wusste ich, dass ich mich gerade selbst mit dem Feuer heilte und dann schrie ich laut und qualvoll, denn ich starb genau in dieser Sekunde!

*

Als ich wieder zu mir kam, weinte ich noch immer, doch der Scheiterhaufen war abgebrannt und ich konnte nur noch einen Berg grauer Asche sehen, aus dem ich mich erhob. Wie ein Vogel, der seine Schwingen ausbreitet. Ich wusste, ich hatte einen Teil in mir selbst getötet, hatte mit dem Feuer aus meinen Fingerspitzen den Scheiterhaufen erst so richtig angefacht und dann war ich wiedergeboren worden. Und alles aus eigener Kraft ...
Ich fühlte, dass das Böse aus mir heraus war, und sackte müde und schwach in mir zusammen.
Ron sang noch immer „Mari-di ... Mari-di ...“ und der Typ neben Irina lachte sich fast kaputt. Wie eine Figur, die man aufgezogen hatte und die nicht mehr zu stoppen war. Aber es war mir egal.
Dann sah ich Maria, die Mutter von Jesus. Sie stand vor mir und wollte, dass ich mit ihr gehe.
„Aber das bin ich doch gar nicht, das passt doch gar nicht zu mir. Ich bin im falschen Film“, dachte ich. Weder war ich gläubig, noch hielt ich etwas davon, wie das Christentum interpretiert wird.
Maria hatte das große Holzkreuz auf ihrem Rücken, ging langsam einen Berg hinauf und ich spürte, dass ich ihr folgen sollte, um der Welt den Rücken zu kehren und mit ihr zu leben.
„Ich und Maria? Nein, das geht wirklich nicht.“
Ich hatte Angst, in dieser Nacht einen zweiten, endgültigen Tod zu sterben, denn mir war klar, dass ich in eine andere Dimension gehen würde, wenn ich ihr folgte. Aber der Weg in die christliche Religiosität gefiel mir nicht und überhaupt ... nachdem ich mich so qualvoll von Besetzungen und Flüchen befreit hatte und die Negativität in mir gerade gestorben war, wollte ich noch eine Weile auf der Erde bleiben.
Dennoch war da eine starke Anziehungskraft ...
Deshalb sah ich mit leichtem Bedauern, wie sie davon ging und hatte den starken Impuls, meine Arme auszubreiten, als wäre ich ans Kreuz geschlagen, traute mich aber nicht, da mir das zu theatralisch erschien ... Was würden die anderen denken, wenn sie das sehen würden?

Ich fuhr mir mit den Händen über Kopf und Gesicht und spürte, dass ich plötzlich selbst das Kreuz war. Mein Kopf fühlte sich so an, wie ich das Kreuz vor mir sah: grau verwittert, hart und gleichzeitig porös.
Ein neues Bild tauchte auf: Vor mir war ein Rohr und darin war ein Tier. Ich wusste sofort: „Das ist ein Jaguar!" Er war goldfarben und hatte große, dunkle Tupfen. Doch dann schaltete sich mein Verstand ein: „Das kann doch gar nicht sein, kein Jaguar würde sich in einem Rohr einsperren lassen" und in diesem Moment verwandelte er sich in eine dicke, goldene Schlange.
Eine Weile später geschah etwas sehr Sonderbares: Ich hob den Kopf, schaute nach oben und sah ein großes Gesicht auf halber Höhe zum Dach. Zusammengesetzt aus Sternen sah es mich an und ich wusste sofort: „Das ist Gott!" Es stand außer Frage, es gab keinen Zweifel, er musste sich nicht vorstellen ... ich *wusste* einfach, dass er es war.
„Soll ich hochkommen?", fragte ich, denn die anderen hatten davon gesprochen, dass es eine Treppe nach oben gab. In diesem Moment bewegte sich das Gesicht nach unten und stand vor mir. Nur das Gesicht, weiter nichts, ungefähr zwei Meter hoch, stand es da, schaute mich an und sagte nichts.
Auch ich sagte nichts, hatte nicht das Bedürfnis, Fragen zu stellen, saß nur ganz ruhig da, schaute und mir war klar: Ich sollte nur wissen, dass es ihn gibt. Sonst nichts.
Voller Ehrfurcht sah ich das Gesicht an, bis es wieder verschwand.
Ich saß noch eine Weile fassungslos da: Dass *mir* so etwas passierte! Mir! Wo ich doch gar nicht an Gott geglaubt hatte und mir auch – im Gegensatz zu anderen Teilnehmern – nie eine Begegnung mit ihm gewünscht hatte.
„Die Ayahuasca gibt jedem das, was ihm fehlt", sagte ich leise vor mich hin.
Während Ron noch immer sang, versuchte ich, hinaus ins Weltall zu gelangen und diesmal klappte es sofort. Ich sah die Erde von oben und wie sich alles, was an

der Oberfläche war, nach links und rechts verschob. Berge, Bäume, Häuser ... die Dinge glitten ganz leicht auseinander und die Welt sah aus wie ein Kopf mit vielen Haaren, in dessen Mitte jemand eine breite Schneise geschoren hatte. Für den Bruchteil einer Sekunde nahm ich wahr, wie und was die Welt wirklich ist und noch bevor ich es intellektuell erfassen oder abspeichern konnte, waren das Bild und die Erkenntnis schon wieder weg. Oh, wie schade!
Ron blies auf der Mundharmonika sehr helle Töne, jemand schlug mit einer Rassel im Takt und diese Musik trug mich noch weiter nach oben, immer weiter und weiter, bis ich wusste: „Ja, jetzt! Jetzt wird es passieren! Jetzt werde ich erleuchtet! Jetzt werde ich die ganze Wahrheit erfahren!"
Genau in diesem Moment brach die Musik ab. Oh, nein!
Ich erinnerte mich daran, dass ich zu meinem Heimatplaneten fliegen wollte. Und schon sah ich ihn: grau und wie ein Ball, der zu wenig Luft und deshalb an der linken Seite eine verformte Delle hatte. Außerdem hatte er zwei weiße, prächtige Flügel, die fast so groß waren, wie der Planet selbst.
Ich frage: „Wie heißt der Planet?"
Ich hatte keine Ahnung, von wem die Antwort kam, aber sie war plötzlich da: „Planet der Engel" und ich spürte in meinem Innern ein warmes, zutiefst zufriedenes Gefühl.
Unser Schamane sang nochmal: „Mari-di-di-di-di", und wieder wedelte ich mit meinen Händen, spürte das Feuer und die starke Energie um meine Finger herum und wusste: Ich habe heilende Hände geschenkt bekommen!
In nur wenigen Minuten war so viel passiert! Ich konnte es gar nicht fassen, was mir alles begegnet war. Gerührt und dankbar faltete ich die Hände, war voller Freude, Zufriedenheit und Demut. Solch eine innere Ruhe hatte ich noch nie gespürt. Ich fühlte mich, als sei ich eine andere.

Obwohl der Typ neben Irina schon die ganze Zeit wie ein Irrer lachte, störte es mich nicht mehr. Ich lachte mit ihm mit.
Zur Abwechslung sang Ron eine ganz sanfte Melodie, dann wedelte er wieder mit seinem Blätterstab, ich atmete laut seufzend ein und aus, ließ mich von der Musik mitreißen. Dann bekam ich die Aufforderung, nochmals hinabzusteigen in die Hölle. Aber nein ... nicht mal im Traum würde es mir einfallen, dort wieder hinzugehen. Das hatte ich hinter mir gelassen.
Ich empfand es wie eine Versuchung, eine Prüfung, ob ich es wirklich kapiert hatte.
Plötzlich sah ich einen Lichtschein, wie von einem Scheinwerfer, der von oben rechts nach unten in die Mitte des Raumes gerichtet war. Ich öffnete die Augen, weil ich dachte, jemand hätte die Kerzen angezündet. Aber es war alles dunkel. Sobald ich die Augen schloss, war der Lichtstrahl wieder da. „Wie auf einem Heiligenbild!“, dachte ich und wusste: Da draußen gab es etwas Großes, das mich auf sich aufmerksam gemacht hatte und mir das Gefühl gab, mich zu sehen und zu beschützen.
„So ein Glück, so ein Glück!“, murmelte ich vor mich hin.
In dieser Rührseligkeit saß ich bis zum Ende der Zeremonie, wedelte immer wieder mit meinen Händen, um die Energie zu spüren, hörte Ron zu, hörte den Lacher neben Irina, wunderte mich darüber, wie er es über Stunden durchhielt, pausenlos zu kichern und zu grölen, fühlte mich ruhig und angekommen.
Zwischendurch öffnete ich vorsichtig die Augen, um zu kontrollieren, ob es wirklich noch dunkel war. Jedes Mal stellte ich erleichtert fest, dass der Lichtstrahl nicht von außen kam, schloss die Augen und genoss diese außergewöhnliche Erscheinung ... Doch auch das hörte irgendwann auf, und als ich wieder die Augen öffnete, sah ich Ron auf dem Boden vor einer Schüssel knien und sich heftig übergeben. Danach ging er herum und blies jeden von uns ab. Zwischendurch rülpste er ... lauter, als ich jemals

einen Menschen hatte rülpsen hören. Er kam zu mir, saugte fest an der Mapacho und blies mich mit heftigen Stößen ab.
Dann wurden die Kerzen angezündet ...

*

Es war schon erstaunlich, dass ich bei den Zeremonien von Don Agustin so oft auf der Toilette saß, bei Ron aber beide Male kein einziges Mal raus musste. Doch jetzt war das anders. Schon als ich mein Schlafshirt überstreifte, musste ich alles zusammenkneifen und tanzte auf den Zehenspitzen herum, damit kein Unglück passierte.
Schnell rannte ich raus und aufs baño, um mich erleichtert auf den Holzthron sinken zu lassen.
Neben mir bewegte sich jemand.
„Wer ist da?"
„Sag mal, was war denn bei dir los?", fragte er.
„Ah, David! Du schon wieder", lachte ich. Doch dann sagte ich schuldbewusst: „Ich weiß, ich war ein wenig laut! Sorry."
Dieses Gefühl, mich hinterher für mein Verhalten schämen zu müssen, wollte einfach nicht weichen. Wenn es auch lange nicht mehr so schlimm war, wie nach der ersten Zeremonie.
„Ach, das meine ich doch gar nicht. Ich habe eine Schlange gesehen."
„Echt? Cool! Ich habe auch eine Schlange gesehen! Weißt du noch, welche Farbe sie hatte?"
„Golden war sie und sie züngelte mich an, als ich ihr – also eigentlich dir – ins Gesicht schaute. Ihr Kopf saß auf deinem Hals."
„Nee, das glaube ich jetzt nicht. DAS hast du gesehen!?"
„Ja. Sie schlängelte aus deinem Körper heraus. Aber: Das war keine Vision!! Die Schlange war zum Anfassen da. Eine Überschneidung mit der Realität, wie man so schön sagt."
„Ach, komm! Dann bist du ja hellsichtig!"

„Ihre Schuppen glänzten im Licht durch eine Öffnung in der Mitte, als sie wegschlängelte. Und dann habe ich noch eine Gestalt gesehen, die dir geholfen hat, als du geweint hast. Aber es war keiner von uns."
„Wie hat die Gestalt ausgesehen?"
„Unbestimmbar. Eine graue Gestalt, die neben dir stand und dir ein helles Licht schickte."
„Unglaublich! Wenn ich nur wüsste, was das alles zu bedeuten hat!!!"
„Das ist etwas, das wir doch gar nicht mit dem Verstand erfassen können!"
„Ich weiß. Aber ich wüsste es dennoch gerne."

*

Ich ging zurück in die Schlafhütte und versuchte, mich im Dunkeln zu meinem Bett vorzukämpfen, denn hier schlief ich ganz hinten im letzten Winkel. Dazu musste ich an allen Betten vorbei, und weil ich vorhin so schnell raus gerannt war, hatte ich keine Taschenlampe mitgenommen. Eine Todsünde hier im Dschungel.
Anscheinend war ich noch nicht ganz klar, denn ich hatte auf einmal das Gefühl, an einem fremden Ort zu sein. Da waren plötzlich Holzwände und Türen, die es vorher noch nicht gegeben hatte. Ich fühlte mich wie in einem Labyrinth. Was war denn das? Schlafwandelte ich? Vorsichtig tastete ich mich mit den Händen vor, ohne allzu viel Krach zu machen, denn die anderen schliefen schon. Endlich sah ich ganz hinten einen Lichtschein. Das war das Fenster zwischen Irinas und meinem Bett. Ein Glück, jetzt wusste ich, wo es lang ging.
Schnell streifte ich die Schuhe ab und ließ mich ins Bett plumpsen. Doch darauf, schnell einzuschlafen, konnte ich nicht hoffen. Meine Gedanken fuhren Karussell in meinem Kopf. Ich sah ständig vor mir, was ich gerade erlebt hatte. Zudem machte ich mir Sorgen um Irina. Sie hatte kurz vor Ende der Zeremonie etwas vor sich hin gemeckert. Es klang, als sei sie ziemlich frustriert, weil auch diese

Zeremonie nicht so war, wie sie es sich gewünscht hatte.
So lag ich da auf meinem Bett, fand keine Ruhe, hörte die anderen schnaufen und schnarchen und plötzlich war da noch ein seltsamer Laut. Stöhnte da jemand? Sex war im Camp von Don Agustin streng verboten gewesen und hier sollte das auch nicht sein. Es sei denn, man war miteinander verheiratet. Aber auch in diesem Fall sollte man sich zurückhalten, denn es hatte eine schwächende Auswirkung auf die Zeremonien. Für alle Singles war Sex tabu. Mir war das so etwas von egal, denn ich war ja aus ganz anderen Gründen hier. Aber ich hatte mitbekommen, dass in den letzten Tagen zwei Leute ihr Herz füreinander entdeckt hatten und da sie oben im Schlafsaal schlief und er unten ... Was blieb ihnen anderes übrig, wenn sie ihre Liebe feiern wollten? In den Dschungel konnten sie ja kaum gehen ...
Ich lauschte wieder. Das hörte sich eher nach Weinen an. War das etwa Irina!? War sie so traurig über das Ergebnis der Zeremonie? Schnell war ich raus aus meinem Bett, schob ihr Moskitonetz auseinander und rutschte an ihre Seite, nahm sie in den Arm und wollte sie trösten.
„Was ist denn los?“, fragte sie verschlafen. „Schlafwandelst du?“
„Ich dachte, du hättest geweint!“
„Nö, ich schlafe schon die ganze Zeit tief und fest.“
„Oh, sorry. Bin sofort weg!“
„Nee, bleib und erzähle mir von deiner Vision. *Du* hast ja fast die ganze Zeit über geweint!“
Wir kuschelten uns aneinander und dann erzählte ich ihr von den Wundern dieser Nacht.

*

„Und bei dir?“, fragte ich, als ich mit meiner Geschichte fertig war.
„Ach, bei mir war am Anfang wieder gar nichts. Ich habe euch zugehört und mich gefragt, was das Ganze soll.“

„Oh, das ist ja schade!"
Ich war so im Glück und hätte sie am liebsten mitgerissen! „Aber dann habe ich doch etwas gesehen. Das sah wie zwei in sich verschlungene Schlangen aus und ich wusste sofort, dass es die DNA-Doppelhelix ist. Mir wurde plötzlich klar, dass sie durch Schwingung die Töne, Formen und Farben in der Welt hervorbringt."
„Das nennst du Nichts!?"
„Na, im Vergleich zu dir! Dann war noch etwas: Ich dachte, meine Seele geht raus aus dem 7. Chakra. Aber ich hatte das Gefühl, es sei ein Fehler und wollte sie nicht gehen lassen. Ich habe mir immer gesagt: ‚Ich bin im Licht, ich bin im Licht', denn ich hatte einfach Angst, das Bewusstsein würde durch das Chakra hinaus fliegen. Hätte ich da losgelassen, wäre ich vielleicht in denselben Zustand gekommen wie du und manche andere."
„Ach, Liebchen! Das ist doch bei jedem anders. Du weißt doch gar nicht, ob es, aus welchen Gründen auch immer, nicht sogar das Beste für dich war, dass die Seele drinnen blieb!" versuchte ich, sie zu trösten.
„Es gibt Menschen, die haben nicht so die Visionen. Zu denen gehöre ich wohl. Ach, egal. Ich spüre, dass es mich trotzdem vorangebracht hat. Und weißt du, was ich jetzt beinahe vergessen hätte?" fragte sie.
„Was denn?"
„Am Ende der heutigen Zeremonie hatte ich auf einmal das ganze Universum in meinem Bauch!"

31 Eine neue Frau?

Ich schlug die Augen auf, schaute an den Betthimmel, erinnerte mich und lächelte. Was war das gestern doch für eine ganz und gar unglaubliche Zeremonie gewesen! Ich spürte in meinem Innern eine neue

Stärke … das fühlte sich noch ein wenig fremd an, aber es machte mich größer.
Und endlich! Endlich hatte ich auch einmal etwas anderes zu erzählen als Höllengeschichten. Ich sprang aus dem Bett und schaute in den Spiegel. Ob man es mir ansah, dass ich den alten Mist losgeworden war?
„Na, was schaust du dich denn so prüfend an?“, fragte Irina und lachte.
„Ich wollte wissen, wie jemand aussieht, der neu geboren wurde!“ lachte ich zurück. „Ich glaube, ich muss jetzt erst einmal eine riesige Portion Bratkartoffeln mit Rührei verdrücken!“

*

Frank saß schon geschniegelt am Frühstückstisch, bestrich ein Brötchen mit Butter und freute sich, wieder in der Zivilisation zu landen: „Endlich mal wieder duschen und einen Lichtschalter betätigen.“
Sophie saß neben ihm und schaute mich ein wenig vorwurfsvoll an: „Helguita, du wolltest mir noch etwas sagen!“
Klar, sie wollte endlich eine Entscheidung von mir. Morgen wäre mein Abreisetag und Frank müsste meinen Heimflug regeln, wenn … ja, wenn ich mich entscheiden würde, hier zu bleiben.
„Lass mich etwas essen und dann komm ich zu dir. Frank reist doch erst …“, ich packte sie am Handgelenk, um auf ihre Uhr schauen zu können „in drei Stunden ab, oder?“
Mein Magen knurrte. Wie vor jeder Zeremonie war die Gemüse-Suppe das Letzte, das ich gegessen hatte. Während ich auf die Bratkartoffeln wartete, überlegte ich nochmal hin und her. Was sollte ich tun? Eigentlich hatte ich genug vom Dschungel und wollte nach Hause. Die gestrige Zeremonie war der krönende Abschluss einer aufregenden Reise gewesen. Konnte jetzt noch mehr kommen? Das war doch gar nicht möglich!

Andererseits … hatte ich Blut geleckt. Eine weitere Woche würde zwei zusätzliche Zeremonien bedeuten. Vielleicht würde es ja doch noch klappen mit der Erleuchtung? Außerdem wäre es schön, Don Agustin und die anderen Leute in Yushintaita wieder zu sehen. Wenn ich schon mal hier war? Aber wollte ich mir das wirklich nochmal antun? Wenn ich das nur wüsste!
Hmmm … Köchin Isabel stellte mir den Teller mit Bratkartoffeln und Rührei unter die Nase. Wie lecker das duftete … Zuerst essen und dann entscheiden!

*

Mein Bauch war voll, ich war zufrieden und alles hätte gut sein können … wenn nicht Sophie in ihrer Hütte auf meine Antwort gewartet hätte.
„Liebchen, was soll ich bloß tun?“, fragte ich Irina, die neben mir in ein Brötchen biss.
Ich hasse es einfach, wenn ich so unentschieden bin, wenn ich zwischen zwei Möglichkeiten wählen muss und nicht weiß, zu welcher ich Ja sagen soll. Denn ein Ja zur einen Variante würde das Aus für die andere bedeuten und vielleicht wäre genau das ein Riesenfehler … Ich schaffte es nur manchmal, eine schnelle Entscheidung zu treffen, so wie damals, als ich Ruckzuck Ja zu dieser Reise gesagt hatte.
Aber eigentlich wusste ich schon, was ich wollte … und wartete nur noch auf eine Bestätigung von außen. Aber brauchte ich die wirklich?
„Willst du noch ein paar Dinge für dich klären?“, fragte Irina.
„Ich habe genügend Themen“, antwortete ich.
„Hast du Termine in der nächsten Woche?“
„Das hat mich Sophie auch schon gefragt … Nein, habe ich nicht.“
„Was hast du zu verlieren?“
„Nichts!“
„Na, also. Chancen sollte man nutzen, wenn sie auftauchen.“

„Dann geh ich mal zu Sophie und sage ihr, dass ich bleibe!"

32 Alleine im Dschungel

Ein neuer Morgen weckte mich mit viel Vogelgezwitscher. Heute war der Tag, an dem die anderen abreisten. Ich schaute hinüber zu Irinas Bett, aber da bewegte sich nichts. Sie schien noch zu schlafen. Wir hatten den gestrigen Abend auf ihrem Bett sitzend verbracht, hatten Mapachos geraucht und endlos gequatscht. Am Ende hatten wir uns ewige Freundschaft geschworen, selbst über die Distanz von mehreren Hundert Kilometern hinweg. Mein Herz war jetzt schon schwer, wenn ich an den Abschied dachte! Mit einem tiefen Seufzer stand ich auf, schnappte mir Zahnbürste und Handtuch, holte in der Küche ein Glas Trinkwasser zum Zähneputzen und ging zum Teich. Dort traf ich auf Sophie: „Helguita, ich bin so froh, dass du bleibst!" sagte sie und umarmte mich mit einem frohen Lachen.

Als wir mit unserer Morgentoilette fertig waren, kam Bernhard und stellte sich breitbeinig vor uns auf. Er sah ganz schön mitgenommen aus mit den vielen Kratzern im Gesicht und an den Händen.

„Es gibt eine Planänderung", sagte er.

„In welcher Hinsicht?", fragte ich.

„Ihr könnt diese Nacht hier im Camp verbringen und euch morgen Vormittag von zwei Koffer-Trägern abholen lassen."

„Ja, super."

„Aber ihr wärt alleine hier! Die Gruppe wird in gut zwei Stunden abgeholt. Ich gehe auch weg."

Das war ja nicht das Problem. Ich freute mich schon darauf, ihn von hinten zu sehen.

„Die beiden Arbeiter sind doch noch hier."

„Die tragen einen Teil des Gepäcks."

„Und die Küchenfrauen?“
„Die machen alles sauber und verschwinden, bevor es dunkel wird.“
„Oh, nein!“ Sophie schaute mich erschrocken an. „Ich bleibe hier nicht alleine!“
„Davon war gestern noch nicht die Rede“, sagte ich in scharfem Ton.
„Die Frauen müssen in ein neues Camp. Ich habe es selbst erst erfahren“, sagte er kleinlaut. „Wenn ihr nicht hier bleiben wollt, könnt ihr mit uns nach Tamshiyacu gehen. Dort suchen wir euch eine private Unterkunft. Morgen Nachmittag könnt ihr dann mit der neuen Gruppe nach Yushintaita laufen.“
„Warum können wir nicht gleich zu Don Agustin gehen?“ fragte ich.
„Weil die andere Gruppe noch dort und kein Bett frei ist.“
Ich schaute Sophie an. Wir beide alleine im Camp? Gruselig! Aber die Alternative war auch nicht gerade verlockend: zweimal durch den Dschungel traben, bei fremden Leuten übernachten, ohne eine Ahnung zu haben, wie es dort wäre, zweimal einen Träger bezahlen ... Das klang viel anstrengender, als die Nacht alleine im Dschungel zu sein. In mir kribbelte schon wieder die Abenteuerlust.
„Helguita, hältst du das nicht für zu gewagt?“
„Wir sind jetzt so oft durch die Hölle gegangen und haben alles überlebt. Ich bin inzwischen eine Andere und du auch.“
Sie schaute mich skeptisch an: „Ich habe Angst!“
„Ach, komm! *Eine* Nacht? Das schaffen wir!“
Also entschieden wir uns dafür, hier zu bleiben.

*

Nach dem Frühstück kamen die Träger und teilten das Gepäck unter sich auf.
„Bernhard, sag ihnen bitte, dass sie nicht vergessen dürfen, uns morgen abzuholen!“, sagte ich mit leichter Hysterie in der Stimme. Ich stellte mir gerade vor, wie es wäre, wenn keiner kam und wir, genauso wie er

vor ein paar Tagen, durch die grüne Hölle irren würden. Den Weg zu Don Agustin würde ich doch nie finden! Ich hatte ja schon Schwierigkeiten, klar zu kommen, wenn ich ein Kaufhaus an einer anderen Stelle verließ, als ich es betreten hatte. Mein Exfreund hatte mich deshalb immer „Columba“ genannt.
Wenigstens hatte mir ein Arbeiter mein Handy aus Tamshiyacu gebracht und ich konnte die Nachricht von Frank lesen: „Alles in Ordnung, Flug ist umgebucht. Du musst dich nur am Schalter melden.“
Nach einer Umarmungsrunde machten sie sich auf den Weg. Von den Meisten verabschiedete ich mich mit leichtem Herzen. Ich hatte ja nur mit Gudrun engeren Kontakt gehabt, mal abgesehen von David und Frank, der wahrscheinlich gerade zu Hause landete.
Ich drückte Irina nochmal und sah ihr nach, wie sie glücklich lächelnd neben David herging. Bevor sie um die Ecke bog, drehte sie sich um, winkte und dann war sie weg!
Bernhard und Mike weinte ich keine einzige Träne nach. Obwohl Mike nach der letzten Zeremonie zu mir gekommen war, mich umarmt und sich bei mir bedankt hatte.
„Wofür?“, fragte ich irritiert.
„Für deine ständige Kritik an meinem Verhalten. Gestern in der Zeremonie und heute Morgen ist mir superviel bewusst geworden. Ohne dich wäre ich da nie drauf gekommen.“
Sieh an, der Kleine hatte Größe und in Hinblick auf unser Verhältnis mehr als ich!
Als sie abgebogen waren, atmeten Sophie und ich zuerst einmal befreit auf. Endlich Stille! Wir legten uns in die Hängematten und das Einzige, was zu hören war, waren das Tellerklappen der Küchenfrauen, das Zwitschern der Vögel und das Umblättern von Sophies Buchseiten.

*

Zum Mittagessen gab es eine cremige Gemüsesuppe und danach Spaghetti mit einer scharfen Soße. Maria hatte sich zum Abschied nochmal ordentlich ins Zeug gelegt. Danach machten wir es uns wieder in den Hängematten bequem und dösten vor uns hin. So sah Urlaub aus!
Wenn ich zwischendurch mal die Augen aufschlug, sah ich Norma und Soledad zwischen den Hütten herumgehen und die Bettwäsche zusammentragen, während die beiden Köchinnen die Küche sauber machten. Als sie fertig waren, zeigten sie uns, wo wir Brot, Käse und Obst für das Abendessen und Frühstück finden würden. Ein wenig Kuchen war auch noch da. Sie umarmten uns, platzierten sich je ein riesiges Bündel Wäsche auf dem Kopf und machten sich auf den Weg.
Und wir blieben alleine zurück. Mitten im Dschungel. Was für ein Abenteuer!
„Helguita, es wird bald dunkel", sagte Sophie, obwohl die Sonne noch ziemlich hoch am Himmel stand. „Was hältst du davon, wenn wir uns unser Abendessen richten, nochmal Pipi machen gehen und dann in der Hütte verschwinden?"
Ich hätte sie jetzt gerne ein wenig geneckt, aber das ließ ich besser bleiben, denn wenn sie zu viel Angst hätte, würde sie mich auch anstecken.
„Soll ich bei dir in der Hütte schlafen oder du bei mir?"
Wir einigten uns auf die große Hütte und beschlossen, beide ein neues Bett zu beziehen, und zwar im oberen Stockwerk, ganz hinten an der Stelle, an der wir uns am sichersten fühlten.
Wir erledigten alles, was außerhalb der Hütte stattfinden musste, schlossen die Tür und hängten unsere beiden Sicherheitsschlösser dran. Das würde selbst das stärkste Wildschwein abhalten. Hofften wir jedenfalls.
„Ich werde heute Nacht nicht auf die Toilette gehen und mir wäre es recht, wenn du das auch nicht tun würdest", sagte Sophie, als wir die Treppe nach oben gingen.
„Aber hallo! Wir benutzen die Töpfe."

Wir bezogen zwei Betten und schoben sie ganz nah zusammen. Es wurde dunkel und mir wurde ganz mulmig. Als ich so locker Ja zu unserem Abenteuer gesagt hatte, brannte die Sonne noch heiß vom Himmel. Doch jetzt, wo sie gleich untergehen würde, sah die Sache etwas anders aus.
„Sollen wir die Kerzen lieber auslassen, damit es aussieht, als wäre das Camp unbewohnt? Oder ist es besser, wenn es wirkt, als wären hier Leute? Wir könnten unten ja auch noch welche hinstellen."
„Damit bin ich echt überfragt!", antwortete ich. „Dass wir noch hier sind, wissen ja nur die vier Frauen."
„Und die beiden Arbeiter!"
„Und Bernhard!"
„Und die Träger!"
Ojojoj! Jetzt mussten wir aber aufpassen, dass wir uns nicht hineinsteigerten! Es war gerade mal 18 Uhr. Wie sollten wir das sonst bis morgen um 6 Uhr durchstehen? Ich zählte die Stunden an den Fingern ab und erschrak, als ich auf zwölf kam.
„Die Kerzen können wir nicht über Nacht brennen lassen!?", fragte Sophie.
„Wenn du Morgen als Leiche aufwachen willst, schon."
„Wir könnten unsere Taschenlampen anlassen. Ich habe Ersatz-Batterien dabei."
„Ich weiß nicht! Wahrscheinlich ist es besser, wenn es aussieht, als sei keiner da ...", überlegte ich.
„Ich hole noch zwei weitere Töpfe für uns. Ich mache mir gleich in die Hose vor Angst!"
Ich sprach ein Machtwort für uns beide: „Komm, wir reißen uns jetzt zusammen. Was kann uns schon passieren? Die Tür ist abgeschlossen, also kann kein Tier rein kommen und wer verirrt sich schon hierher, mitten in den Dschungel? Da sind doch nur Moskitos, die hinter unserem Blut her sind!"
„Bernhard hat erzählt, dass hier Leute schon tagelang alleine waren, um eine Diät zu machen."
„Na, also!"
Ja, wir waren schon zwei Heldinnen! Denn wir lagen in unseren Betten, hielten Händchen und gruselten

uns. War es doch ein Fehler gewesen, hier zu bleiben?
„Hast du Angst?“
„Ja“
„Ich auch!“
Irgendwann schliefen wir ein ...

*

Ich wachte von einem unterdrückten Schrei auf. Um mich herum war es dunkel. Wieso waren die Taschenlampen nicht an? Sophie lag in ihrem Bett und atmete schwer.
„Was ist los? Eine Spinne?“ schrie ich.
„Da ist etwas in der Hütte. Es war an meinem Bett und hat ins Moskitonetz gegriffen!“ flüsterte Sophie.
„Du hast bestimmt nur schlecht geträumt“, versuchte ich, sie zu beruhigen.
„Nein! Da ist etwas. Spürst du es denn nicht?“
Ihre Stimme klang hysterisch.
„Wo sind die Taschenlampen?“, fragte ich. „Wieso sind die aus?“
„Wir haben sie doch gar nicht angemacht!“
„Aber wo sind sie?“
Ich musste Licht anmachen, damit Sophie sehen konnte, dass da nichts war und sich beruhigte. Anscheinend war meine Lampe vom Bett gekullert. Mit aufgeregt klopfendem Herzen öffnete ich das Moskitonetz, um den Boden nach ihr abzutasten. Und da spürte ich es auch! Etwas Seltsames war im Raum, ich konnte es nicht benennen, ich spürte nur, dass da etwas war. Ähnlich, wie in der ersten Woche bei Don Agustin, als ich nachts alleine auf der Toilette war. Ich stieß einen entsetzten Schrei aus, stopfte mit fahrigen Fingern das Moskitonetz fest unter die Matratze und rutschte rüber in Sophies Bett.
„Hilfe! Was ist das???“
Wir klammerten uns zitternd aneinander. Was sollten wir bloß tun? Es war ja keiner da, der uns hätte helfen können. Aber war die Situation überhaupt real? Oder träumte ich nur? War ich in einer Zeremonie und

bildete mir das alles nur ein? Ich kniff mich in den Arm und es tat weh. Also war ich doch wach und dieser Alptraum war echt!
„Ich habe schon einen Schutzkreis um unser Bett gemacht“, wisperte Sophie.
„Ich visualisiere Licht um uns herum“, antwortete ich. Mir Licht vorzustellen, half mir schon seit Jahren, wenn ich nachts aufwachte und Angst hatte. Doch meine Haare standen noch immer ab, als hätte ich in eine Steckdose gefasst.
„Ich habe die Engel gerufen, damit sie uns beschützen“, flüsterte Sophie.
„Und wo ist deine Taschenlampe?“
„Ich habe sie in der Hand.“
„Dann mach sie doch endlich an!“
Der Lichtstrahl erhellte den Raum nur partiell. Aber er gab uns ein wenig Sicherheit.
„Das ist ja ultragruselig!“, stöhnte Sophie.
„Solange wir unter dem Netz bleiben, sind wir in Sicherheit“, redete ich uns ein. „Wir dürfen nur nicht einschlafen.“
„Ich mach mir gleich in die Hose.“
„Pfetze alles zusammen, was nur geht. Das Netz bleibt zu!“ sagte ich.
„Komm, lass uns zusammen beten!“, flehte sie mich an.
Da saß ich also im Dschungel. Nur in Begleitung einer Freundin. Schlotterte vor Angst und hatte meine Hände gefaltet. *Ich*, gerade ich, die bis vor kurzem nicht an Gott geglaubt hatte, betete um Hilfe …

*

Und dann hatte ich die rettende Idee! Am Kopfende hatte ich meinen Beutel liegen und da waren Mapacho-Zigaretten und ein Feuerzeug drin. Dort fand ich auch meine Taschenlampe! Ich drückte zuerst den Einschaltknopf, damit es ein wenig heller wurde, und dann zündete ich mit zitternden Händen eine Mapacho an.
„Los, du auch!“, forderte ich Sophie auf.

„Wie kannst du jetzt an rauchen denken?“
Ich zog und blies den Rauch mit einem lauten „Pschi-ju!“ in die Luft, wie es unsere Schamanen immer getan hatten. Gleich nochmal und nochmal. Sophie hustete. Ich hielt ihr eine Zigarette hin und sagte nochmal: „Los! Mach sie an! Don Agustin vertreibt damit doch auch die Geister!“
Ich zog, blies und hustete, denn die Luft um uns herum war dick und grau von dem vielen Rauch. Dann öffnete ich das Moskitonetz eine ganz schmale Spalte, blies den Rauch nach draußen und sagte: „Alles, was negativ ist, verschwindet!“
Das wiederholte ich mit einer zweiten Zigarette und dann war mir so schwindelig, dass ich nicht weitermachen konnte. Sophie war meinem Beispiel gefolgt. Sie blies den Rauch ebenfalls durch eine Spalte nach draußen und sagte, während sie sich auf das Brustbein klopfte: „Ich möchte nur von den Energien umgeben sein, die aus dem Licht und der Liebe sind. Alle anderen müssen jetzt gehen.“
Das wiederholte sie zweimal und ich drückte meine Zigarette aus, sagte: „Ich bin high!“, und lachte. „Und jetzt gehe ich aus dem Bett raus und räuchere mit einer dritten Zigarette den ganzen Raum. Wäre doch gelacht, wenn wir uns von Geistern ins Bockshorn jagen lassen würden!“

33 Überlebt

Als ich die Augen aufschlug, den Betthimmel sah und merkte, dass es hell war, atmete ich erleichtert auf. Sophie lag neben mir und schlief noch selig. Vorsichtig stand ich auf und schaute von allen Seiten der Hütte nach unten. Es sah aus, wie immer. Außer, dass keiner da war. Aber ich traute mich trotzdem nicht, alleine nach unten zu gehen. Deshalb legte ich mich wieder hin und wartete, bis Sophie sich rührte.

Das war eine Nacht gewesen! Zuerst voller Angst und dann doch noch ein Happy End. Ich hatte mich wirklich ziemlich verändert in den letzten Wochen. Früher hätte ich mich wahrscheinlich unter der Bettdecke verkrochen, hätte gezittert und gehofft, dass nichts passierte. Gestern hatte ich die Initiative ergriffen. Ich war stolz auf mich. Und ein wenig ungeduldig. Denn ich wäre gerne raus gegangen und auf die Toilette musste ich auch mal.

„Ach, stell dich nicht so an!“, sagte ich mir und stand leise auf, ging vorsichtig die Treppe runter und schloss die Tür auf. Dann streckte ich vorsichtig den Kopf raus. Kein Hundegebell! Aber die beiden Tiere waren ja auch mit den anderen weggegangen. Was für ein seltsames Gefühl, hier so alleine zu sein!

Ich ging zur Tür raus und rannte über die Holzplanken zum baño. Wie unheimlich es hier war. So schnell hatte ich noch nie Pipi gemacht ...

Sollte ich in die Küche gehen und mir etwas zu Trinken und Wasser zum Zähneputzen holen? Oder lieber warten, bis Sophie wach wurde? Ich entschied mich für die Küche. Auch hier war eine seltsame Atmosphäre. Sonst waren um diese Zeit die Küchenfrauen am Werkeln und am Tisch saß immer jemand und aß oder rauchte ...

Hinter mir raschelte etwas und ich zuckte erschrocken zusammen. War der Geist von letzter Nacht doch noch da? Nein, es war nur ein rattenähnliches Tier, das ins Gebüsch huschte.

Als ich die Treppe zum oberen Stockwerk hochging, hörte ich die Panik in Sophies Stimme: „Helguita! Wo bist du?“

„Hier! Alles in Ordnung!“

*

Die Sonne stach unbarmherzig vom Himmel. Zum Glück gingen wir unter Bäumen und Palmen, dennoch lief mir der Schweiß den Rücken hinab.

Ich war mit Sophie auf dem Weg zu Don Agustin. Vor uns mühten sich die Träger mit unserem Gepäck ab.

Wir waren schon eineinhalb Stunden unterwegs, es konnte also nicht mehr weit bis zu unserem Ziel sein. Wir hatten Bäche und kleine Flüsse überquert und mussten jedes Mal aufpassen, dass wir nicht daneben traten und ins Wasser fielen, denn die Geländer, bestehend aus zwischen zwei Bäumen befestigten Ästen, waren nicht gerade stabil. Als wir an die Stelle kamen, an dem der große querliegende Baum uns auch auf dem Rückweg den Weg versperrte, stieg die Erinnerung an die Qualen, die ich in Yushintaita erleiden musste, in mir hoch. Mir wurde ganz heiß und ich fragte mich: „Warum nur hatte ich mich auf eine weitere Woche eingelassen? Warum war ich nicht mit den anderen nach Hause geflogen? Wie konnte ich nur so blöd gewesen sein?“
Ich haderte mit mir und wollte es mir nicht anmerken lassen, um meine Freundin nicht zu verletzen, denn sie war ja der Auslöser dafür, hier zu bleiben.
Endlich kamen wir an, gingen durch das Tor und über den Steg, kamen an den Leinen mit der frischen Wäsche vorbei und ein alt bekannter Geruch wehte mir um die Nase. Dieses Waschmittel würde ich unter Tausenden erkennen! Die Erinnerung an die Nächte, in denen ich mich mit letzter Kraft ins Bett hatte plumpsen lassen, den Tag, den ich in meinem Bett verbracht und mich verzweifelt gefühlt hatte, die Stunden, in denen mir speiübel war, die Schmerzen im Hals, die verstopfte Nase … All das kam durch den Geruch hoch. Hallo, Hölle! Ich bin zurück!
Am liebsten wäre ich weggerannt.
„Helguita, geht es dir auch so komisch?“, fragte Sophie und ich nickte erleichtert, denn ich dachte schon, ich hätte eine Meise.
Auf dem Weg zur Küche trafen wir auf Marina, und als sie erfreut aufschrie, mich in den Arm nahm und drückte, waren die schlechten Gefühle fast weggeblasen.

*

Leider war noch keiner im Camp, der für uns übersetzen konnte, denn die neue Gruppe würde erst am Nachmittag eintreffen.
„Ob wir uns schon mal ein Bett aussuchen dürfen?“, fragte Sophie.
„Das machen wir jetzt einfach. Wenn es andere Pläne gibt, ziehen wir eben um. Ich nehme mein Bett vom letzten Mal.“
Wir stiegen die Stufen nach oben. Auch hier kam die Erinnerung wieder hoch, als ich das Netz zurückschlug, meinen Schlafsack am Fußende deponierte und Dinge wie Kosmetikbeutel, Spiegel und Ebook-Reader auf dem Tisch ausbreitete.
„Guck mal, da sitzt eine große Spinne!“
„Iiihhh! Wo?“
Ich zeigte auf den Moskitoschutz, zwischen dessen Falten ein Achtbeiner auf der Lauer lag.
„Das ist gut zur Desensibilisierung! Und außerdem ist es mir lieber, die sitzt da draußen, als hier drinnen!“ sagte Sophie.
Nachdem wir ausgepackt hatten, gingen wir runter, um zu schauen, ob wir Don Agustin finden konnten. Der Weg führte uns an der Küche vorbei, ich begrüßte die Frauen mit „Buenos dias, Señoras!“
Da waren nur fremde Gesichter, die uns freundlich anlächelten. Anscheinend hatte ein Personalwechsel stattgefunden. Schade! Aber wenigstens blieb mir Marina erhalten und die anderen Frauen schienen genauso nett zu sein. Sie boten uns frisch aufgeschnittene Ananas an. Kaum saßen wir am Tisch und bissen in die saftigen Stücke, tauchte Don Agustin auf und begrüßte uns mit einer herzlichen Umarmung. Er schaute mich prüfend an, ich sagte meinen Namen und er erinnerte sich: „Ah, Helguita!“

34 Neue Gesichter

Ich lag auf dem Bett und las, Sophie machte ein Nickerchen. Nach der anstrengenden Nacht hatten wir uns die Pause verdient. Auf einmal hörte ich laute Stimmen und Fußgetrampel. Das mussten die Neuen sein!

Ich schwang meine Beine aus dem Bett, schlüpfte in meine Flip Flop und malte mir die Lippen an.

„Gehst du mit runter, Sophie?“

„Nein, ich warte noch.“

Sie war ein wenig schüchtern, aber früher oder später musste sie die anderen eh kennen lernen. Ich brachte das lieber gleich hinter mich: „Hoffentlich ist nicht wieder eine Nervensäge wie Mike dabei!“

Als ich nach unten kam, sah ich acht oder neun Frauen und einen Mann. Waren sonst keine Männer dabei? Doch! Sie kamen gerade um die Ecke. Aber es waren nur Zwei. Sehr angenehm.

Eine Frau hatte einen großen Verband um den Kopf und eine andere hatte ein kleines Mädchen an der Hand.

„Wie alt bist du?“, fragte ich sie.

„Acht!“

„Und wie heißt du?“

„Laura“

Die Gruppe wurde von zwei Leuten begleitet: Chaski, der eigentlich Rüdiger heißt und Gabriela, eine blonde Halb-Portugiesin, die für uns übersetzen würde und Schamanin war. Es war also eine kleine Gruppe und die Leute wirkten sympathisch. Ich atmete erleichtert auf!

Als Don Agustin zur Begrüßung kam, sagte er: „Ihr müsst zuerst baden, sonst kriegt ihr kein Essen.“

Dass ihm Reinlichkeit sehr wichtig ist, wusste ich noch vom ersten Mal. Seufzend ging ich nach oben, und während ich meinen Bikini anzog, sagte ich: „Sophie, die Leute scheinen alle nett zu sein. Komm mit runter, wir müssen mal wieder baden. Oder willst du nix zu futtern?“

Sie brummte etwas vor sich hin und ich nahm mein Handtuch und trabte nach unten. Während ich an unserer Hütte entlang lief, begann es zu tröpfeln, und als ich unter dem schützenden Vordach stand, schüttete es wie aus Hunderten von Gießkannen. Wie schnell das hier im Dschungel immer ging!
Die anderen stiegen eilig aus dem Wasser, angelten nach ihren Handtüchern und eilten unter das schützende Dach. Alle, aber auch wirklich alle, waren nackt. Nur ich hatte einen Bikini an.
„Umgeben von Nudisten! Das kann ja heiter werden!“ dachte ich.
Es sah nicht so aus, als würde der Regen gleich wieder aufhören, also legte ich mein Handtuch auf eine Bank und nutzte die Gelegenheit, endlich mal wieder zu duschen. Der Regen prasselte auf Kopf und Schultern und ruckzuck war die Sache erledigt.
Zur Belohnung für unsere Sauberkeit gab es Dschungel-Pommes: die ungeliebten Yucca, aber diesmal frittiert und zum ersten Mal so richtig lecker. Zu verdanken hatten wir das Liz, unserer neuen Köchin. Don Agustin hatte sie uns angepriesen: „Liz ist die beste Köchin von Iquitos!“
Die Dschungel-Pommes waren ein viel versprechender Anfang.

*

Später gab es eine Vorstellungsrunde. Jeder erzählte, warum er hier war. Ich war vor allem auf die Geschichte von Christina gespannt. Was brachte jemanden dazu, ein kleines Mädchen mit in den Dschungel zu nehmen? Als sie dran kam, erzählte sie, sie habe vor ein paar Tagen die Diagnose Magenkrebs bekommen. Die Leute vom Krankenhaus wollten sie mit Chemo vollpumpen und ihr den Magen rausnehmen. Weil sie mit einer Frau befreundet war, die vor einem Jahr bei Don Agustin war und von ihrem Krebs geheilt wurde, hatte sie sich kurzfristig zu der Reise entschlossen. Die Kleine hatte sie mitgenommen, weil sie Diabetes hatte und weil sie

sich eh niemals von ihrem Kind trennen würde. Ihr Mann war nur dabei, damit seine beiden Mädels nicht alleine waren.
„Mir geht es gut. Ich habe nichts“, sagte er.
Dass Christina so krank war, merkte man ihr gar nicht an. Sie sprach ganz entspannt und machte sogar ein Witzchen.
Marta sagte, sie wolle Gott näher sein. Einer der Männer sprach von Krebs und Herzproblemen. Die anderen hatten eher emotionale Themen. Auch diesmal war eine Frau dabei, die herausfinden wollte, wer sie wirklich war. Sophie sagte ein paar Worte dazu, dass sie beruflich in einer Sackgasse festhing. Tja, und was sollte ich erzählen? Ich wollte an meinem alten Thema nicht festhalten, denn ich hoffte, dass ich schon viel weiter war als bei der letzten Vorstellungsrunde. Also zählte ich meine körperlichen Zipperlein auf und schloss ab mit dem Satz: „Ich mache mir zu viele Sorgen um die Welt.“

35 Alles ganz anders …

Die Neuen taten mir richtig leid! Sie mussten in der Früh Ojé trinken, um die Parasiten aus ihren Körpern zu speien. Zum Glück hatte ich das schon hinter mir. Eine Wiederholung war nach so kurzer Zeit nicht nötig, hatte Don Agustin mich beruhigt.
„Ich geh da jetzt nicht runter“, sagte ich zu Sophie. „Erst, wenn das große Kübeln zu Ende ist. Das schlägt mir sonst eh nur auf den Magen.“
Als wir später die Treppe hinunter schlichen, sahen wir sie auf den Bänken sitzen und vor sich hin leiden. Aber zu hören … zu hören war gar nichts. Kein Gestöhne, kein lautes Rülpsen oder heftiges Übergeben. Nichts! Alles lief zivilisiert und dezent ab. Was für ein Unterschied zu unserer ersten Gruppe!

Wir setzten uns an den Tisch und warteten darauf, dass es etwas zu Essen gab, da kam Don Agustin und stellte je eine Flasche mit hellbrauner Flüssigkeit vor uns.
„Was ist das, Don Agustin?“, fragte ich und nahm die Flasche in die Hand. 675 ml … Eine ganz schöne Menge.
„Medizin“, sagte er.
„Wofür?“
„Für alles!“
Gabriela übersetzte für uns, und als ich sie skeptisch anschaute, meinte sie, ich könnte es getrost trinken. Sie hätte das auch schon von ihm bekommen.
„Chuchuasi ist eine Baumrinde, die blutreinigend und stärkend ist. Am besten trinkst du die Flasche so schnell wie möglich leer, dann hast du es hinter dir“, meinte sie.
Es gehörte ja schon viel Vertrauen dazu, dieses Zeug zu schlucken, ohne so genau zu wissen, was es war und was es bewirkte. Doch ohne Vertrauen ging hier eh nichts und es war ja nicht die erste Medizin. Also goss ich mir ein Glas voll und wie hätte es anders sein sollen …? Es schmeckte scheußlich! Ich schüttelte mich, „Igitt, bäh!“ und dann trank ich alles auf einmal leer.

*

Kaum war der Vormittag vorbei, saßen alle angezogen am Tisch und warteten auf das Essen. Die Neuen steckten die Sache mit dem Ojé ja ziemlich locker weg! Ich hatte damals fast den ganzen Nachmittag im Wasser verbracht …
Marina stellte einen Teller mit Reis, Gemüse und Kochbananen vor mich hin. Ach, je! Das kannte ich ja schon. Als ich jedoch in die Banane biss, wunderte ich mich, wie lecker sie schmeckte. Dazu gab es zitronig schmeckenden hierba luisa-Tee und zum Nachtisch eine Schokocreme.
Im Camp lebten fünf oder sechs weiß-beige Katzen, die jedes Mal, wenn eine der Köchinnen mit einem

Teller oder einer Schüssel auf den Tisch zu ging, herzerweichend miauten. Ein richtiges Konzert veranstalteten sie. Ich hätte ihnen ja sofort etwas hingestellt, aber die Frauen waren da völlig schmerzfrei. Erst wenn wir alle gegessen hatten, bekamen die Katzen die Reste auf ihre beiden Töpfe verteilt. Dann hörte man sie nur noch schmatzen. Streicheln ließen sie sich nicht. Ich hatte es schon ein paar Mal versucht und konnte nur bei einer Einzigen landen. Aber das auch nur, wenn sie mit Fressen beschäftigt und dadurch abgelenkt war.
Laura stand vor dem Holzbrett, auf dem die Katzen saßen, sah zu, wie sie sich die Bäuche vollschlugen, und fragte: „Hast du schon die kleinen Kätzchen gesehen?"
„Kätzchen? Oooh! Wo denn?" Ich liebe Katzen und wenn es hier irgendwo Babys gab, hätte ich doch noch die Chance, welche zu streicheln.
„Ich kann sie dir zeigen."
Wir gingen in Richtung Zeremonienhaus, und als wir an der unbewohnten Hütte davor ankamen, sagte Laura: „Sie sind in dieser Hütte. Ganz oben."
Wir gingen die Treppe hinauf und Laura zeigte auf eine wackelige Leiter, die ein Stockwerk höher führte.
Ich stöhnte: „Da müssen wir hoch?"
Sie flüsterte: „Ja, aber wir müssen ganz leise sein, damit sie keine Angst bekommen."
Flugs kletterte sie nach oben, und während ich noch zögerlich meinen Fuß auf die unterste Stufe stellte, hörte ich, wie sie leise jubelte: „Da sitzen welche!"
„Warte, ich komme!"
Ich hielt mich fest, hoffte, dass das Holz unter mir stabil genug war, und zog mich nach oben.
Und dann sah ich sie: Drei Kätzchen, nicht älter als 6 Wochen, saßen eng aneinander gekuschelt in der Ecke und blickten uns erwartungsvoll an.
„Och, sind die süß!"
Ich nahm ein Dreifarbiges auf den Arm und setzte mich mit ihm auf ein leerstehendes Bett. Es schmiegte sich an mich und genoss die Streicheleinheiten. Laura

schnappte sich ein weiß-beiges Kätzchen und setzte sich neben mich.
Als wir eine halbe Stunde später wieder hinabstiegen, waren Laura und ich die besten Freundinnen.

*

Die Atmosphäre im Camp hatte sich durch die neue Gruppe komplett verändert. Alles war so ruhig und entspannt. Nun, ja … fast alles. Weil Sophie gesagt hatte, sie würde nachts nicht rausgehen und stattdessen lieber das Töpfchen benutzen, schaute ich mich nach jemand anderem um, der mit mir zum baño gehen würde. Im Bett links neben mir schlief Petra. Als sie in ihrem Rucksack herum kruschtelte, fragte ich sie, ob sie mich wecken würde, wenn sie nachts zur Toilette ging. Sie schaute mich irritiert an und fragte: „Aber wieso *das* denn?“
Was war an meiner Frage so unverständlich? Empfand sie es als normal, mitten in der Nacht alleine durch die Gegend zu laufen, um zu einer Toilette zu kommen, die am Rand des Dschungels lag? Wusste sie nichts von den giftigen Schlangen, den Jaguaren und all den anderen Gefahren? Ich konnte es nicht glauben!
„Na, wegen der Geister und so“, antwortete ich.
„Was denn für Geister?“
Was hätte ich dazu sagen sollen? Ich hätte ihr einen Vortrag halten können, aber ihr pikierter Blick hielt mich davon ab. Deshalb sagte ich nur: „Schon gut“, drehte mich um und ließ sie stehen.
„Sie ist halt nicht durch die harte Bernhard-Schule gegangen“, kommentierte Sophie, die die Unterhaltung mitbekommen hatte.
Mir steckte die Angst noch in den Knochen und es war mir eh lästig, jede Nacht den weiten Weg zur Toilette gehen zu müssen. Also würde ich es wie Sophie machen. Inzwischen war ich in Bezug auf mein Schamgefühl so abgehärtet, dass mir das auch egal war. Ich bückte mich, schaute unters Bett, stellte fest, dass ein Topf unter meinem Bett stand und fertig.

Am Abend saßen wir im Gemeinschaftsraum. Statt Gruselgeschichten gab es Lieder. Chaski hatte seine Gitarre ausgepackt, Gabriela sang, Louisa rasselte und die anderen sangen auch. Alle außer mir.
Ich war ja nicht so die große Sängerin. Es kostete mich jedes Mal Überwindung, wenn ich vor anderen ein Liedchen trällern sollte, selbst wenn es im Chor war. Deswegen saß ich still da und langweilte mich ein wenig.
Neben mir saß Gabriela, lachte mich an und sagte: „Komm, sing doch auch mit!"
Der Text war wirklich supereinfach: „Hejo, spann den Wagen an. Sieh, der Wind treibt Regen übers Land. Hol die gold'nen Gaben, hol die gold'nen Gaben."
Ein wenig seltsam fühlte sich das schon an. So wie Pfadfinder am Lagerfeuer oder eine esoterische Gruppe. Nun ja ... Irgendwie war es ja auch lustig, im Dschungel zu sitzen und deutsche Lieder im Kanon zu singen. Also machte ich mit und ... hatte Spaß daran!
Als ich später mit Sophie vor dem Bett stand und mich auszog, sagte ich: „Vielleicht hat Bernhard uns nur deshalb so viel Angst gemacht, damit die negativen Dinge hochkamen und abgearbeitet werden konnten? Vielleicht waren wir ungerecht zu ihm?"
Sophie antwortete: „Du musst ihm jetzt aber keinen Heiligenschein verpassen!", und lachte.
„Garantiert nicht! Ich bin heilfroh, dass wir den los sind. Mit der neuen Gruppe fühle ich mich hundertmal wohler!"

36 Pfui, Spinne!

Seit der zweiten Zeremonie bei Ron Wheelock hatte ich das Gefühl, nichts könnte mich mehr aus dem Gleichgewicht bringen. Mal abgesehen von Kleinigkeiten wie der Spinne in meinem Bett.

Nachdem ich aufgestanden war, hatte ich das Moskitonetz zurückgeschlagen und da sah ich sie: Fett und mit lang gestreckten Beinen saß sie am Balken, hatte da sicher die ganze Nacht auf Gesichtshöhe gesessen, Auge in Auge sozusagen, und war – für deutsche Verhältnisse – wirklich, wirklich groß! Ich stieß vor Schreck über dieses Ungetüm einen Schrei aus.
„Was ist denn los?" Louisa ging gerade an meinem Bett vorbei und das war mein Glück, denn sie hatte keine Angst vor Krabbeltieren, war ganz cool und ging nach unten, um ein Glas zu holen, während ich wie gebannt vor meinem Bett stand, die Spinne anstarrte und mich fragte, wie ich mich da jemals wieder reinlegen sollte.
„Hast du ein Stück Pappe?", fragte sie, als sie mit dem Glas zurückkam.
„Nein, woher denn?" Ich wühlte auf meinem Tisch herum, um etwas Geeignetes zu finden.
„Helguita, nimm doch die Rückseite von meinem Block". Sophie öffnete das Moskitonetz millimeterweit und zeigte mit dem Finger auf das Sammelsurium von Gegenständen auf ihrem Tisch.
„Da, unter dem Kosmetikbeutel."
Louisa ging mit Glas und Pappe bewaffnet an mein Bett und ich passte auf, dass sie das eklige Tier auch wirklich erwischte. Einen Moment später saß es im Glas fest und konnte mir nichts mehr anhaben.
„Warte, ich klopfe mir gleich ein paar Punkte gegen meine Phobie", sagte ich, als Louisa zur Tür lief. Das tat ich dann auch, schaute die Spinne an, klopfte, schaute, klopfte, und dann hatte ich das Gefühl, der Ekel sei weniger geworden.
Früher hatte ich ja eine ganz schlimme Phobie gehabt. Es reichte schon, wenn jemand einen Kreis und acht Striche auf ein Stück Papier malte, um mich zum Schreien zu bringen. Ich hatte schon immer eine Heidenangst vor diesen Krabbeltieren. Zuerst als Kind auf dem Plumpsklo, dann als Teenie, wenn ich mit meinen Eltern Urlaub am Balaton in Ungarn machte. Wenn es regnete, waren unsere Zimmer trotz

Fliegengitter voller Riesenspinnen gewesen. Und bei meiner ersten Wohnung hatte ich einen großen Fehler gemacht, denn sie lag im Souterrain eines Mehrfamilienhauses, und dass es dort vor großen Spinnen nur so wimmeln würde, hatte ich nicht bedacht. Nach einem halben Jahr war ich wieder ausgezogen. Diese Phobie hatte mich mein Leben lang begleitet, bis ich vor einigen Jahren eine Klopftechnik kennen lernte. Ich musste sie nur zweimal anwenden und der Spuk war vorbei. Jedenfalls bei Spinnen in Normalgröße, denn die störten mich überhaupt nicht mehr. Die durften sogar in meiner Wohnung bleiben. Wenn mir allerdings ein Kaventsmann wie gerade eben begegnete – noch dazu in *meinem* Bett – dann flippte ich noch immer aus.
Zum Glück war ich nicht die Einzige, die diese Tiere lieber gehen als kommen sah. Sophie öffnete ihr Moskitonetz erst, als die Spinne aus der Hütte war: „Sorry, Helguita! Aber du weißt ja, dass ich dir da nicht helfen kann. Ich ekle mich selbst viel zu sehr."
„Immerhin hast du mir mit der Pappe weitergeholfen."
Ab diesem Zeitpunkt konnte ich nicht mehr unbefangen in mein Bett klettern. Wenn ich mich abends auszog, das Netz zur Seite schob, es wieder verschloss und dann die Taschenlampe anknipste, um alles abzusuchen, hatte ich jedes Mal eine Heidenangst, nochmal auf so ein Viech zu stoßen.
Im Laufe der folgenden Nächte fand ich eine Spinne in Normalgröße, die ich gezwungenermaßen akzeptierte, denn Louisa konnte sie nicht fangen. Ab da sah ich sie immer in der linken oberen Ecke sitzen und dachte, lieber die als eine Größere. Dann fand ich noch eine Kakerlake, die ich schnell aus dem Bett fegte und zig Moskitos, die ich gnadenlos erschlug. Unsere Mittel gegen diese miesen Stechtiere halfen leider überhaupt nichts! Ich sprühte trotzdem und wahrscheinlich würde ich diesen Geruch mein Leben lang mit Dschungel assoziieren.

*

Ja, es gab fast nichts, das mich aus dem Gleichgewicht bringen konnte ... Aber bei dem Gedanken, gleich wieder meiner Freundin, der Ayahuasca, zu begegnen, war ich doch ein wenig aufgeregt. Schon alleine wegen des Geschmacks musste ich schwer schlucken, als ich mich im Zeremonienraum auf meinen üblichen Platz setzte.
„Die Medizin von Don Agustin wird wie ein leichter Tanz sein“, sagte ich zu Sophie.
„Ja, im Vergleich zu dem, was uns Ron gegeben hatte ...“
Kaum saßen wir, mussten wir auch gleich wieder aufstehen, denn Don Agustin wollte uns Rauch in Augen und Nase blasen.
„Das desinfiziert euer Nasensystem und eure Augen. Alles, was sich da abgesetzt hat, wird herausgespült und ihr werdet hinterher besser sehen“, hatte Gabriela übersetzt.
Ich schaute zu, wie die anderen wild blinzelten und husteten. Dann kam ich dran. Don Agustin stand vor mir, ich musste meine Augen an den Lidern packen und aufreißen, dann blies er kräftig und es war mir natürlich nicht möglich, die Augen weit offen zu halten, wie ich es mir vorgenommen hatte. Als er den Rauch in meine Nasenlöcher pustete, versuchte ich, den Tabak tief einzuatmen und schon hustete ich genauso verrückt wie die anderen vor mir.
Wir nahmen wieder Platz, und während Don Agustin und Doña Marlene die Medizin segneten, rief ich mir nochmals ins Gedächtnis, dass ich diese Zeremonie meiner Bewusstwerdung widmen wollte. Mir ging es um Fragen wie: „Was ist die Wirklichkeit?“ Wo komme ich her?“ „Wo gehe ich hin?“ und „Was ist meine Aufgabe hier auf der Welt?“
Die beiden Schamanen waren bereit und wir mussten aufstehen, an den Tisch treten, unser Glas in die Hand nehmen und trinken: „Hallo, Ayahuasca, hallo, altbekannter Geschmack!“ Ich schluckte, schüttelte mich und steckte mir schnell ein Bonbon in den Mund. Nachdem alle getrunken hatten und wieder saßen, stieg aus meinem Bauch eine kleine Angst nach oben.

Würde ich dieses Mal wissen, ob die Gestalten, die auf mich zukämen, mir schaden wollten oder es gut mit mir meinten? Woran würde ich es erkennen?
Ich drehte mich zu Gabriela, die links neben mir saß. Konnte sie mir eine Antwort darauf geben? Ja, sie konnte: „Stell dir einfach vor, dass du in Licht gehüllt bist. Visualisiere am besten eine Lichtsäule nach oben und bitte darum, dass alles, was dir schaden könnte, draußen bleibt. Nur Informationen, Energien oder Wesen, die es gut mit dir meinen, dürfen zu dir durchdringen."
„Ja, das mache ich. Danke!"
Ich wartete gespannt und voller Vorfreude auf das, was nun passieren würde. Noch bevor der Schamane die Kerzen löschte, ging es auch schon bei mir los.
Ich sah einen Tunnel und wurde hineingezogen. Er war schwarz, mit einer Auswölbung, die sonnig war. Sollte das meine Geburt sein?
In meinen Fingern spürte ich ein pelzig-elektrisches Vibrieren. In jeder Spitze war eine winzige Lampe in einer anderen Farbe und von dort gingen Feuerstrahlen nach außen. Mir begannen lange Nägel zu wachsen, doch das wollte ich nicht. „Nichts Negatives mehr!", dachte ich. „Das habe ich hinter mir gelassen. Jetzt wende ich mich dem Positiven zu."
Ha, als könnte man so etwas beeinflussen!
Ich musste ständig meine Hände bewegen, denn ich hatte Angst, das Feuer würde mich verbrennen. Alles vibrierte, alles zitterte: vom Oberkörper über die Arme bis zu den Beinen.
„Hätte ich doch bloß nie gesagt, seine Medizin sei schwach! Das war eine Überdosis, die er mir gegeben hat."
Ich hatte zwar nicht mehr als die anderen bekommen, aber ich brauchte einfach nicht so viel von der Liane, ich reagierte schon auf wenig.
Don Agustin pfiff, dann schwang er den Blätterstab und sang „Aya-huas-ca … runa-runa-si-to´…". Im Vergleich zu Ron war er sehr sanft und angenehm. Trotzdem wurde mir elend schlecht. Jetzt fing *das* wieder an … Warum war ich nicht heimgeflogen!?

Ich rief „baño", eine Frau kam und stützte mich. Weil ich nur Minischritte machen konnte, brauchten wir ewig, bis wir durch den Raum waren. Als wir die Tür öffneten, kam Marina dazu und hakte mich auf der anderen Seite unter. Wir gingen die Holzplanken nach unten und dann passierte etwas sehr Seltsames ... Ich dachte: „Jetzt biegen wir gleich rechts ab, Richtung baño." Doch plötzlich war Don Agustin hinter uns, um uns zu verbieten, den Raum zu verlassen. Ich blieb stehen, hob den Kopf und sah, dass wir vor einer offenen Hütte standen und dort waren drei Liegestühle mit Handtüchern drauf. Die Hütte, die Liegestühle, die Handtücher ... alles war weiß und ich bekam eine Riesenangst. Don Agustin stand links von mir, zeigte in den Raum und auf die Stühle. Ich dachte: „Don Agustin will, dass ich mich hinlege und wenn ich das tue, wird etwas Unaussprechliches mit mir geschehen!"
Ich schrie panisch auf, klammerte mich an Don Agustins Schulter und schrie: „Das ist nicht das baño. Wo bringt ihr mich hin? Nein, ich will nicht!" Dann weinte ich los. Er umarmte mich und sagte „baño, baño" und zeigte nach rechts.
Das beruhigte mich und ließ mich um die Kurve zur Toilette führen. Auf dem Weg dorthin merkte ich, dass es natürlich gar nicht Don Agustin war, der mich führte, sondern ein junger Mann, der herbeigeeilt war, um den beiden Frauen zu helfen. Nachdem wir die Treppe hinauf gestiegen waren, hatte ich meine liebe Not damit, meine Hose nach unten zu ziehen. Endlich klappte es, und während ich mal wieder auf dem Holzthron saß, kam ein Schwarm Moskitos und labte sich an Po und Oberschenkeln.
„Ich muss doch echt bescheuert sein, dieses Martyrium nochmal auf mich zu nehmen", dachte ich. Die drei brachten mich zurück an meinen Platz, kaum saß ich, musste ich schnell zum Töpfchen greifen, aber danach fühlte ich mich etwas besser.
Dass mir nochmal so etwas Heftiges passieren würde! Ich konnte es gar nicht glauben, denn ich hatte

erwartet, dass bei Ron alles Negative aus mir heraus gekommen war.
„Das war eine Überdosis für mich“, dachte ich wieder, denn an meinen Fingerspitzen waren noch immer die kleinen, bunten Lämpchen an und ich zitterte und bebte.
Don Agustin schüttelte eine Rassel, sang zusammen mit Doña Marlene „Suni-kung-ka ...“ und ich sah mich als dicken, älteren Häuptling auf der Bank sitzen. Ich trug viel Schmuck, wirkte sehr erhaben und deshalb setzte ich mich ganz gerade hin, um diesem Eindruck gerecht zu werden. Sogleich kam eine dicke, lange, goldbraune Schlange und legte sich an meine linke Seite. Um mich herum saßen viele Indianer, alles war sehr farbig und hell. Ich hatte mich an diesem Anblick noch nicht sattgesehen, da kam ein Bote geritten und hatte eine Papierrolle in der Hand. Eine Nachricht für mich? Obwohl ich mir diese Gelegenheit, eine Botschaft aus dem Unterbewusstsein zu bekommen, nicht entgehen lassen wollte, ließ ich mich durch Don Agustins Gesang ablenken. Dann fiel mir wieder die Botschaft ein und kaum drang die Erinnerung daran in mein Bewusstsein vor, war sie auch schon wieder weg und ich lauschte dem Gesang.
„Ich muss doch die Botschaft lesen!“, ermahnte ich mich kurz darauf. Es war wie in einem Traum, in dem man sich zwingen musste, das Wesentliche zu tun und schon wieder war ich beim Gesang, der mich hochtrug.
„Die Botschaft!“ Ich hatte Angst, dass das Bild weg und meine Chance, etwas Wichtiges zu erfahren, für immer vertan war und ich mich später fürchterlich ärgern würde.
Ich fixierte den Boten, da endlich konnte er die Rolle nehmen, sie langsam aufdrehen und vorlesen: „Tod“, er dreht weiter „der“, er drehte nochmals „Königin“. Was hatte das jetzt wieder zu bedeuten?
Sofort kam ein Szenenwechsel: Ich sah ein Karussell, das sehr bunt, sehr hell, sehr strahlend war. Don Agustin spielte ein Lied auf der Mundharmonika und ich sah, wie das Karussell sich drehte und sein Licht

versprühte. Im Hintergrund waren ein Riesenrad und andere Dinge, wie sie auf einem Rummelplatz aus früheren Zeiten standen. Alles war sehr kindlich in seiner Farbigkeit. Mit großen Augen sah ich es an, konnte mich gar nicht satt daran sehen und ganz tief in meinem Inneren spürte ich, dass das alles sehr viel mit mir zu tun hatte, wenn ich auch nicht wusste, was. Es war ein warmes, tragendes Gefühl, wie nach Hause kommen. Ein ganz wunderbares Gefühl!
Als Don Agustin das Lied fertig gespielt hatte, rülpste er mehrmals kräftig und ich lachte. Die anderen waren still. Überhaupt war es schon die ganze Zeit über sehr still. Ich war die Einzige, die zwischendurch mal stöhnte oder lachte. Auch die nervigen Frösche hatten sich anscheinend einen anderen Platz gesucht, denn es war nur lautes Gezirpe zu hören.
Doña Marlene sang, Don Agustin brummte dazu und rasselte mit einem Instrument, das sehr helle, blecherne Töne hervorbrachte. Es hörte sich an wie ein Echo. Irgendwo weinte eine Frau. Kurz darauf jammerte die kleine Laura. Sie hatte auch eine kleine Portion von dem Trank bekommen und jetzt hatte sie Angst, weil alles dunkel war, und wollte raus. Es gab einen kleinen Aufruhr, bis sie zusammen mit ihrem Papa draußen war.
Derweil sah ich noch immer den glänzenden Rummelplatz und sah die beiden Schamanen am linken Bildrand stehen. Sie waren ganz klein und sahen aus wie zwei niedliche Figürchen, ähnlich wie russische Matroschka-Puppen aus lackiertem Holz. Der Rummelplatz war hell erleuchtet, so viele Farben, so viel Glanz, was für eine Pracht! Ich staunte, wie so etwas möglich war.
Und plötzlich … war alles weg! Ich sah nur noch ein metallenes Ding, eine Stange mit einem Fuß, auf Bauchhöhe eine Scheibe, die als Tisch diente und oben ein kleines, pilzförmiges Dach. Einfach, schmucklos, grau, ein wenig angerostet und ich wusste sofort: DAS war ALLES!!! Mehr gab es nicht. Alles außerhalb von diesem einfachen Gestänge war Illusion! Ich konnte es gar nicht glauben, fragte:

„Hä??? Nur das?“ So viel Drumherum, so viel Glanz, so viel Pracht und dann war es doch nur Tand, unecht, eine Verblendung ... Ich war fassungslos! Darüber musste ich erst einmal hinwegkommen. Jemand übergab sich laut und es hörte sich an, als würde ein Bach vor sich hin plätschern. Jemand anderes untermalte das Geräusch mit einem Rülpskonzert: „Öpp, öpp, öpp, biöpp, öpp öpp, biöpp“. Es hörte sich an, wie ein grunzendes Schwein, ich versuchte, ein Lachen zu unterdrücken, doch als er noch ein lautes „biöpöpöp“ draufsetze, konnte ich nicht mehr an mich halten und lachte schallend. Während Don Agustin auf seiner Mundharmonika ein christliches Kirchenlied spielte, sah ich Bilder aus Fernsehsendungen. Doch genauso schnell, wie sie kamen, waren sie wieder weg und ich hatte sie schon vergessen. Übrig blieb der Gedanke, dass wir Menschen uns allzu leicht blenden und von der Realität ablenken lassen.
Unser Schamane blies weiter seine Lieder auf der Mundharmonika, ich kämpfte abwechselnd mit Übelkeit und Lachattacken. Doña Marlene ging herum und blies uns alle mit Mapachorauch ab.
Nach einer kleinen Pause forderte Don Agustin uns auf, ein Lied zu singen. Jemand stimmte mit dünnem, zittrigem Stimmchen etwas Christliches an ... „Heilige Mutter, die du voller Gnaden bist ...“ Das war Marta, die Gottesanbeterin.
„Och, nee!“, sagte ich laut, hielt mir dann aber den Mund zu, damit mir nicht noch mehr herausrutschte. Wie konnte sie uns nur mit so einem Lied nerven, das noch dazu unzählige Strophen hatte? Ihr Stimmchen war so zittrig, dass ich lachen musste, denn ich hörte, wie Dieter Bohlen zu ihr sagte, dass sie damit doch lieber zu Hause geblieben wäre.
Haha! Ich war in „Deutschland sucht den Superstar“ gelandet. Ich versuchte, die Lacher zu unterdrücken, denn ich wollte sie nicht verletzen, sie war ja eine Nette. Deshalb hielt ich mir den Mund zu, aber es hatte keinen Sinn. Ich prustete und lachte laut heraus und schämte mich gleichzeitig für diesen Ausbruch.

Dann wurde Chaski aufgefordert, zu singen und ich lachte wieder laut, denn kaum hatte er den ersten Ton gesungen, war sofort das Bild von „The Voice of Germany" vor meinem inneren Auge.
Ich dachte: „Ja, genauso ist es. Mit so etwas sollen wir abgelenkt werden" und versuchte, mich zu beherrschen. Aber das führte nur dazu, dass es umso lauter aus mir heraus brach. Diese beiden Gesänge passten ja so gut in meine Vision!
Als Chaski fertig war, prustete ich weiter und schrie vor Lachen. Dann stand eine Frau vor mir, sagte: „Agua!" ich fragte „por qué?" und dann kapierte ich, dass anscheinend mein Übermut abgekühlt werden sollte, und trank brav das Glas aus.
Don Agustin ging herum und spielte auf dem Arcu, einem Bogen mit vier Saiten. Das erinnerte mich an „Ein Bayer im Himmel", denn ich sah einen dicken, in einen dunklen Anzug gekleideten Mann auf einer weißen Wolke liegen. „Luya. Luya, sog i!" Wieder hätte ich laut herauslachen können, aber es gelang mir, diesen Gefühlsausbruch zu unterdrücken. Das Wasser hatte mein Feuer zum Glück gekühlt.
Dann wollte ich die negativen Ablenkungen von der Wirklichkeit sehen und schon ging es nach unten in die Hölle. Dort kannte ich mich ja mittlerweile aus. Ich sah einen braunen Gegenstand, der aussah wie eine Säge mit weit auseinander stehenden Zacken. Daran floss alles Negative in einem Ayahuasca-Fluss nach unten. Ich sah viele Bilder, aber bevor ich ein einzelnes erfassen konnte, war das nächste da und auch schon wieder verschwunden. In diesem Moment rülpsten und spuckten gleich mehrere Leute und auch das passte genau zu den Negativbildern.
Ich hatte die Nase voll von der Hölle und wollte lieber nach oben ins Universum. Erstaunlicherweise klappte es sofort: Ich sah einen riesigen Kopf, es war, als würde er aus dem Meer auftauchen und dieser Kopf war unsere Welt. Ich schwebte darüber hinweg und um mich herum waren ganz viele Sterne.
Aber die Musik – ich empfand sie wie eine Verführung, eine Versuchung – lockte mich immer

wieder nach unten. Die beiden Schamanen sangen mein Lieblingslied „Pacha Mama“ und ich lauschte ihrem Gesang. Doch eigentlich wollte ich ja nach oben und so ermahnte ich mich: „Sei bewusst! Geh ins Universum! Schau, was dort los ist. Schau, was wirklich ist!“

In meinem linken Blickfeld lockte mich ein Licht, doch ich ging rechts herum in die andere Richtung und eine Stimme sagte: „Ja, du musst nicht dorthin, wo alle hin wollen.“

War das jetzt gut oder schlecht? Ich hatte keine Ahnung! Aber ich erinnerte mich an Gabrielas Worte und stellte mir nochmal eine Lichtsäule vor, durch die nur Positives und Förderliches zu mir durchkommen würden. Dadurch fühlte ich mich sicherer.

Doña Marlene schlug die Trommel und sang ein Lied. Das zog mich in seinen Bann und holte mich wieder herunter. Aber kurz darauf ging ich wieder hoch, landete in einem Ausschnitt des Filmes Matrix und dachte: „Ja, genauso ist es! Es stimmt also, was in diesem Film gezeigt wurde!“ Um einen großen, ovalen Tisch herum saßen mehrere Personen und was mir sofort ins Auge stach, war, dass sie ihre Köpfe hängen ließen. Dann merkte ich, dass es nur leblose Marionetten waren. Mir wurde bewusst, dass auch *das* nicht echt, sondern nur eine Illusion war.

Ich stieg höher und dann sah ich eine weiß-goldene Lichtsäule, auf deren nach unten abgerundeter Spitze eine riesige, ovale Kugel ruhte. Ich ging hoch zu dieser Kugel, und als ich ganz oben war, wurde ich in mehrere Lagen Liebe eingehüllt. Alles war voll weißem, blendend-hellem Licht. Das Licht floss als zarte, weiße Stoffbahnen um mich herum, und ich fühlte: DAS ist bedingungslose Liebe! Alles dort oben war pure Liebe.

Als ich wieder nach unten ging, wusste ich: „Jetzt habe ich die Wahl, mich der Illusion hinzugeben oder immer wieder nach oben zu gehen, um die Wahrheit zu sehen. Ich muss nur wählen, was ich gerade will“. So fühlte sich Freiheit an. Kein Zwang mehr … einfach nur wählen.

*

„Helguita soll singen!“
„Oh jemine! Nee, ich kann nicht singen. Ich wüsste jetzt auch kein Lied.“
„Komm, mach doch“, sagte Gabriela.
„Kannst du mit mir singen? Kennst du das Lied ‚earth my body‘?“
“Nein, aber ich singe trotzdem mit dir.”
Ich hatte keine andere Wahl, als meine Stimme zu erheben: „earth my body, water my blood, air my breath and fire my spirit“ und war heilfroh, als ich es hinter mich gebracht hatte.
Auch die anderen mussten singen. Einer nach dem anderen. Ich musste gähnen und wäre am liebsten schnell ins Bett verschwunden. Doch Don Agustin würde erst noch operieren und es würde sicher mindestens eine Stunde dauern, bis die Zeremonie fertig war.
„Don Agustin sagt, du sollst nochmal singen. Das war schön gewesen“, sagte Gabriela.
Schön? *Mein* Gesang? Also nochmal dasselbe Liedchen. Könnte ja nicht schaden, wenn meine Sing-Hemmung verschwinden würde. Dann sang Gabriela in ihrer Muttersprache – portugiesisch - und es klang sehr weich und lieblich.
Anscheinend hatte Don Agustin nur eine kleine Pause gebraucht. Denn auf einmal stimmte er die Mundharmonika an und Doña Marlene klackerte mit den Kastagnetten. So ging es noch eine Weile und ich wurde müder und müder, legte mich einfach um und schlief ein …

37 Königliche Verwandtschaft

„Essäääää“… Küchenfrau Zojlla rief uns zum Frühstück. Ich hatte keine Lust, aufzustehen. Die

gestrige Zeremonie war wieder anstrengend gewesen und ich fühlte mich noch schlapp. Deshalb drehte ich mich auf die andere Seite und drückte die Augen zu. Eine Weile später akzeptierte ich, dass ich nicht mehr einschlafen konnte, drehte mich auf den Rücken, starrte an den Betthimmel und ließ nochmal alles, was mir gestern begegnet war, Revue passieren.
Nun wusste ich also, wie die Welt wirklich war! Ein Ort, an dem sehr viel Verblendung und Illusion stattfanden, und wenn man das alles wegnahm, blieb ein Ding aus silbernem Metall übrig!
Doch was konnte ich mit dieser Info anfangen? Durch die Quantenphysik wusste ich ja schon, dass wir uns alles, was um uns herum ist, nur einbilden. Aber jedes Mal, wenn ich über dieses Denkmodell nachgrübelte, endete es damit, dass ich sagte: „Das geht über meinen Verstand!"
Ich würde das erst noch auf mich wirken lassen.
Auch die Szene mit der Hütte, in der etwas Schlimmes auf mich wartete, hatte sich in mein Gehirn eingebrannt. Sehr erstaunlich, dass ich trotz offener Augen alles so genau gesehen hatte. Das war das erste Mal, denn sonst gingen die Bilder immer weg, sobald ich die Augen aufschlug. Ich musste mal gleich schauen, was an dieser Stelle war. Das konnte ich mir doch nicht alles eingebildet haben!
Also schwang ich die Beine aus dem Bett, schlüpfte in meine Schuhe und stieg die Treppe nach unten. Die anderen saßen beim Frühstücken. Sollte ich auch? Nein, keinen Hunger!
Als ich den Weg nach hinten ging und an die Stelle von gestern Abend kam, konnte ich es nicht glauben. Da war nichts. Aber auch gar nichts.

*

Beim ersten Mal war ich zum Baden in meinen Bikini geschlüpft und die anderen – allen voran Petra – hatten mich seltsam angeschaut, denn hier war es üblich, nackt zu baden. Mir blieb aber auch gar nichts

erspart. Hatte ich in den letzten Wochen nicht schon über genügend Schatten springen müssen?
In mir stritten zwei Stimmen: Sollte ich mich lächerlich machen, weil ich als Einzige im Bikini auftauchte, oder sollte ich mich lockermachen und so baden, wie auch die anderen es taten? Ich seufzte tief auf und dachte: „Zu Hause könnte ich mich jetzt unter die Dusche stellen!" Dann zog ich mein Schlafshirt aus, wickelte das Handtuch um mich und ging zum baño. Der kleine Fluss führte viel Wasser, denn es regnete dieser Tage mehr als sonst üblich. „Die Abholzung des Regenwaldes bringt alles durcheinander", hatte Don Agustin gesagt.
Die Treppe war von Wasser überflutet und deshalb setzte ich mich auf die Bank, die ganz nahe am baño stand. Ich legte das Handtuch ab, füllte ein sauberes Töpfchen, das ich mir unterwegs geschnappt hatte, mit Wasser und goss es mir von oben über den Körper.
„Guckt mal, unsere Dschungel-Queen", lachte Christina. „Wie elegant sie da sitzt und sich duscht."
Ich hatte mich ganz aufrecht hingesetzt, um eine gute Figur neben Christina, diesem jungen, hübschen Ding, zu machen, benutzte weiter meine Handdusche und lachte mit den anderen mit. Somit hatte ich also auch diese Hürde genommen ...

*

Später trafen wir uns mit Don Agustin im Aufenthaltsraum, um die Zeremonie zu besprechen. Als er mich sah, sagte er: „Ah, Helguita! Du warst nicht beim Frühstück. Ich dachte, die große, dunkle Energiewolke, die gestern um deinen Kopf war, hätte dich heute Nacht aufgefressen."
„Was?" Ich sah ihn erstaunt an und er lachte lauthals.
Gabriela sprang ein: „Don Agustin hat gestern dunkle Energie über deinem Kopf gesehen."
„Und was war das?"
„Darauf wird er dir keine Antwort geben", sagte sie.

Ach, es hätte mich brennend interessiert, was hinter dieser Energiewolke steckte. Gezwungenermaßen akzeptierte ich, dass man nicht alles intellektuell erfassen musste. Hauptsache, sie war weg!
Don Agustin hielt uns einen kurzen Vortrag über die Wirkung der Liane: „Sie ist die einzige Pflanze, die dafür sorgt, dass wir uns an alte Schmerzen und Emotionen erinnern. Denn Ayahuasca weckt Neuronen auf, die seit Jahren schlafen und dadurch für unser Vergessen verantwortlich sind. Doch die Erinnerungen und die Energie sitzen dort fest. Unter Ayahuasca fangen die Neuronen an, sich zu öffnen und zu bewegen. Wir können uns an das, was damals passierte, erinnern. Wir können alles sehen, was in jungen Jahren geschehen ist."
Dann waren wir an der Reihe, unsere Visionen zu erzählen. Als die Erste sagte, der Trank sei ganz sanft für sie gewesen, wunderte ich mich. Als die Zweite dasselbe sagte, dachte ich: „Was? Das kann doch gar nicht sein!" und bei der Dritten schüttelte ich nur noch den Kopf. Sanft? Da konnte ich nur lachen!
Sophie war enttäuscht, dass sie keine einzige Vision hatte, dafür war ihr die ganze Zeit übel gewesen und sie hatte viel geweint.
Christina erzählte: „Ich bin ja sonst immer Herr meiner Emotionen und so lange Laura neben mir saß, war ich mehr die Mama als ich selbst. Aber nachdem die beiden weg waren, kam es unkontrolliert über mich, weil ich mich da erst fallen lassen konnte. Deshalb habe ich geweint und geschrien und konnte gar nicht mehr an mich halten."
Als ich die Geschichte mit dem Häuptling und der Papierrolle erzählte, fragte unser Schamane, ob ich es haben könnte, wenn mir jemand an den Hals fasst.
„Nein, ich hasse es!" stieß ich aus.
„Das wundert mich nicht", sagte er. „Du bist die Nachfahrin einer ermordeten Königin und hast letzte Nacht auch deren Karma mit abgetragen. Deshalb die dunkle Energiewolke um deinen Kopf."
Die erste Königin, die mir in den Sinn kam, war Maria Stuart. Geköpft von ihrer Widersacherin. Und von der

sollte ich eine Nachfahrin sein? Hier passierten Dinge … Erstaunlich!
„Du bist halt unsere Dschungel-Queen“, sagten die anderen später.

38 Begegnung in Charapa Mama

Heute war ein friedvoller Tag, die Sonne schien und es war genau die richtige Temperatur, um ein wenig in der Sonne zu dösen, ohne verbrannt zu werden. Die Gruppe war unterwegs ins andere Camp von Don Agustin, aber ich hatte nicht mitgehen, sondern lieber die Ruhe genießen wollen. Außerdem musste ich noch die letzte Zeremonie auf meinem Block festhalten.
Bevor die anderen sich auf den Weg machten, hatte ich mit Gabriela auf einer Bank gesessen und sie ein wenig ausgefragt. Sie war ja nicht nur unsere Dolmetscherin, sondern auch Schamanin und mich quälte noch immer dieselbe Frage: „Warum passieren bei den Zeremonien so viele Dinge, die ich mir einfach nicht erklären kann?“
Sie lächelte mich verständnisvoll an und nickte, als würde sie mich ganz genau verstehen: „Alles, was passiert, wirkt! Egal ob du es analysiert und weißt, was dahinter steckt oder nicht. Dein Ego, das eng mit deinem Verstand verknüpft ist, möchte Erklärungen. Denn es will die Kontrolle behalten und es will einfach gerne beschäftigt sein“, sagte sie.
Hm … Ego hin, Ego her … Ich würde trotzdem gerne wissen, woher das Weinen von letzter Woche kam und das Erlebnis mit der Hütte, die es nicht gab, hing mir noch irgendwie in den Knochen. Endlos schlecht war mir ja auch wieder gewesen.
„Und wie ist es mit dem Übergeben? Warum ist mir manchmal über Stunden übel und bei anderen passiert gar nix?“ fragte ich.

Auch darauf hatte sie eine Antwort parat: „Übergeben befreit von materiellen Giften aus dem Körper und von emotionalem Ballast. Manche müssen brechen und andere nicht. Manchmal können die Leute auch deshalb nicht, weil sie blockiert sind oder manchmal müssen sie einfach nichts auskotzen. Man kann es natürlich auch unterdrücken. Dann bleibt der Mist eben drinnen."
„Dann ist es aber schade um die Zeit und das Geld!", antwortete ich. „Ist ja schließlich kein Wellness-Urlaub hier."
Sie lachte und stand auf, um mit den anderen loszuziehen. Nachdem ich es mir auf einer Bank gemütlich gemacht hatte, schrieb ich alles auf, was gestern passiert war. Dann legte ich mich auf den Rücken, schaute in den Himmel und sinnierte darüber nach, wie die Welt wirklich war. Ein kleines, graues Nichts, das uns groß, bunt und schillernd erscheint ... Über diesen Überlegungen musste ich wohl eingenickt sein, denn ich schreckte hoch, als Zojlla: „Essäääá" rief. Oh, fein. Sie hatte mir für heute Mittag Dschungel-Pommes versprochen. Marina und Lita riefen mich zu sich an den Küchentisch, damit ich nicht alleine essen musste. Ich mochte diese peruanischen Frauen einfach gerne! Sie waren so ursprünglich, lachten viel und hatten keine Scheu, ihre Zuneigung zu zeigen, denn Marina nahm mich erst mal in den Arm und drückte mich. Ich machte Tanzbewegungen und sang: „Marina, Marina, Marina ...", und sie antwortete mit derselben Melodie: „Helguita, Helguita, Helguita ..."
Wir löffelten die leckere Gemüsesuppe mit kleinen Bohnen und versuchten, uns einigermaßen zu unterhalten. Weil das nicht so richtig klappte, lachten wir uns fast kaputt. Danach stellte Zojlla einen großen Teller mit frittierten Yucca-Stücken in die Mitte des Tisches und wir griffen ganz unkompliziert mit den Händen zu, tunkten die Pommes in eine Tomatensoße und ließen sie uns schmecken.

*

Nach dem Essen zippte ich die langen Beine an meine Hose, schlüpfte in die Flip Flop und ging Richtung Ausgang. Heute war mir wieder nach einem kleinen Abenteuer zumute. Alleine durch den Dschungel streifen … eigentlich ein no go. Doch ich würde nur den offiziellen Weg Richtung Tamshiyacu gehen, um in Doña Marlenes Camp Charapa Mama zu kommen. Bei meinem ersten Aufenthalt hatten wir einen Ausflug dorthin gemacht und ich wollte mir nochmal in Ruhe die Skulpturen in den Steinwänden anschauen.
Nachdem ich durch das Tor gegangen und vielleicht 200 Meter gelaufen war, wurde mir doch ein wenig mulmig zumute und mein Herz klopfte um einiges stärker. Ich alleine im Dschungel! Und ohne jemandem etwas zu sagen. Aber kneifen wollte ich auch nicht. Hier gingen täglich die Arbeiter entlang. Es war also harmlos. Ich musste nur aufpassen, dass ich die Abbiegung zum Camp nicht verpasste.
Sonst waren ja fast immer Leute um mich herum und so alleine kam mir der Dschungel noch lauter vor als sonst. Ich lauschte den vielen Tierstimmen, beobachtete die Ameisen, die alle paar Meter eine Straße über den Weg zogen, wunderte mich, dass hier alles so groß war und fragte mich, ob sich der Otorongo, wie der Jaguar hier genannt wurde, nicht auch mal an diese Stelle verirren würde. Warum hatte ich kein Taschenmesser eingesteckt? Aber was würde so ein kleines Messer mir schon nutzen, wenn mich eine 80 kg schwere Katze mit Reißzähnen anspringen würde?
„Jaguar heißt, der Räuber, der seine Beute mit einem einzigen Sprung erlegt“, hatte Bernhard uns informiert. Ja, der gute, alte Bernhard … er war sicher längst zu Hause in Berlin. Aber mir gingen seine Sprüche noch immer durch den Kopf.
Obwohl ich lieber umgedreht wäre, zwang ich mich dazu, weiterzugehen. Denn irgendetwas an meinem Zielort zog mich magisch an und es war mir klar, dass ich dort alleine hingehen musste. Dann endlich sah

ich rechts die Anlage, bog ab und schlängelte mich neben dem verschlossenen Tor vorbei.

*

Ich ging die Stufen hinunter und hielt mich am Geländer fest. Wie seltsam es war, in ein leer stehendes Camp zu kommen. Fast noch unheimlicher als vor ein paar Tagen, als ich mit Sophie alleine war. Die Hütten lagen in einem Tälchen und waren eng vom Dschungel umgeben. Das Areal wurde von einem großen Teich beherrscht, in dem riesige Schildkröten und Fische schwammen.
Gleich, nachdem ich unten angekommen war, ging ich rechts in den Küchenraum mit den Gesichtern, die in die braun-grüne Steinwand gehauen waren. Wie unheimlich die aussahen!

Ich setzte mich auf einen Hocker und schaute sie an. Dann stand ich auf und um den Eindruck noch tiefer in mich aufzunehmen, rückte ich den Hocker zwischen zwei Gesichter, lehnte mich an der Wand an und schloss die Augen. Sofort tauchen blitzartig Bilder auf, die schneller vergingen, als ich sie erfassen konnte. Ein ganz vertrautes Gefühl stieg in meinem Inneren hoch. Ich wollte es so gerne festhalten, um es zu begreifen und zu wissen, wie ich den Weg dorthin wieder finden konnte. Aber es ging nicht. Ich hatte nur den Hauch einer Ahnung, dass es ein sehr tief liegendes Gefühl von Vertrautheit war. Ich sah einen märchenhaften Wald, sah ein buntes Karussell und altertümliches Spielzeug. Bei jedem dieser Bilder hatte ich das Gefühl: Hier war ich schon einmal. Ich fühlte mich von tiefer Verbundenheit erfasst, von einer Heimat aus uralten Zeiten, die es in Wirklichkeit gar nicht gab, weil sie jenseits alles Realen lag. Es hatte etwas mit Kindheit zu tun. Mit tiefem Vertrauen und sich aufgehoben fühlen. In diesem Gefühl hätte ich mich verlieren können. Ich sah ein kleines Häuschen vor einem Wald, das aussah, wie das Haus von Rotkäppchen, sah einen Weg, der zu einem Ort führte, an dem alles gut war. Wie gerne hätte ich mir die Bilder in Ruhe angeschaut und mich den Gefühlen hingegeben. Aber genauso schnell, wie sie auftauchten, waren sie auch schon wieder weg.
Ich saß da und auf einmal kam irgendetwas über mich. Ich hob die Arme in die Luft, wedelte mit den Händen und schrie: „Ahuuu, ahuuu“, und sah einen Indianer. War ich das? Hatte seine Seele Macht über mich ergriffen? Es war mir in diesem Moment egal. Ich schrie aus Leibeskräften … und fühlte mich danach wie von einer Last befreit ...

39 Ein Jaguar ist auch nur eine Katze

„Heute Nacht solltet ihr eure Ahnen klären“, sagte Don Agustin. Wir saßen alle am großen Tisch, hatten eine Tasse Tee vor uns stehen und warteten darauf, dass die Sonne unterging und wir uns auf den Weg zum Zeremonienraum machen würden. Bei Sophie und mir würde es die Abschlusszeremonie sein und somit auch die letzte Gelegenheit für ... ja, wofür denn? Hatte ich nicht schon das Maximum erreicht?
„Viele von euch hatten Hexen und Zauberer in vergangenen Generationen. Viele dieser Ahnen wurden auf dem Scheiterhaufen verbrannt.“
„Uuuuhhhh! Das wird ja wieder spannend“, sagte Sophie.
Dann ging die Sonne unter, wir erhoben uns von unseren Stühlen, gingen zum Zeremonienraum und machten es uns auf dem üblichen Platz bequem.
Don Agustin holte aus einer Ecke Kehrbesen hervor und drückte jeder von uns Frauen einen in die Hand: „Wenn ihr Hexen seid, werdet ihr heute Nacht fliegen. Ich werde euch beobachten.“
Wir lachten und ich lehnte meinen Besen an den Balken neben meinem Sitz. Ich würde ihn später bestimmt noch brauchen.
Dann kam die nächste Überraschung: Heute würden keine Frauen da sein, um mit uns zur Toilette zu gehen.
„Ich will nur die Energien der Teilnehmenden im Raum haben“, erklärte er uns. „Ihr könnt ins Töpfchen machen, wenn ihr müsst.“
„Wie?“, fragte Christina, die heute Abend ohne Mann und Kind da saß. Die Kleine hatte einfach zu viel Angst, stundenlang im Dunkeln zu sitzen und jetzt lagen die beiden auf dem Bett und spielten Karten. So konnte Christina sich voll und ganz auf ihre Heilung konzentrieren.
„Und wenn wir etwas Größeres loswerden müssen?“
„Alles in den Topf!“, antwortete er.
„Igitt!“ kam es von allen Seiten.

„Ich rate euch, nicht raus zu gehen, denn heute Nacht wird der Jaguar um das Camp streifen“.
„Sieh an!“, sagte ich zu Sophie. „Don Agustin ist also auch ein Angstmacher.“
„War wohl doch nicht alles auf Bernhards Mist gewachsen, was er uns übersetzt hat. Aber egal ... ich werde auf keinen Fall rausgehen.“
Als Don Agustin die Ayahuasca in die Gläser goss, fiel mir ein, dass ich vergessen hatte, ihn um eine kleinere Menge zu bitten. Er schaute mich an, und noch bevor ich etwas sagen konnte, goss er exakt bis zur Mitte ein und reichte mir das Glas.
Dann saßen wir wieder da und warteten darauf, was passierte. Ich hatte mir vorgenommen, dass heute auch für mich alles sanft und leicht verlaufen würde. Deshalb visualisierte ich eine Lichtsäule als Schutz und sagte mir innerlich: „Das Licht schützt mich vor allem Negativen. Hier kommt nur Positives rein!“
Kaum hatte ich das getan, sah ich in der Säule eine weibliche Figur mit langem Gewand und weit ausgebreiteten Armen stehen.
Don Agustin schüttelte den Federstab und sang: „Ni-ni-ni-ni ...“, und mir wurde kalt, sehr kalt! Ich zitterte und klapperte mit den Zähnen. Die Zeremonie hatte erst angefangen und schon ging es los mit dem Frieren. Wie sollte ich so die nächsten Stunden überstehen?
Ich dachte an mein Krafttier und sofort war die lange, goldbraune Schlange da. Ich bat sie, sich um meine Beine zu wickeln, um mich zu wärmen und das tat sie sogleich.
Wo war ich nur, dass mir so kalt war? Ich sah eine Eislandschaft und einen Wolf, der den Mond anheulte. Sollte der Wolf etwa mein Krafttier sein? Genauso fühlte es sich an. Aber ich hatte doch schon die Schlange. Konnte man zwei Krafttiere haben?
Don Agustin wedelte mit dem Blätterstab, sang „Oh, Mantakota ...“ und obwohl es sich viel sanfter als bei Ron Wheelock anhörte, mussten sich sofort zwei Leute übergeben.

Um mich herum summten Moskitos. Ich schlug wild um mich, nahm meinen breiten Schal und zog ihn mir über den Kopf. Die Drecksviecher hatten mir schon genug Blut abgezapft. Es juckte überall und ich hatte mich an mehreren Stellen blutig gekratzt.
Ich konzentrierte mich auf Don Agustins Rassel und vor meinem Auge tauchten viele flüchtige Bilder auf, die leider mal wieder schneller verschwanden, als ich sie richtig wahrnehmen konnte.
Dann sah ich eine große, beige Doppeltür unter einem Hügel vor mir, dachte: „Schon wieder in die Hölle?“, und hatte absolut keine Lust, dort hineinzugehen. Aber ich hatte mir vorgenommen, alle Bilder anzunehmen. Sie erschienen ja nicht ohne Grund. Also öffnete ich die Tür und schon war ich unten. Ich stand auf schwarzer, lockerer Erde und alles um mich herum war ebenfalls schwarz: die Decke, die Wände, einfach alles.
Kaum hatte ich mich ein wenig umgeschaut, sah ich auf einer Art Balustrade eine weiße, halb durchsichtige Gestalt stehen. Sie schwebte nach unten, und obwohl sie nur schemenhaft zu sehen war und kein Gesicht hatte, wusste ich sofort: Das ist Heide, eine Tante von mir.
Ich fragte sie: „Bist du gestorben?“
Sie beantwortete meine Frage nicht, aber sie bat mich um Vergebung.
Was, *der* sollte ich vergeben? Ein Leben lang war sie ungerecht zu mir gewesen und hatte mich verurteilt, weil ich anders war als der Rest der Familie. Sie hatte die Welt durch eine sehr enge Brille betrachtet, mich mehr als einmal mit ihrem Verhalten verletzt ... Und jetzt kam sie mit dieser Bitte zu mir? Gerade zu mir? Oh, nein!
Doch nach einem kurzen inneren Kampf siegte meine Vernunft und ich verzieh ihr, wenn auch ein wenig widerwillig.
Genau so plötzlich, wie sie mir erschienen war, verschwand sie.
Dann stand plötzlich mein Opa vor mir. Er war gestorben, als ich ein Mädchen war. Auch bei ihm

wusste ich sofort, wer er war. Er trug einen schwarzen Anzug, schaute mich an, sagte aber keinen Ton. Mir fiel ein, dass meine Mutter kurze Zeit nach seinem Tod mit mir und meinem Bruder geschimpft hatte, weil wir in unserem Zimmer saßen, laut sangen und lachten. Sie hatte die Tür aufgerissen und geschimpft: „Euer Opa liegt frisch unter der Erde und ihr lacht?"
War das ein Grund, ihn um Vergebung zu bitten? Ich tat es und auch er bat mich um Verzeihung.
Ich nahm wahr, dass diese Hölle in Wirklichkeit ein Friedhof war, denn ich sah einfache Holzkreuze und in diesem Moment richtete meine Oma ihren Oberkörper im Grab auf. Sie sagte nichts, aber wir haben uns gegenseitig verziehen. Danach erhob sich meine andere Oma. Auch hier gab es keinen Dialog, aber gegenseitige Vergebung. Mir war auch bei meinen beiden Großmüttern ein Grund eingefallen, der das nötig machte.
Plötzlich richteten sich zeitgleich mehrere Leute aus ihren Gräbern auf. Das war wie in einem Gruselschocker! Ich fühlte mich umzingelt und bedroht von diesen fremden Leuten. Was wollten die von mir?
Schon erschien ein neues Bild: Da war ein lichterloh brennender Scheiterhaufen, ich sah Leute, die einer nach dem anderen dort hineingingen, und wusste, dass das meine Ahnen waren. Sie marschierten brav ins Feuer, gingen da einfach hinein, mit gesenktem Kopf und ohne jeglichen Widerstand. Ich zählte mit: Es waren 28! Als keiner mehr auftauchte, visualisierte ich eine Lichtsäule für sie und schickte sie hinein. Dann kam doch noch eine verirrte Seele, die nichts mit meiner Familie zu tun hatte, und ich schickte auch sie ins Licht. Eine schwarz-rote, bedrohliche Gestalt kam auf mich zu. Sie sah aus wie ein Teufel. Ich überlegte: „Was soll ich tun?", und entschied mich „Egal! Licht kann keinem schaden!"
Es gab einen Szenenwechsel: Ich sah einen kurvigen Fluss, in dem ein ganzes Heer einzelner Augen schwamm. Mein erster Gedanke war: „Das sind die Augen toter Soldaten!"

Auch sie habe ich in die Lichtsäule geschickt. Wie in einen Fahrstuhl schob ich immer eine gewisse Menge hinein und dann ging es ab nach oben! Danach kam die nächste Fuhre dran, bis alle weg waren.
Als ich diese Arbeit erledigt hatte, sah ich Soldaten in brauner Feldkleidung mit einem kleinen Tornister auf dem Rücken. Es waren ganz junge Kerle und sie standen in einer Reihe hintereinander. Ich war der Kommandant und dachte, dass ich jetzt in die Identität eines meiner Ahnen geschlüpft sei. Dann schickte ich die Soldaten los. Einer nach dem anderen rannten sie los und wurden abgeknallt. Das war wie Tontaubenschießen. Ich hörte, dass jemand sagte: „Kanonenfutter". Es war ganz klar, dass sie einfach so geopfert wurden. Ein Opfer, das niemandem etwas brachte. Sie stürmten brav los, ohne etwas zu sagen, ohne etwas in Frage zu stellen. Wie kleine Soldatenautomaten.
Eine Stimme sagte: „Das war in dieser Zeit eben so", und nahm die Situation als gegeben an. So, als hätte es durch die damaligen Umstände seine absurde Berechtigung gehabt. In mir stieg Zorn hoch. Ich rebellierte: „Das ist doch nur eine Ausrede!" Für dieses Abschießen gab es überhaupt keinen Grund. Eine dunkle, nebelig aussehende Energiemasse formierte sich, die die Ungerechtigkeit und das Morden auch nicht mehr hinnehmen und sich dagegen wehren wollte.
Irgendetwas musste geschehen sein, denn nur einen Moment später standen die Soldaten nebeneinander. Jeder hatte in seinem nach oben erhobenen Gewehrlauf eine Blume stecken: eine kleine, gelbe Blüte an einem langen Stiel. Kaum hatte ich dieses erstaunliche Bild in mir aufgenommen, hatten die Soldaten die Hände voller langstieliger, bunter Blumen und warfen sie auf ihre Gegner.
Was für eine überraschende Wendung!
Danach habe ich weitere Seelen in die Lichtsäule geschickt. Es kamen immer mehr und mehr. Jemand fragte mich, was da oben sei. Ich habe nur den Kopf gehoben, versucht, an das Ende der Säule zu

schauen und gesagt: „Das gehört nicht zu meinem Plan." Es war irgendwie eine höhere Ebene, zu der ich noch keinen Zugang hatte.
Wieder änderte sich das Bild: Ich sah die Erdkugel vor mir. Von der Erde ging ein riesiger, breiter und hell leuchtender Lichtkanal nach oben. Er war voller Seelen, die in eine andere Dimension wollten. Ein wenig mehr als die linke Hälfte der Erde war weiß, licht und strahlend rein. Nur der Rest war noch dunkelgrau bis schwarz.
Irgendwann war ich müde, ging raus ins Universum, ruhte mich auf einer Wolke aus und lauschte dem Gesang von Don Agustin. Diese Lichtarbeit war sehr anstrengend gewesen, ich brauchte eine kleine Pause.
Don Agustin spielte auf der Mundharmonika und plötzlich war ich wieder unten, sah ein Piratenschiff, und weil sich meine Sitznachbarn übergaben, verwandelte sich das Wasser in einen See aus Ayahuasca. Das Schiff hatte ein lachendes Gesicht und ich dachte, jetzt passiert noch etwas Bedeutungsvolles. Doch in diesem Moment hörte Don Agustin auf zu spielen und weg war das Bild. Schade.
Dann erinnerte ich mich an den Besen. Konnte ich mich wirklich mit ihm in die Luft erheben? Ich bildete mir ein, es getan zu haben …
Auf einmal war alles still und deshalb war das Fauchen und Schreien einer Katze umso lauter zu hören. Was war da draußen los? Ein Kampf zwischen Hund und Katz? Im Camp gab es mehrere Hunde und gestern hatte ich beobachtet, wie die Katzenmutter einen mit bösem Fauchen aus der Hütte vertrieb, in der sie ihre Kleinen versteckt hatte.
Ein Hund bellte und dann schrie eines der Kätzchen. Das Stimmchen war zart und klang, als würde sie um Hilfe schreien. Spielte sich da draußen gerade ein Drama ab?
Don Agustin ging mit einem Windspiel herum, das sich sehr lieblich anhörte, aber ich konnte mich nicht darauf konzentrieren, denn jetzt schrie auch noch ein zweites Kätzchen. War wieder eins auf dem Dach

herumgeklettert und runtergefallen? Als ich die Katzen gestern mit Laura besucht hatte, hing eins am Dach und wir waren hinunter gehastet, um es aufzufangen, falls es fiel, aber es hatte sich dann doch noch an einem Palmwedel hochziehen können.
Die kleinen Katzen schrien und ich wurde immer unruhiger, fühlte mich von den Tönen der Klangschale, mit der Don Agustin herumging und dem Rülpsen der anderen bedrängt, spürte das Bedürfnis, hinauszugehen, um nach den Tieren zu schauen und hatte gleichzeitig Angst, das zu tun. Wie sollte ich alleine durch den dunklen Raum gehen, wie die Tür finden, wenn ich die Taschenlampe nicht anmachen durfte?
Das jämmerliche Schreien zerrte an meinen Nerven. Warum kam denn niemand und rettete sie? Und warum stand ich nicht auf und tat etwas? Ich konnte doch nicht einfach feige sitzen bleiben, während da draußen eins der putzigen Tierchen, das ich noch gestern auf dem Arm und gestreichelt hatte, ums Überleben kämpfte.
„Was mache ich bloß?“, fragte ich mich.
Dann war ein Moment Ruhe, ich entspannte mich, Don Agustin spielte auf dem Arcu und schon fing die Katze wieder an.
Ich hatte das Gefühl, dass sich das Dach nach unten bewegte und mir auf den Kopf drückte und dann hielt ich es nicht mehr aus! Einer musste doch etwas tun! Deshalb stand ich auf und schlurfte mit Minischritten auf wackligen Beinen Richtung Ausgang.
Der Weg zur Tür kam mir ewig lang vor. Ich dachte, ich sei in einem anderen Raum gelandet, einem Raum im Raum, denn links und rechts waren plötzlich Holzwände, wo doch gar keine waren. Was sollte ich tun? Am liebsten hätte ich mich einfach auf dem Boden niedergelassen und hätte dort ausgeharrt, bis mich jemand fand. Doch das war unmöglich! Ich hatte Angst, jemanden anzurempeln oder zu erschrecken und in seinem Prozess zu stören. Also tastete ich mit den Händen nach vorn und merkte, dass ich bereits

direkt vor der Tür stand. Wie einfach das war. Ich hätte nur die Hand ausstrecken müssen!
So leise wie möglich öffnete ich die Tür und schloss sie schnell wieder. Ich ging ein paar Schritte die Holzplanken hinunter und dort sah ich „mein" dreifarbiges Kätzchen auf dem Boden sitzen und schreien. Schnell war ich dort, nahm es auf den Arm und wollte auch die anderen beiden einsammeln, um sie hoch in die Hütte zu tragen. Doch dann sah ich, dass die Mutterkatze auch dort saß, sah, wie sie mich anfauchte und wegrennen wollte. Sie war sehr scheu und würde also lieber ihre Kinder opfern? Ich konnte es nicht glauben! Sofort setzte ich das Kätzchen ab, sagte zu seiner Mutter: „Bleib doch da!", und sie blieb stehen, beobachtete mich.
In der Hütte hörte ich beruhigende Männerstimmen.
„Wer ist da?", fragte ich.
Es kam keine Antwort.
Anscheinend waren die Arbeiter dabei, sich um den Rest der Katzenfamilie zu kümmern.
Mir fiel die Horrorgeschichte von Bernhard ein, dass Arbeiter sich von Ayahuasca benebelte Frauen schnappen, um sie zu vergewaltigen.
Trotz meiner Angst ging ich in Richtung baño. Wenn ich schon mal draußen war ... Ich war noch aufgeputscht von den Sorgen, die ich mir wegen der Kätzchen gemacht hatte und das Adrenalin sorgte dafür, dass ich mich stark genug fühlte, obwohl ich auf wackeligen Beinen den Weg entlang stakste, nach links und rechts wankte und jeder sofort sehen würde, was mit mir los war.
Aber ich hatte einfach das Gefühl, genau diese Situation durchstehen zu müssen, wenn mir auch die Knie vor Angst noch mehr schlotterten, als sie es eh taten.
Als ich die Treppe vom baño wieder herunterstieg und am Geländer entlang ging, um mich notfalls festhalten zu können, raschelte etwas ziemlich heftig im Gebüsch hinter mir. War das der Jaguar? Oder ein Mann, der hinter mir her war? Mein Herz klopfte zum Zerspringen, ich wollte schnell laufen, aber ich konnte

nicht. Mehr als kleine, wackelige Schritte waren nicht möglich.
„Zivilcourage, Zivilcourage“, schimpfte ich vor mich hin und fühlte mich gleichzeitig hilflos wie jemand, der gerade seine ersten Schritte tat.
Ich ging weiter, einen Schritt nach dem anderen wackelte ich Richtung Zeremonienhütte und hoffte, dass ich heil dort ankam. Ich sah, dass die Katzen verschwunden waren, endlich war ich an der Tür und dann kam die nächste Angst: Wie sollte ich es in der Dunkelheit quer durch den Raum zu meinem Platz schaffen? Ich schloss die Tür leise, hörte am Gesang, dass Doña Marlene an mir vorbei ging, kniff die Augen zusammen, um wenigstens irgendetwas wahrnehmen zu können und da sah ich es: Das kleine rote Licht meines Diktiergerätes! Was für ein Glück! Es zeigte mir den Weg.
Mit einem erleichterten Seufzer ließ ich mich auf die Bank plumpsen. Jetzt war es aber genug mit den Abenteuern! Es wurde Zeit, dass ich wieder nach Hause kam!

*

Aber zuerst musste ich noch ausharren, bis Don Agustin seine Operationen durchgeführt hatte. Als Letzte kam Sophie dran. Doch bevor er loslegte, ließ er zuerst einmal Gabriela übersetzen: „Bei Leuten, die verrückt sind, mache ich ganz bestimmte Dinge. Da war mal eine Frau, die habe ich mit dem Kopf nach unten an dem Fünfzack, der draußen am Zeremonienraum angebracht ist, aufgehängt. Ich habe Feuer angezündet, das bis fast an ihren Kopf heranreichte. Danach bin ich mit ihr in den Dschungel gegangen und habe sie in einen Fluss geworfen, in dem Krokodile und Schlangen sind. ‚Überleb oder stirb!‘, habe ich zu ihr gesagt.“
Obwohl nur ein paar Kerzen an waren, hatte ich doch gesehen, dass Don Agustin mit keiner Wimper gezuckt hatte, als er das erzählte. Sophie wollte vor lauter Schreck von der Liege springen. Doch er hielt

sie fest und fragte, ob sie denn jetzt gleich an den Fünfzack wollte. Sie war ganz bleich, als sie den Kopf schüttelte und unser Schamane fing an zu lachen und wollte sich gar nicht mehr beruhigen.
Dann räucherte er sie mit Mapachotabak ein, und als sie hustete, sagte er: „Bei dir gibt es viele Dämonen auszutreiben." Er fuchtelte eine Weile mit seinen Holzstäben herum, saugte an ihrer Stirn, und als er fertig war, setzte sie sich auf und strahlte übers ganze Gesicht.
„Ich habe in Don Agustins Augen ganz viel Liebe wahrgenommen", sagte sie, als wir kurz darauf die Treppe nach oben stiegen. „Es war eine sehr tiefe Begegnung."

40 Von allen Geister verlassen?

In die vorletzte Zeremonie war ich mit der Frage gegangen, warum ich hier auf der Erde bin. Hatte ich gestern die Antwort bekommen?
Vor vielen Jahren hatte ich einen Termin bei einer Psychologin. Ich konnte mich gar nicht mehr erinnern, was der Grund für den Besuch war, ich wusste nur, dass ich ein Problem und mich deshalb jemand dorthin geschickt hatte. Diese Psychologin machte mit mir sogenannte Lichtarbeit und am Ende hatte ich drei Seelen, die sich in meinem Körper eingenistet hatten, hinausgeworfen. Damals hatte ich von solchen Dingen null Ahnung gehabt und war sehr überrascht über die Art der Herangehensweise gewesen.
An diesen Termin erinnerte ich mich jetzt und deshalb fragte ich mich, ob es auch meine Sache sein sollte, verirrte Seelen ins Licht zu schicken? Hm! Mal sehen ...
War das ebenfalls die Antwort auf die Frage, die ich schon vielen Menschen, auch Don Agustin, gestellt hatte und die mir noch keiner beantworten konnte:

„Warum besuchen mich nachts immer Geister?“
Vielleicht waren das ja die Seelen Verstorbener, die sich erhofften, von mir in eine Lichtsäule gepackt und schwupps ... nach oben geschickt zu werden?
Ach, ich hatte keine Ahnung und eigentlich war mir das Ganze auch viel zu wenig greifbar. Andererseits ... wenn ich dadurch Ruhe vor den Quälgeistern hätte? Denn manchmal nervte es mich gewaltig, wenn ich nachts aufstand, weil ich träumte, ich hätte Besuch und anfing, meine Wohnung aufzuräumen oder ins Wohnzimmer ging, um ihm dort ein Bett zu richten. Manchmal, wenn ich nachts zur Toilette musste, dachte ich, es sei jemand da und zog mir schnell ein „anständiges“ Nachthemd an, das ich anschließend ordentlich auf einen Kleiderbügel in den Schrank hängte. Und letztens war ich mal wieder als Schlafwandlerin unterwegs, weil ich glaubte, jemand hätte geklingelt. Ich ging zur Tür, zog mein T-Shirt so weit wie möglich nach unten, denn ich hatte sonst nichts an, öffnete, aber es war keiner da. Na, logisch! Weil ich die Tür nicht richtig zugedrückt hatte, blieb sie offen stehen. Meine Wohnungstür liegt in einer Nische, deshalb hatte ich das am nächsten Tag nicht mitbekommen und so stand sie auch in der folgenden Nacht handbreit offen ... Ich bemerkte das erst am Nachmittag darauf und bekam einen Riesenschreck. Ab diesem Tag schließe ich meine Tür abends immer ab.
Das erzählte ich in der Besprechung den anderen und Don Agustin, bekam aber keine Antwort darauf, mit der ich etwas hätte anfangen können. Das kannte ich ja schon. Dann beschrieb ich kurz die Begegnung mit der ungeliebten Tante und schloss mit: „Schade, dass es hier keinen Handy-Empfang gibt. Ich würde zu gerne wissen, ob sie wirklich gestorben ist.“
„Ich habe dich auf dem Besen reiten sehen“, sagte Don Agustin. Na, das war ja schon mal was!
Christina erzählte, sie hätte sich mit Don Agustin in der Klinik gesehen: „Wir sind rumgelaufen, ich bin ihm durch sämtliche Abteilungen gefolgt, aber wir waren

in jeder Station, die wir betraten, fehl am Platz. Keiner wusste, wo ich hingehöre, keiner wollte mich."
Gabriela fragte: „Ist das die Antwort, nach der du suchst?"
Christina zuckte mit den Schultern.
Dann kam Sophie dran. Sie hatte schon beim Aufwachen so zufrieden geschaut, und als ich sie fragte, ob sie von einer Sahnetorte geträumt hätte, antwortete sie: „Warte ab, was ich nachher zu erzählen habe!"
Diesmal hatte sie wieder eine Vision gehabt und was für eine! „Ich habe Jesus gesehen ... Es war eine sehr tiefe Erfahrung. Ich war durchdrungen von Licht und Liebe ... Dazu muss man wissen, dass ich aus einer extrem christlichen Familie komme. Davon habe ich mich komplett gelöst. Aber Jesus ist trotzdem für mich eine ganz wichtige Figur geblieben, allerdings ohne diesen christlichen Kontext. Er ist mir erschienen, um mir zu zeigen, dass wir auch alles können, was er kann."
Das war das Stichwort für Don Agustin, von einer Zeremonie zu berichten, in der er Jesus gesehen hatte.
„Jesus sagte zu mir: ‚Was du getrunken hast, habe ich auch getrunken. Das war kein Wein, den ich mit meinen Jüngern beim Abendmahl getrunken habe. Das war Ayahuasca!'"

*

„Irgendwo muss es hier doch Handy-Empfang geben!" Ich hatte mich zusammen mit Sophie auf den Weg zum Turm gemacht. Er lag etwas erhöht und manche Leute hatten dort oben schon Empfang gehabt. Der Lehmboden war rutschig, denn es hatte kurz nach Sonnenaufgang geregnet und wir mussten uns gut am Geländer festhalten, als wir den Weg hochstiegen, um nicht auszurutschen.
„Hier klappt es auch nicht. So ein Mist!" Ich hielt das Handy in der Hand und starrte auf die Balken. Nichts.

Morgen würde es nach Hause gehen und ich würde spätestens in Tamshiyacu Verbindung zur Außenwelt haben und die SMS abschicken können. Aber ich war zu neugierig und wollte jetzt gleich wissen, ob ich letzte Nacht gesponnen hatte ober ob die Tante wirklich gestorben war. Ich konnte sie nach wie vor nicht leiden, aber ich sagte zu Sophie: „Gott hab sie selig, falls sie tot ist."
Dass sie gerade *mich* um Vergebung gebeten hatte, konnte ich noch immer nicht fassen. Aber gut ... es war ja nicht die Tante gewesen, die mich besucht hatte, sondern ihre Seele und es war schlau von ihr, die Gelegenheit, dass ich gerade offen für „außerirdische" Erfahrungen war, für ihr Seelenheil zu nutzen.
Wir gingen ein Stück in den Dschungel hinein und ich starrte immer wieder auf das Handy. Aber da war nichts. Kein Laut, keine Balken, keine Verbindung.
„Wir gehen lieber wieder zurück", sagte Sophie. „Das bringt doch nichts."
Ich sagte: „Stimmt, wir brechen uns höchstens noch ein Bein", und hängte mich bei ihr ein.
„Du, Helguita, ich muss dir noch etwas sagen."
Oh, was kam jetzt? Wollte sie noch eine weitere Woche bleiben und mich dazu überreden, auch noch zu verlängern? Die anderen aus unserer Gruppe hatten ja noch acht Tage vor sich. Aber ich würde gehen, denn ich war pappsatt, satter ging es gar nicht mehr.
„Was Don Agustin vorhin gesagt hat, hat mich stark beeindruckt. Ich hatte ja schon immer eine connection zu Jesus und es hat mir eingeleuchtet, dass er keinen Wein, sondern Ayahuasca getrunken hat. Ich habe das Buch ‚Essener Erinnerungen' gelesen. Es ging um die Zeit, als er Kind war. Er ist in einer Art Kloster aufgewachsen, ist zu den Pyramiden Ägyptens gereist und wurde in alles Mögliche eingeweiht, um später diese Kraft zu haben. Deswegen glaube ich sofort, dass er unter Ayahuasca die Wahrheit erkannt hat."

41 Abschied … für immer?

„Weißt du, was es gleich zu essen gibt?", fragte mich Laura, als wir gemeinsam über die Holzbrücke zur Küche gingen.
„Nein. Was denn?"
„Spaghetti!" freute sie sich.
„Oh, lecker! Hast du die bestellt?"
„Ja!", sagte sie ganz stolz.
Köchin Liz stellte mir einen gut gefüllten Teller vor die Nase. Das Essen war wirklich viel besser, seit sie hier war. Ich strahlte sie an: „Gracias, Liz!"
Als wir die Spaghetti gegessen hatten, kam Marina mit einer großen Torte und die anderen klatschten, während Sophie und ich verduzt guckten. War das etwa für uns?
„Unser Abschiedsgeschenk für euch", sagten die anderen.

*

Nachdem wir den Kuchen gegessen hatten, versuchte ich nochmal mein Glück bei Chaski: „Es stört mich ja schon ein wenig, dass Don Agustin fast nie etwas zu meinen Visionen gesagt hat."
„Es ist immer schlecht, wenn andere deine Visionen deuten. Du weißt doch, dass Don Agustin nur unter Ayahuasca hellsichtig ist. Die Bedeutung, die *du* einer Sache gibst, ist das Wichtigste. Denn sie zeigt etwas, das gerade in deinem Bewusstsein stattfindet", antwortete er.
Ich hatte schon befürchtet, dass ich solch eine Antwort bekommen würde … Ach, ja!
„Am liebsten würde ich die ganze Zeit meine Bilder und Gefühle auf das Band sprechen, damit ich hinterher alles ganz genau nachvollziehen kann."
Ich hielt kurz inne und erinnerte mich an mein Erlebnis in Charapa Mama und auch daran, wie die Bilder und Gefühle in den Zeremonien oft nur den Bruchteil einer Sekunde in meinem Kopf und zack … schon wieder weg waren. Es blieb mir nichts anderes übrig, als

darauf zu vertrauen, dass sich mein Inneres nach dieser Reise neu ausrichten würde. Erste Anzeichen waren schon ganz klar zu erkennen.
Chaski goss mir hierba luisa-Tee ein und sagte: „Die Liane hilft dir, die Begrenzungen zu erkennen, die dein Leben bestimmen. Ohne, dass du sie bewertest. Wenn in der Zeremonie etwas Bedrohliches hochkommt, brauchst du nicht in die Abwehr zu gehen, um es wieder ins Unterbewusstsein zu drücken, sondern kannst im Wahrnehmen bleiben und es dadurch auflösen."
Ja, das war richtig, was er sagte. Denn genau das passierte doch, wenn schlimme Gefühle oder Erinnerungen hochkamen. Wenn es ging, habe ich diese ganz schnell weggeschoben, damit ich sie bloß nicht spüren musste. Wer will sich schon mit schlechten Gefühlen herumschlagen? Aber, he! Die werden dadurch nicht weniger und rumoren solange in einem herum, bis man keine andere Wahl mehr hat, als sich mit ihnen auseinanderzusetzen. Das kannte ich zu gut!
Wäre es also nicht gescheiter, die Dinge, die mir das Unterbewusstsein hochschickte, gleich beim ersten Mal zu betrachten? Ohne, dass ich gleich davon laufen wollte? Es war ja eh eine lustige Vorstellung, dass ich vor etwas auf der Flucht sein wollte, das in meinem Inneren feststeckte …
Wenn ich mich also nicht mehr wehrte, sondern meine Ängste und Sorgen und alles, was mir das Leben schwer machte, aushielt und anschaute … ohne Ayahuasca und ohne zu schimpfen und zu zetern … was konnte mir schon passieren? Dass diese Dinge ihre Macht über mich verloren? Das wäre ja nicht das Schlechteste! Ich konnte ja nicht alle naselang nach Peru fliegen und in den Dschungel kübeln, um irgendwann mal den ganzen alten Mist los zu sein.
Ich nahm die Tasse, trank einen Schluck und fragte Chaski: „Sag mal: Wie lange besuchst du solche Zeremonien schon?"
„Ach, schon über 30 Jahre ..."

„Wow! Dann hast du sicher schon vielen Bedrohungen ins Auge geschaut?“
„Ich sehe das so, dass ich durch die eine Schicht durch muss, bevor ich weiter zur nächsten gehen kann. Das ist wie bei einer Zwiebel. Jedes Mal geht eine Haut weg und jede gelöste Schale ist ein Stück Heilung. Dadurch verstehe ich viele Dinge in meinem Leben besser. Mit jedem Mal ziehe ich mehr Freiheit und Lebensfreude an. Das bedeutet für mich, das Spiel des Lebens kreativ mitzuspielen“, lachte er.
Ich lachte mit: „Raus aus dem Opferdasein und rein ins fühlen und handeln und selbstbestimmen.“
„So ist es“, sagte er.
„Du, Chaski ... ich will mich noch bei dir und Gabriela bedanken. Es war wirklich klasse, dass ihr euch jeden Abend und überhaupt so gut um uns gekümmert habt.“
„Aber das ist doch selbstverständlich. Komm, wir gehen jetzt alle in den Besprechungsraum und singen noch ein wenig.“
Und so saßen wir wie jeden Abend bei Kerzenschein und Moskitogeklatsche in der Runde, sangen unsere Kanon, erzählten Geschichten aus unserem Leben und lachten viel.
Den Abschiedsschmerz schob ich beiseite. Für den war morgen noch genug Zeit!

Epilog

An einem heißen Tag im September bestieg ich mittags um drei ein Flugzeug nach Frankfurt. Ich wurde von einer Flugbegleiterin mit freundlichem Lächeln begrüßt und lächelte strahlend zurück. Dazu hatte ich allen Grund. Denn mein Herz war genauso leicht wie mein Gepäck. Es war so viel passiert. Ich war durch die Hölle gegangen, ich war gestorben, ich

war wieder geboren. Und jetzt fing ein neues Leben für mich an!
Diese Reise war das Interessanteste, Spannendste, Beängstigendste und Gefährlichste, das ich in meinem ganzen Leben gemacht hatte. Und gleichzeitig war es das Beste gewesen, das ich mir je „antun" konnte! Nein, ich war noch immer keine Masochistin. Aber ich schaute mit ungeduldiger Erwartung nach vorn und konnte es gar nicht abwarten, nach Hause zu kommen und meinen Freundinnen von meinen Abenteuern zu berichten. Mal abgesehen davon, dass ich mich darauf freute, wieder in meiner Wohnung zu sein, mit eigenem Bett und weicher Matratze, mit fließendem Wasser, einer Toilettenspülung, einer Dusche und einem Schalter, der für Licht sorgte. Dinge, die für uns ganz selbstverständlich sind und die ich zum ersten Mal so richtig zu schätzen wusste.
Als ich mich am Tag nach meiner Rückkehr mit einer Freundin im Café traf, sagte sie: „Du siehst aus, als hättest du eine Haut zu wenig." Und genauso fühlte ich mich auch. In der Nacht war ich mehrmals aufgewacht und konnte es gar nicht glauben, dass die anderen alle weg waren und ich alleine in meinem eigenen Bett zu Hause lag. Die Seele reist halt langsamer als ein Flugzeug ...
Obwohl ich mich im Dschungel so stark gefühlt hatte, musste ich mich doch erst wieder an das normale (laute) Leben gewöhnen. Ich ging die ersten Tage mit mir um wie mit einem rohen Ei. Wenn ich an die Liane dachte, machte mein Magen jedes Mal einen Satz nach oben. Diese Wirkung hielt mehrere Monate an. Doch was hatte sich verändert? Ich fühlte, dass etwas anders war ... Provokateure hatten mit mir nicht mehr das leichte Spiel wie früher. Ich fühlte mich innerlich sicherer und gestärkt, reagierte entspannter auf Situationen, in denen ich mich sonst immer aufgeregt hatte. Statt zu schimpfen, lachte ich. Kein aufgesetztes Lachen sondern ein ehrliches, aus dem Inneren heraus.

Das war sehr angenehm, doch ich hatte ja das Ziel, Bestseller-Autorin zu werden. An der Sache mit den Verlagen hatte sich in der Zwischenzeit natürlich nichts geändert. Nach wie vor hatte ich die Veröffentlichungsrechte an vier bereits erschienen Büchern. Was sollte ich damit anfangen? Wenn ich meine Buchagentin bitten würde, neue Verlage zu finden, könnte es Monate oder Jahre dauern, bis etwas passierte ... Das ist bei den meisten Verlagen in der Branche so üblich.

Ein Bekannter hatte mir von seiner Veröffentlichung bei Amazon erzählt. Für mich war das wie ein Buch mit sieben Siegeln, denn ich hatte keine Ahnung, wovon er sprach und ich hatte auch keine Idee, wie ich an entsprechende Infos herankommen sollte. Aber ich hatte den Gedanken im Hinterkopf behalten.

Sechs Wochen nach meiner Rückkehr war in Frankfurt Buchmesse. Dort fuhr ich jedes Jahr hin, weil ich die Atmosphäre sehr mag und mich hinterher oft inspiriert fühle. Dass es für die Buchmesse auch ein Programm gab und ich mir Vorträge anhören konnte ... das war bis dahin völlig an mir vorbei gegangen, weil ich immer nur einen Tag lang dort war und Termine mit Verlagsleuten hatte.

Dieses Jahr hatte ich überhaupt nichts vor, und als ich mir auf der Internetseite des Messe-Veranstalters eine Eintrittskarte besorgte, stieß ich - sozusagen per „Zufall" - auf das Programm. Ein Event fiel mir sofort ins Auge: Da kam jemand von Amazon, um einen Vortrag über Selfpublishing zu halten.

„Das ist ja *mein* Thema!", dachte ich erfreut und strich mir den Termin mit einem fetten roten Stift an! Was der Amazon-Mensch erzählte, war so motivierend, dass ich noch während des Vortrags dachte: „Oh, wie toll! *Das* mache ich!"

Beschwingt fuhr ich nach Hause und machte bereits Pläne, denn ich hatte ja vier Ratgeber fix und fertig auf meinem PC. Was lag näher, als das sofort in Angriff zu nehmen?

Wie es aber oft so geht ... ich wollte etwas unbedingt und schob doch die Umsetzung vor mir her. Denn ich

wusste noch immer nicht, wie die ganze Geschichte funktionierte. Genau genommen hatte ich keinen blassen Schimmer! Ich machte einen halbherzigen Versuch, mich auf der Amazon-Seite zu informieren und dabei blieb es, obwohl ich immer wieder dachte: „Jetzt mach doch endlich! Das kann doch kein Hexenwerk sein!“
Jedes Mal, wenn ich an das Veröffentlichen meiner Bücher dachte, hatte ich ein angenehm warmes Gefühl im Bauch. Wollte ich das so lange wie möglich auskosten oder war ich einfach nur zu ängstlich oder bequem? Ich tat jedenfalls nichts.
Dann kam das neue Jahr und ich wurde Anfang Februar zu einem Webinar eingeladen. Damals flatterte fast täglich eine Einladung per Mail auf meinen PC, und nachdem ich einige Webinare besucht hatte, dachte ich: „Kenne ich schon“, und löschte die meisten, ohne zu schauen, worum es überhaupt ging. Bei einer Einladung machte ich eine Ausnahme, und als ich las, was der Inhalt ist, blieb mir vor Aufregung fast das Herz stehen! Ich klickte sofort auf den Link, kam auf eine Homepage und drückte den Knopf für die Anmeldung.
Ich hörte mir das Webinar an, und obwohl gerade mal wieder Ebbe in meiner Kasse war, buchte ich sogleich den Videokurs. Folge für Folge lernte ich, wie ich ein Buch formatieren, bei Amazon einstellen und Marketing betreiben musste. Ende Februar hatte ich meinen ersten Ratgeber amazontauglich in Form gebracht. Ich überlegte mir einen schwungvollen Titel, erstellte ein Cover und dann ... stellte ich ihn ein. Schon am Abend des zweiten Tages war er in allen drei Rubriken auf Platz 1. Ich konnte es gar nicht glauben, als ich das sah! So einfach war das gewesen!? Ja, so einfach! Danach kam Ratgeber Nr. 2 dran und dieser entwickelte sich innerhalb von ein paar Tagen zum Bestseller, was bedeutet, dass er bei Amazon in die Top 100 rutschte!
Das war eine kleine Sensation, denn Ratgeber findet man dort nur sehr selten. Meiner hielt sich genau 66

Tage lang! Es folgten drei weitere Bücher, die von mittelmäßig bis sehr gut liefen.
Und dann passierte noch etwas: Etwa ein Jahr nach meiner Reise holte ich mir den Anfang eines Romans auf den Desktop meines PC's. Ich hatte mich ungefähr acht Jahre zuvor sehr intensiv mit diesem Text beschäftigt. Damals saß ich oft vor dem Bildschirm, raufte mir die Haare und schrie: „Ich kann es nicht! Ich kann es einfach nicht!" Obwohl es ein Herzenswunsch von mir war, einen Roman zu schreiben, gab ich irgendwann enttäuscht auf und wand mich wieder den Themen zu, die ich beherrschte.
Aber jetzt … jetzt wollte ich mir das, was ich damals verzapft hatte, nochmal anschauen! Also rief ich die Datei auf, setzte mich dran, hatte viel Spaß dabei und innerhalb von fünf Monaten war der Roman fertig. Am 4. Erscheinungstag hüpfte er in die Top 100, rutschte bis auf Platz 6 und hielt sich dort zwei Monate!
Ja, so lief das mit meinen Büchern und ich war (und bin es noch immer) sehr glücklich, dass sich mein größter Traum erfüllt hat.
Zweifler werden jetzt vielleicht denken: „Das hätte sie auch so hingekriegt". Möglicherweise. Aber vielleicht auch nicht. Ich glaube fest daran, dass die Liane mir dabei geholfen hat! (Ich hatte ja in einer Zeremonie gesagt: „Mutter Ayahuasca, nimm dich meiner an. Zeige mir, wie ich einen Bestseller schreiben kann.")
Mein Leben hat seit meiner Reise eine gute Wendung genommen und das ist ganz wunderbar. Ich wollte in andere Dimensionen reisen und bin am Ende bei mir selbst angekommen.
Durch den Kontakt mit der Liane habe ich (wieder) einen Zugang zur Spiritualität gefunden. Die Geister, die mich nachts immer geplagt hatten, sind verschwunden. Leider habe ich meine heilenden Hände noch nicht so eingesetzt, wie ich es tun sollte. Nun, ja … Nach oben hin darf ja noch ein wenig Luft sein.
Was auch ganz wunderbar ist: Ich habe durch die Reise zwei Freundinnen fürs Leben (Irina und Sophie)

gefunden, mal abgesehen von der lockeren Freundschaft zu Frank, Christina, Gudrun und den anderen.
Ach, ja ... Diese Reise hatte sich wirklich, wirklich gelohnt. Der Fluch war weg. Sozusagen weggekotzt! Und noch etwas hatte mich sehr berührt: Meine Tante war tatsächlich gestorben! Donnerstags war sie gegangen und am darauffolgenden Samstag war sie mir in der Zeremonie erschienen! Ist das nicht ganz unglaublich!?
Eines ist jedenfalls sicher: Ich werde wieder hinfliegen. Vielleicht im November 2014. Wenn alles klappt, zu Ron Wheelock, dem Schamanen, der dafür bekannt ist, die stärkste Medizin zu brauen, danach eine Woche zu „meinem" Don Agustin und eine Woche zu einem Schamanen nach Cuzco. Vielleicht haben Sie ja Lust, mitzukommen!? (Ja, ich habe es noch einmal getan und nächstes Mal geht es gleich zu Ron, der sich jetzt Don Ron nennt und das zu Recht!)

So ging es bei den anderen weiter ...

Irina:
„Auch wenn ich kaum Visionen hatte: Ich habe das Gefühl, dass viele Aspekte, Gefühle und Seelenanteile integriert wurden. Ich fühle mich absolut glücklich mit allem, was ist."

Sophie:
„Ich habe weniger Angst, bin viel selbstbewusster geworden, lache häufiger, fühle mich glücklicher und meine Praxis läuft besser. Mit meinem inneren Kind bin ich viel mehr in Kontakt. Mir ist es jetzt bewusst, wenn ich unter Stress nicht richtig atme. Dann halte ich inne, atme tief ein und aus, nehme unangenehme Gefühle besser wahr, nehme das innere Kind in den Arm und sage, dass alles gut ist.

Es gibt noch etwas Besonderes, das meinem Mann und mir nach der Reise passiert ist: Wir wollten umziehen und haben ein Haus angeschaut, das uns supergut gefallen hat. Wieder zu Hause habe ich gebetet: Wenn das Haus richtig für uns ist, soll es klappen. Am nächsten Morgen saß ich da und habe Kaffee getrunken, während ich die CD von Don Agustin angehört habe, und bin in Trance gefallen. Ich habe gesehen, dass er mit mir zu dem Haus gegangen ist - alles wirkte ganz real. Er hat mit Tabak geräuchert, die Trommel geschlagen und mit mir gesungen. Mittags hat der Vermieter angerufen und gesagt, dass wir das Haus haben können!
Ich fühle mich seit der Reise total getragen. Mein Leben ist gut."

Christina:
„Als wir wieder zu Hause waren, bin ich gleich montags in die Klinik zur Untersuchung gegangen. Kurz darauf bekam ich den Befund und der war niederschmetternd! Der Krebs war gewachsen und mir wurde empfohlen, sofort mit einer Chemotherapie zu beginnen. Ich dachte: „So ein Scheiß, ich habe in Peru nur Zeit verloren und es hat mir nix gebracht!" Ein paar Wochen später hatte ich einige Chemos hinter mir und mir wurde der Magen entfernt. Außerdem wurde an 56 Stellen Lymphproben genommen, um sie auf Krebsbefall zu untersuchen. Wieder gab es einen Befund: Alle Lymphknoten waren frei von Krebs! Die Ärzte waren sehr überrascht, denn so etwas kommt so gut wie nie vor! Mein erster Gedanke war: „Die Reise nach Peru war also doch nicht umsonst gewesen!"

Valerie (erzählt von Gudrun):
„Seit der Reise war Valeries Husten ein für alle Mal verschwunden. Aber das wirklich Schöne an ihrer Veränderung ist das höhere Bewusstsein, das sie jetzt hat. Sie raucht nicht mehr und andere haben gesagt, dass sie wie ein neuer Mensch ist, nicht mehr so dunkel wie vorher, sondern ganz hell.

Mit Ayahuasca kann man ganz viel und schnell bearbeiten. Bei Valerie war es wie ein Wunder. Ihr ganzes Leben hat sich geändert, alles hat sich geregelt, sie geht jetzt in eine Kunstschule. Es war eine absolute Lebensveränderung. Ich hatte mir Sorgen gemacht, weil Valerie in der Schule unglücklich war und weil sie eine Freundin mit verdunkelten Augen hatte, die aus einer Alkoholiker-Familie kam. Valerie ist ein paarmal heimgekommen und war angekifft, hatte Marihuana geraucht. Es war schrecklich, ihre Augen zu sehen. Ich habe gebetet: ‚Ich brauche Hilfe, was soll ich tun?‘
Dann kam die Erkenntnis: Am besten wäre ein Urlaub! Ich habe ein Buch von Clemens Kuby gelesen und wollte nach Peru. Nachts habe ich von einer wunderschönen Landschaft geträumt und habe große blaue Falter gesehen. Das hat mich im Herzen berührt und ich habe gesehen, es geht um Peru. Als ich am nächsten Tag ohne besondere Absicht ins Internet ging, um ein wenig herumzusurfen, fand ich eine Seite über Don Agustin und dachte: ‚Das ist ein Fingerzeig‘! Ich bat Valerie, sich das anzuschauen. Sie hat geantwortet: ‚Mama, das mag ich.‘ Mein Mann sagte einfach nur: ‚Passt!‘ Einige Leute warnten mich: ‚Aber Valerie ist doch erst 16 Jahre alt! Wie könnt ihr das machen?‘
Doch unsere Entscheidung hat uns Recht gegeben: Valerie hat seitdem einen guten Einfluss auf andere, denn sie hat auch sie motiviert, mit den Drogen aufzuhören!‘“

Mein Geschenk an meine Leserinnen und Leser

Ich habe ein paar Rezepte für Seele und Gesundheit gesammelt. Haben Sie Lust auf diese Liste? Dann schreiben Sie mir bitte einfach eine Mail:
Helga.Baureis@t-online.de

Wer will mehr wissen?

Email-Adresse der Autorin, wenn Sie die Liste mit den Rezepten haben oder mit mir Kontakt aufnehmen wollen: **Helga.Baureis@t-online.de**

Facebook-Seite der Autorin, wenn Sie weitere Fotos und Infos aus dem Buch sehen wollen:
www.facebook.com/AutorinHelguita
(Die Seite kann man auch anschauen, ohne Mitglied zu sein.)

Homepage von **Don Agustin** Rivas Vasquez und **Doña Marlene** Soto: www.don-agustin.de

Hompage von **Ron Wheelock,** the Gringo Shaman: www.elpurguero.com

7863289R00134

Printed in Germany
by Amazon Distribution
GmbH, Leipzig